KB238828

FANTASTIC ORIENTAL HEROES

설봉 新무협 판타지 소설

십검애사 5

설봉 新무협 판타지 소설

초판 1쇄 찍은 날 § 2012년 6월 22일
초판 1쇄 펴낸 날 § 2012년 6월 29일

지은이 § 설봉
펴낸이 § 서경석

편집부장 § 권태완
편집책임 § 주소영
디자인 § 이혜정

펴낸곳 § 도서출판 청어람
등록번호 § 제1081-1-89호
등록일자 § 1999. 5. 31
어람번호 § 제2-2236호

주소 § 경기도 부천시 원미구 심곡2동 163-2 서경B/D 3F (우) 420-822
전화 § 032-656-4452 팩스 § 032-656-4453
http://www.chungeoram.com
E-mail § chungeoram@chungeoram.com

© 설봉, 2012

ISBN 978-89-251-2924-2 04810
ISBN 978-89-251-2806-1 (세트)

검무애사

劍哀史 十

FANTASTIC ORIENTAL HEROES

설봉 新무협 판타지 소설

5

좌우봉원(左右逢源)
일이 모두 순조롭다

도서출판 청어람

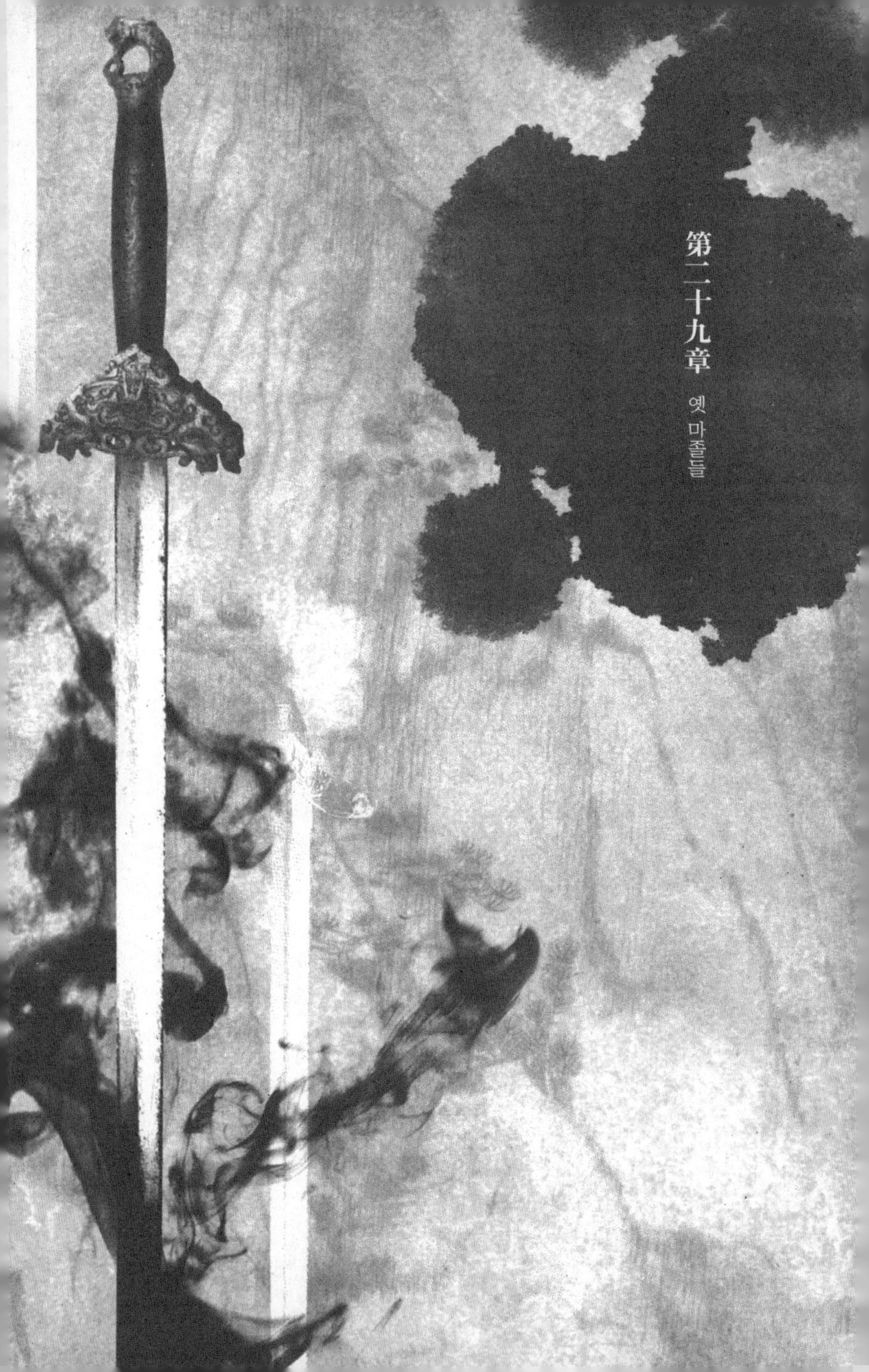

第二十九章
옛 마졸들

1

　루주는 주설언과 함께 집을 나섰다.

　감시의 눈길은 사라졌다. 아니, 지금도 어디선가 지켜보고 있겠지만, 적어도 눈에 띄게 감시하지는 않는다.

　백인대, 살천루…… 모두 뒤로 빠졌다.

　루주는 야트막한 야산 밑에 다 쓰러져 가는 폐가(廢家)를 거처로 삼았다.

　오가는 사람이 아무도 없다.

　홍독사와의 연관도 끊었다. 가모를 보기 위해 달려온 파락호들도 보이지 않는다.

　휘이잉!

　지나가는 바람만이 아직도 세상이 살아 있다고 말해준다.

"모든 게 어둠 속에 숨겨져 있어."

팽가연이 중얼거렸다.

밖에만 나오면 안에서 보지 못한 것들이 줄줄 풀려나올 것이라고 생각했다. 그래서 아버지가 십족령으로 당신을 묶어두는 대신에 자신을 내보낸 것이라고 생각했다.

큰 착각이다.

안에서는 그래도 돌아가는 상황이라도 알 수 있었는데, 정작 밖에 나오니 아무것도 보이지 않는다.

루주를 찾아오면 뭔가 일이 생길 줄 알았다.

루주도 조용하기만 하다.

하루 종일 앉아서 하늘만 쳐다보거나, 아니면 주설언과 뭔가를 이야기하는 게 고작이다.

이들은 전혀 움직일 생각을 하고 있지 않다.

"아씨!"

흠화가 그녀의 옷소매를 잡아끌었다.

'밀마!'

팽효기로부터 전해진 밀마다.

원래는 루주에게 전해진 것이지만, 흠화가 항시 바깥 동정을 살피고 있었기 때문에 그녀가 먼저 보게 된다.

"흠!"

그녀는 침음했다.

팽가촌에 침입이 있었다.

통천오방진이 뚫릴 정도로 기가 막힌 침입을 단행했다.

팽가오로는 귀로 들을 수 없는 소리를 감지해 냈다. 소리의 내용은 알 수 없지만, 무엇인가 소리가 오고 갔다.

그들은 즉시 소리를 분석했다.

소리란 원래 음역(音域)을 맞춰야 제소리를 알아들을 수 있는 법이다.

인간은 인간의 음역이 있다. 인간이 들을 수 있는 가장 높은 소리와 가장 낮은 소리가 인간의 음역이다.

동물의 음역은 또 다르다.

동굴에 사는 박쥐의 음역은 인간과는 완전히 다르다. 박쥐들은 음파로 의사소통을 하지만 인간은 알아듣지 못한다. 음역이 다르기 때문이다.

이 부분에 착안하여 인간이 알아들을 수 없는 음역을 찾아낸 공부가 있다.

인간의 음역보다 조금 더 낮은 소리.

인간의 음역보다 조금 더 높은 소리.

어느 음역대를 선택하든 인간의 귀로는 들을 수 없지만, 듣는 공부를 수련하면 알아들을 수 있게 된다.

통천오방진이 찾아낸 것은 그런 음역이다.

그들은 즉시 주의를 집중했다.

스으으웃!

소리가 울려온다. 음파로 이루어진 소리가, 거센 고함을 내질렀을 때처럼 우렁차게 들려온다.

조금만 더…….

시간이 중요하다. 이대로 계속 이야기를 주고받아라. 그러면 너희가 사용하는 음역대를 찾아낼 수 있다.

한데 그때 소리가 끊겼다.

그리고 곧바로 또 다른 감응을 감지했다.

'땅!'

땅이 움직인다. 지진도 없는데 미미한 움직임이 감지된다. 마치 삽으로 무엇인가를 퍼내는 듯한 느낌!

'두더지!'

팽가오로는 즉시 침입을 예상했고, 포위망을 가동시켰다.

그런데 놓쳤다. 가모의 거처까지 포위망을 좁히기는 했는데, 그때는 이미 빠져나간 후였다.

누군가가 가모와 연통했다.

북경을 떠들썩하게 만들고 있는 호색광들의 짓거리는 아니다. 그들 중에는 팽가오로를, 통천오방진을 이토록 가볍게 희롱할 만한 고수가 없다.

가모는 아무도 만나지 않은 것처럼 시치미를 뗀다.

당연하다. 지금까지 그렇게 많은 일을 벌이고도 시치미를 뗐는데 이까짓 일에 이실직고를 하겠는가.

그렇게 누군가가 들어왔다가 사라졌다.

"하루도 편할 날이 없어."

팽가연의 눈가에 살기가 번뜩였다.

루주도 팽가연이 읽은 밀마를 접했다.

똑같은 밀마, 똑같은 내용.

하지만 루주가 받아들인 내용은 팽가연이 받아들인 내용과는 전혀 달랐다.

'움직인다!'

그의 눈가에 이채가 번뜩였다.

쌍겸구악이 사라진 후, 사총의 단서가 끊어진 줄 알았다. 하지만 아니다. 그들이 본격적으로 움직이기 시작했다.

인간이 들을 수 없는 음역?

그런 전음(傳音)을 연구한 곳이 있다.

두말할 필요도 없이 사총이다. 오십 년 이상 내공을 정순하게 수련한 자라면 펼칠 수 있는 공부라고 들었다.

사총 마인들은 거의 대부분 펼칠 수 있다는 뜻이다.

밀마의 마지막은 두더지에 대해서 설명하고 있다.

루주는 머릿속을 샅샅이 뒤졌다.

자신이 알고 있는 자 중에 땅을 제집처럼 들락거리는 자가 있는가? 그런 공부가 있는가? 있다면 어느 문파의 어떤 무공인가. 지금 그런 무공을 수련한 자는 누구인가.

사총! 지응서!

모든 질문이 한 사람에게 집중된다.

'지응서…… 지응서가 나온 시점은…… 그가 백살겸을 구해갔으니 상당히 오래전부터 중원에서 암약했다는 것…… 사총! 기어이 움직이는가!'

쌍겸구악에 이어서 지응서까지 나왔다. 그런데 지응서는 혼자 다니지 않는다. 그는 성하의 뒤를 그림자처럼 졸졸 따라다 닌다.

지웅서가 있는 곳에는 성하가 있다. 또 성하가 있는 곳에는 지웅서가 있다.

두 사람은 한 쌍으로 움직인다.

'이제야 모든 걸 알겠군. 팽가촌에서 백살겸을 빼낸 자는 지 웅서. 백살겸은 다리가 절단되었는데, 같이 움직이는 걸 보면 성하도 같이 있다는 뜻. 지금은 세 명이군.'

사총인간들이 몇 명이나 더 나왔는지 모른다. 지금까지 파 악한 숫자만 세 명이다.

루주의 얼굴이 딱딱하게 굳었다.

팽가촌을 찾아올 때만 해도 어머니에 대한 복수밖에 생각하 지 않았다. 복수라고 해봐야 죽음 어떻고 하는 것도 아니다. 아주 가벼운 것, 아버지를 떠올릴 수 있는 정도로만 충격을 안 겨주려고 했다. 정말로 그 정도면 족했다.

그런데 쌍겸구악이 걸려들고, 사총이 냄새를 풍긴다.

어머니가 그들과 연관 있다면, 팽가촌에 은신한 이유가 그 때문이라면…… 삶보다는 죽음 쪽에 가깝다.

그는 팽효기에게 밀마를 남겼다.

'성하, 백살겸, 지웅서. 이 셋이 같이 있을 가능성이 매우 높 다. 우선 그들을 찾아야 해!'

루주는 팽가연을 찾았다.

팽가연은 가부좌를 틀고 앉아서 운공조식을 취하는 중이었고, 취취와 흠화가 그 곁을 지키고 있었다.

두 여인이 무슨 일이냐는 눈빛을 보내왔다.

그가 손으로 팽가연을 가리키자, 흠화가 손가락 두 개를 펴 보였다.

운공조식을 끝내려면 앞으로도 이다경 정도는 더 있어야 한다는 뜻이다.

그는 다시 그녀를 가리켰다가 자신을 가리켰다.

흠화가 고개를 끄덕였다.

반 각쯤 지났을까? 팽가연이 그를 찾아왔다.

"찾았다고요?"

"비연사도를 쓸 수 있을까 해서."

"비연사도를요? 왜?"

"……."

"알았어요. 둘 다요?"

"죽음을 각오해야 하는 일인데……."

그는 말끝을 흐리면서 팽가연 뒤에 서 있는 두 여인을 쳐다 봤다.

"내가 할게요. 무슨 일이에요?"

흠화가 대뜸 나섰다.

루주는 팽가연을 쳐다봤다. 눈으로 묻는다. 괜찮겠어?

"루주가 죽음을 각오해야 한다고 말하면 그 이상이겠죠. 흠화, 정말 어려운 일인 것 같은데…… 괜찮겠어?"

"괜찮아요, 아씨. 그럼 저 숙맥을 시켜요? 차라리 내가 낫죠. 호호호!"

흠화가 취취를 바라보면서 깔깔대고 웃었다.

흠화가 떠날 채비를 하고 왔다.

그동안 그는 그녀에게 무슨 일을 시킬 것인지 입도 벙긋거리지 않았다. 흠화에게만 먼 길을 떠나야 하니 채비를 단단히 하고 오라는 말만 했다.

중간에 만나는 사람이 있어서는 안 된다.

아는 사람을 만날 수도 있고, 가까운 곳에 친척이 살 수도 있지만 일체 발길을 옮겨서는 안 된다.

길을 떠나는 순간부터 철저하게 혼자다.

단단히 준비해라. 특히 노잣돈을 넉넉하게 챙겨라. 이 폐가를 나서는 순간부터 세상 천지에 혼자밖에 살지 못한다고 생각하고…… 준비할 게 있으면 그전에 해라.

무슨 일인지 모르지만 대단한 일 같기는 하다.

흠화가 거기에 맞춰서 준비를 했다.

"준비 다했어요. 무슨 일인데요?"

흠화의 얼굴이 붉게 상기되었다.

준비과정도 그렇지만…… 오랜만에 흥분되는 일을 한다는 긴장감이 그녀를 들뜨게 만든 듯했다.

"인사하고…… 나와 같이 일 리만 갑시다."

"여긴 우리밖에 없는데, 우리한테도 말하지 못하는 건가
요?"

팽가연이 섭섭한 듯이 말했다.

루주가 고개를 끄덕이면서 말했다.

"미안하지만…… 그래서는 안 되겠지만…… 어쩌면 이것이
마지막 만남이 될 수도 있으니."

루주가 이번에도 말끝을 흐렸다.

그는 언제나 분명하게 말했다. 말의 앞부분은 잘라먹어도
뒤는 잘라먹지 않는다.

그런 그가 연이어 두 번이나 말끝을 흐린다.

단순한 염려가 아니라 정말로 위험한 일인 것 같다.

"갑자기 보내기 싫어졌어."

팽가연이 흠화의 손을 잡으며 말했다.

"아씨, 전 느낌이 왔어요. 이번 일…… 효령과 유리의 복수
를 할 수 있는 일인 것 같아요."

사총!

팽가연도 그 정도는 짐작하고 있었다.

그 일이 아니면 루주가 이토록 걱정하지는 않을 것이다.

그의 말대로 이것이 마지막 만남일 수도 있다. 두 번 다시
못 만나게 될지도 모른다.

"살아 돌아와."

"걱정 마세요. 제가 누군데요."

"미안해. 이런 일 맡겨서."

“무슨 일인지도 모르잖아요. 하지만 어떤 일이든 꼭 해낼게요. 호호호! 절 믿으시라니까요.”

“내가 갈 걸 그랬어.”

옆에 있던 취취가 울먹거리면서 말했다.

“계집애, 넌 그 버릇부터 고쳐. 이젠 마음 좀 독하게 먹으라고. 무슨 계집애가 툭 하면 눈물이야.”

“살아와야 해.”

취취도 흠화의 손을 잡았다.

루주는 흠화와 어깨를 나란히 하고 걸었다.

“사총이 움직인다는 것은 짐작했을 것이고⋯⋯.”

“알고 있어요.”

“사총을 다녀와 주시오.”

흠화가 흠칫했다.

대충 예상은 했지만, 막상 루주의 입에서 이런 말이 나오자 감당이 되지 않았다.

악마들이 득실거린다는 사총.

지금은 모두 궤멸당해서 폐허만 남았다는 사총.

루주의 말은 그들이 건재하다는 뜻이 아닌가. 그들이 살아 있고, 활동한다.

“어디로 가야 되죠?”

루주는 입술만 달싹거렸다.

주위에는 듣는 사람이 없다. 팽가연과 취취도 멀리 삼십여

장이나 거리를 두고 따라온다.

그럼에도 주의를 기울인다.

"아!"

흠화가 탄성을 내질렀다.

"정말 그곳에⋯⋯."

"쉿!"

"아, 예. 죄송해요, 조심할게요."

"은밀히 들어갈 생각은 마시오. 그곳 마인들은⋯⋯ 휴우! 들어갈 수나 있을지⋯⋯."

"걱정 마세요. 이래 봬도 비연사도라니까요."

흠화가 어깨를 들썩여 보였다.

하지만⋯⋯ 억지로 웃는 모습이 안쓰럽기까지 하다. 바싹 긴장한 모습에서 불안감이 내비친다.

이 부분들은 먼 길을 가면서 그녀 스스로 마음을 다잡아야 할 게다. 때로는 굴복하고, 때로는 이겨내면서 자신이 자신을 독려하는 수밖에 없다.

"사총에서 마인들이 세상에 나왔는데⋯⋯ 몇 명이나 나왔는지, 조금 더 조사할 수 있다면 누가 나왔는지, 무림에는 얼마나 퍼져 있는지. 거기까지만 알아주시오."

"호호호! 더 알아와도 되죠?"

그녀가 밝게 웃었다.

루주는 옅은 웃음만 지어 보였다.

그녀는 모른다. 사총이 얼마나 무서운 곳인지. 그곳 사람들이 얼마나 잔혹한지. 만약 사총의 진면목을 짐작이라도 한다면 지금 이런 소리는 하지 않을 게다.

루주가 또 입술을 달싹거렸다.

"헉! 그런 일이! 그건……?"

흠화가 깜짝 놀라서 말했다.

루주는 '그렇소. 사실이오' 하고 말하는 듯 고개만 끄덕였다.

"그, 그 말을 왜 제게 해주시는 거예요?"

"이게 검치삼령 중 일령이오."

"네엣!"

흠화가 너무 놀라서 소리를 지르는 바람에 그녀의 경악성이 바람을 타고 멀리까지 번져 나갔다.

"쉿!"

루주가 손을 입에 댔다.

흠화는 아무 말도 하지 못했다. 이번에는 경악성도 내뱉지 못했다. 너무 놀라서 할 말을 잃어버렸다.

검치삼령 중에 일령을 알았다.

이 말에 가주가 꼼짝하지 못했다. 가모의 마차를 전복시켰고, 태아를 유산시켰는데도 군말없이 풀어주었다. 아무리 검치삼령이라지만 너무했다 싶었는데…… 검치삼령! 아!

"만약 사총에서 일이 잘못된다면, 놈들 손에서 빠져나올 수 없다고 생각되면……."

"아뇨. 방금 들은 말은 잊어버릴래요."

“…….”

“제 입에서 검치삼령이 운운 되는 일은 없을 거예요.”

“후후! 그 말은 나도 어려울 때마다 쓰는 말이니 너무 심각하게 받아들일 건…….”

“전 싫어요.”

흠화가 단호하게 고개를 저었다.

그녀가 이를 악물면서 말했다.

“너무 치사해요. 그건…… 있을 수 없는 일이에요. 정말 너무 치사해요. 그게 검치삼령이라니! 혹시 나머지 검치이령도 전부 그런 건가요?”

“아니오.”

“그나마 다행이네요.”

그녀의 눈에서 분노의 화염이 이글거렸다.

팽가연과 취취가 흠화를 배웅하려고 했다. 하나 그녀는 마지막 배웅을 사양했다.

“살아 돌아올게!”

멀리서 빽 고함쳤다. 그리고 만류할 사이도 없이 신형을 날려 사라져 갔다.

쒜에엑!

그녀에게 비연사도라는 별호를 안겨준 날렵한 신법이 유감없이 발휘되었다.

루주는 그녀를 보낸 후, 뒤돌아왔다.

"상당히 놀라는 표정이었어요. 정말 어려운 일이죠?"

루주는 고개를 끄덕였다.

두 여인도 더 묻지 않았다.

멀리서 지켜봤지만, 흠화가 놀라는 모습 그리고 호들갑을 떠는 모습에서 그녀에게 맡긴 일을 짐작할 수 있을 것 같다.

"갑시다. 흠화에게만 어려운 일을 맡겨놓고 우리가 놀면 안 되지. 그녀가 어려운 만큼 우리도 부지런히 움직여야 조금이라도 덜 미안하지. 하하!"

루주가 애써 밝게 웃었다.

2

성하, 지웅서, 백살겸.

루주가 찾아달라는 자들은 하나같이 경악스러운 자들이다.

"이들이 정말 북경에 있단 말인가?"

일로가 믿을 수 없다는 듯 말했다.

"이제 이해가 됩니다. 가모가 이들을 만난 거군요. 땅, 두더지, 지웅서. 백살겸이라면 음역 높은 소리를 낼 줄 알고…… 이들이 맞는 것 같습니다."

사로가 눈빛을 빛내며 말했다.

"그럼 찾아야지. 흠!"

말은 그렇게 했지만, 방법이 없다.

이들이 북경에 있는 건 확실하다. 루주가 찾아달라고 했고,

얼마 전에 있었던 침입사건도 이들과 연결하니 아귀가 딱 들어맞는다.

그러나 그들을 찾을 방법이 없다.

하북팽가의 소식망은 우호적인 사람들의 자발적인 전언(傳言)에 의존한다.

그들이 보고 들은 이야기들을 말해주면, 이를 취합하고, 원하는 부분을 발췌한다.

지금까지는 이런 방법이 유용했다.

북경은 물론이고, 하북 땅에서 일어나는 모든 일이 통제 가능했다.

그런데 루주가 말한 세 명에 대해서는 일언반구(一言半句)조차 언급되지 않는다.

하북 사람들이 그들을 발견해 내지 못했다. 북경 사람들이 그들의 그림자조차 찾지 못했다.

우호적인 사람들이 말을 아낀 게 아니다. 보지 못했기 때문에 말해주지 못했던 것이다. 그렇지 않았다면 어느 한 사람이라도 이들에 대해서 언급을 했어야 한다.

아무도 그런 말을 한 사람이 없다.

"애들을 내보내야겠군요."

삼로가 신중하게 말했다.

팽가 무인들을 내보내서 수색을 시키는 것도 문제가 많다.

쌍겸구악의 경우에서 봤듯이 하북팽가 무인들 중 상당수는 사총의 상대가 되지 않는다. 그들을 상대하기 위해서는 적어도 칼 한 자루는 자유자재로 쓸 줄 아는 자여야 한다.

저들은 숨어 있다.

사람들의 눈에 띄지 않는 곳!

북경에서 그런 곳은 없다. 어디서 무엇을 하든지 간에 사람들의 눈에 띈다.

저들은 꽁꽁 숨었다.

그런데 한 가지 단서가 생겼다.

지웅서가 가모를 만날 때, 또 다른 자는 외곽에서 전음을 보내왔다.

진기를 실어서 쏘아냈다고 하지만 인간의 육성이 닿을 수 있는 곳이어야 한다. 더불어서 사람 눈에 띄지 않는 곳이어야 하며, 팽가오로가 달려들 경우를 대비해서 퇴로까지 구축되어 있어야 한다.

이런 조건을 갖춘 곳이라면…… 산! 산뿐이다.

팽가촌을 휘어 감고 있는 석경산에 놈들이 은신해 있다. 그렇기에 아무에게도 발각되지 않은 게다.

석경산을 뒤져야 한다.

사실 그것은 어렵지 않다. 팽가 무인들치고 석경산을 모르는 자가 없으니 누구를 보내든 쉽게 찾아낼 게다. 그들이 석경산에 은신해 있기만 하다면.

문제는 역시 무공이다.

저들 세 명을 동시에 상대할 만한 자가 누구인가?

백살겸은 염두에 두지 않아도 좋을 것 같다. 그는 한 발이 잘렸으니 운신이 힘들 게다. 그는 무시해도 좋고…… 지웅서는 백살겸과 동수다. 그를 상대하기 위해서는 팽효기 같은 절정고수가 필요하다. 나머지는 개죽음이다.

성하라는 자는 어떤가?

성하는 이름이 아니다. 직책이다. 옛날, 사총은 각 성(省)마다 성하라는 직책을 두어서 관리했다.

지웅서는 성하를 모시는 졸개다.

성하가 백살겸이나 지웅서보다 한 수 위인 것만은 분명하다.

팽가오로는 두 사람을 이끌고 있는 성하가 누군지 알지 못한다. 별호가 아니라 직책이라서 더더욱 알 길이 없다.

그를 평가할 만한 자료가 절대적으로 부족하다.

그렇다면 백살겸보다 한 수 위의 고수로 인정하고, 그에 맞춰서 준비해야 한다.

"통천오방진을 줄이죠. 팽가오도를 보내면 어떻습니까? 아이들이 눈치도 빠르고, 그만하면 무공으로도 밀리지 않을 것 같고. 만약 불상사가 발생해도 충분히 견뎌낼 것 같은데요."

오로가 말했다.

만약 싸움이 일어나도 오 대 이의 싸움이라면 밀리지 않을 것이다.

팽가오도가 누구인가. 팽가촌의 후기지수다. 팽효문과 팽효뢰가 죽은 지금은 그들의 입지가 매우 강화되었다.

현재 팽가촌에 남은 후기지수는 그들과 팽효기뿐이다.

"휴우! 그 수밖에 없겠네."

일로가 승낙했다.

수색에 능하고, 무공도 강하고, 눈치도 빠른 자들…… 그런 자들은 많지 않다. 하나 하북팽가에는 다섯 명이나 있다. 이럴 때 팽효문과 팽효뢰가 죽지 않았다면…….

염려되는 것은 팽가오도의 호승심이다.

그들을 보내면…… 그래서 저들과 부딪치는 일이 벌어지면 십중팔구 싸움이 벌어진다.

팽가오도를 보내면 반드시 그렇게 된다.

성하와 지웅서를 사로잡아야 하는데, 팽가오도에게 거기까지 바랄 수는 없다.

많이 바라면 손해 보지 않고 척살시키는 것이다.

일로가 부언(附言)했다.

"그 아이들에게 단단히 전하게. 수색만 하고 싸움은 하지 말라고."

"하하! 그 말이 통하겠습니까?"

"통하지 않겠지만, 주의는 하겠지. 저들이 만만치 않을 것이라는 생각도 가질 게고."

"알겠습니다. 주의시켜서 내보내겠습니다."

사로가 일어섰다.

"석경산이군."

"이곳에서 숨바꼭질이라. 어렸을 때가 생각나지 않아?"

"사실 숨바꼭질보다 신법 수련이 더 우선이었지. 산을 뛰어 다니는데 힘이 전혀 들지 않는 거야. 얼마나 신기하던지. 그때 무공의 맛을 처음으로 안 것 같아."

"그게 어디 너뿐이냐. 우리 모두 마찬가지지."

그들, 팽가오도는 석경산을 바라보면서 이야기를 나눴다.

석경산은 그들의 놀이터다.

팽가 어른들은 이곳에서 숨바꼭질을 시켰다. 신법을 가르쳐 주고, 은신술을 가르쳐 주고, 숨을 어떻게 참아야 하는지, 또 숨은 자를 찾기 위해서는 안공을 어떻게 써야 하는지…… 숨 바꼭질에 대한 기술들을 하나씩 알려주었다.

어린아이들은 놀이를 즐겼을 뿐이다.

우선 어른들이 가르쳐 주는 대로 하면 힘이 들지 않았다. 산 과 들을 뛰어다녀도 힘이 넘쳤다. 어른들이 가르쳐 준 대로 쳐 다보면 시야가 확 트였다. 작은 개미도 뚜렷하게 보였다.

그것이 무공이라는 것을 모를 리 없다.

무공은 굉장히 좋은 것이다. 나쁜 것이 아니다. 아주 건강하 고 유쾌한 것이다.

이러한 마음을 가지면서 놀이를 즐겼다.

팽가 무인들은 기본공을 그런 식으로 배운다.

이는 일석이조(一石二鳥)의 효과가 있다.

첫째로 무공을 힘들이지 않고 배울 수 있다. 무공을 수련하 는 게 아니다. 그냥 마음껏 뛰어놀라는 것이다. 너희가 놀고 싶은 대로 놀아라.

무공에 대한 선입견이 사라진다.

무공은 힘들다. 어렵다. 사람을 죽여야 하고, 자칫하면 자신도 다친다. 칼을 드는 순간부터 도산검림(刀山劍林) 속에서 살아야 한다. 보보(步步)마다 죽음이다.

무공에 대한 부정적인 말들은 끼어들 공간이 없다.

두 번째는 석경산을 환히 알 수 있게 된다.

이 부분은 대단히 중요하다.

이렇게 놀이로 유인하지 않으면, 아이들은 산에서 놀지 않는다.

어느 마을이나 뒷산 혹은 앞산을 끼고 있다. 그곳에서 태어나고 자란 아이들은 동네에 있는 산을 잘 안다. 하지만 눈을 감고 어디에 무엇이 있는지 말해보라고 하면 말하지 못한다.

잘 알고 있는 듯하지만 실상은 알지 못한다.

팽가 무인들은 석경산을 구석구석까지 파악한다.

팽가촌 주변의 지형을 손바닥 들여다보듯이 파악해 놓음으로써 만일의 사태에 대비한다.

지금처럼 수색을 할 수도 있다.

그들은 석경산을 샅샅이 뒤지지 않는다. 그럴 필요가 없다. 산은 넓지만, 사람이 숨어서 지낼 만한 곳은 몇 군데 되지 않는다.

그런 곳을 아주 잘 안다.

석경산을 무대로 해서 싸움을 벌인다면 굉장히 유리하다는 측면도 있다.

지형을 잘 안다는 것은 지리적인 우세를 얻는다는 뜻이다.

"찾아내는 건 쉬울 것 같은데…… 그다음은 어떻게 할까?"

어른들은 경거망동하지 말라고 했다.

당장 공격하고 싶은 마음이 간절할 것이지만, 일단 뒤로 물러서서 같이 움직이자고 했다.

"노인네들은 너무 조심성이 많아서 탈이야."

"그렇지?"

"요즘 우리 팽가가 너무 유약해졌다는 생각이 들지 않아? 이리 밀리고, 저리 밀리고."

"치자."

"좋았어! 나도 그 말을 기다렸다고!"

그들은 의기투합했다.

팽가오도라는 이름으로 한날한시에 무림에 이름을 올린 그들이다. 한데 팽가촌에서의 평가는 최고가 아니었다. 무림에서는 최고라고 하는데, 팽가촌에서는 팽효문, 팽효뢰, 그리고 팽효기에 비해서 두어 수 뒤진다고 본다.

그들은 그 말을 받아들이지 않는다.

그들은 사촌이다. 같이 자랐고, 같이 숨바꼭질했고, 같이 검을 들었다.

그들의 무공은 자신들이 잘 안다.

비등하거나, 자신들보다 한 수 아래다.

그들은 반대로 생각하겠지만 팽가오도는 그렇게 생각한다.

하지만 같은 혈족끼리 누가 잘났네 하면서 싸울 수는 없다.

순위를 제대로 매기자고 비무를 청할 수도 없다.

팽가촌은 무공보다도 인의(仁義)를 우선시한다.

순위를 바로잡을 기회는 반드시 온다.

가주가 은퇴할 때!

하북팽가는 장자(長子)의 권한이 그리 크지 않다. 반면에 혈족의 개념은 굉장히 강하다.

이 집안, 저 집안을 따지지 않고 팽가촌이라는 한마디로 한데 버무린다.

팽가촌 무인들은 모두 한 형제다.

그렇기 때문에 후임 가주는 지명(指名)으로 정하지 않고, 공정한 기회를 부여하여 선발하는 형태를 취한다.

가주의 장자라도 능력이 없으면 가주직을 이어받지 못한다.

이는 모든 형제에게 기회를 준다는 점에서 아주 고무적이다. 또 이런 관례가 이어져 왔기 때문에 가주의 직계혈족도 당연하게 받아들인다.

그때가 되면 누가 진정한 강자인지 판별될 것이라고 생각해 왔다.

그런데 팽효문이 죽었다. 팽효뢰도 죽었다. 그들과 비교되는 사람으로는 팽효기만 남았다.

한 계절이 지나기 전에 급격한 변화가 일어났다.

사실 그들의 죽음은 팽가오도에게는 기회를 준 것이나 다름없다. 그들보다 한 수 아래라고 생각하던 존장들도 이제는 그들에게 의지하는 바가 크다.

이번 일만 해도 그렇다.

그들이 살아 있다면 이번 일은 팽효문이나 팽효뢰에게 맡겼을 게다. 수색에는 사람이 많이 필요하니까 자신들을 포함시켰을지 모르겠지만, 책임은 그들에게 맡겼을 것이다.

이제 그들은 없다. 그리고 존장들은 자신들을 의지한다.

딱 거기까지만 좋다.

절벽에서 한 걸음 더 나아가는 심정으로 조금만 더 믿어주었으면 얼마나 좋았을까.

그래, 너희가 처리해라. 너희를 믿는다.

이 말 한마디만 해주었다면 아주 큰 힘이 되었을 텐데.

물론 팽가오도가 영웅심에 들떠 있는 건 아니다. 명예를 얻기 위해서 목숨을 걸 만큼 미련하지도 않다. 약자와 강자를 구분할 줄 아는 눈도 있다.

그들이 '치자'고 말할 때는 자신들이 충분히 해결할 수 있는 상대라고 판단했을 때다.

"어디, 어떤 놈들인지 찾아보자!"

"좋지."

쒜엑! 쉐에에엑!

그들은 물 찬 제비처럼 날아올랐다.

나무 위로 신형을 날린 후, 가지에서 가지로 건너뛰며 날아갔다.

어렸을 때부터의 습관이다. 숨바꼭질을 하면서 길러진 버릇이다. 높은 곳에서 낮은 곳을 본다. 숲 전체를 보기도 하고, 나무 한 그루를 살피기도 한다.

타악! 탁! 타악!

발로 나무를 걷어차는 소리가 일정한 음률이 되어 울려 퍼졌다.

탁! 탁! 타악!

작은 소리가 끊임없이 울린다.

그 소리는 멀리서 시작해서 점점 가까워진다. 속도는 매우 빠르다. 숨 한 모금 들이쉴 사이에 사오 장을 미끄러진다.

"크크크! 손님들이 왔네."

지웅서가 느긋하게 조도를 꺼내서 손가락에 끼었다.

"음…… 저놈들 정도면 발걸음 소리를 죽일 수 있을 텐데. 일부러 소리를 내면서 오는군. 어디 숨어 있는지 안다. 그러니 도망갈 생각은 꿈도 꾸지 마라. 이건가?"

백살겸이 말했다.

"크크크! 요즘 어린놈들은 하늘 높은 줄 몰라서 탈이야. 모두 저만 잘난 줄 안다니까."

찰칵!

조도가 딱 들어맞게 끼워졌다.

"하나, 둘, 셋, 넷…… 다섯! 모두 다섯이군."

"팽가오도. 그 애송이들인가?"

백살겸은 애병 겸을 만지작거렸다.

옛날처럼 화려하게 싸우지는 못하겠지만, 한두 번 정도 초식을 구사할 수는 있을 것이다.

그는 자신을 냉정하게 분석했다.

팽가오도의 적수가 안 된다. 다리 하나 없다는 것은 그를 삼류 무인으로 만들어 버린다.

지금 당장 그렇다는 말이다.

앞으로도 계속 삼류 무인으로 살 필요는 없다.

옛날의 신법을 어떻게 구현하느냐에 따라서 옛날로 돌아가느냐 삼류 무인으로 전락하느냐로 갈라진다.

이것은 누구도 대신 해줄 수 없다. 오직 자신만이 해낼 수 있다. 한쪽 다리로 일어서고, 뛰어가고, 공격해야 한다. 상대가 방어하지 못할 정도로 빠르게 운신하면 성공한 것이고, 그렇지 못하면…… 말할 필요가 있겠는가.

그는 다리를 잃은 충격이 매우 크다.

흑마겸 같은 경우에는 다리 하나를 잃었다고 해도 무공적인 측면에서는 곧바로 재기할 수 있다. 겸공도 일절이지만 암기도 일절이기 때문이다.

그는 겸공에 각법을 가미시켜 사용해 왔다.

각법이 없는 공격이란 생각할 수 없을 정도로 두 다리와 낫의 조합은 훌륭했다.

다리 하나를 잃었다는 것은 지금까지 사용해 온 겸공이 깨졌다는 말이나 다름없다.

새로운 겸공을 찾아내야 한다. 각법과 섞지 않은, 오로지 손으로만 펼칠 수 있는 겸공이 있어야 한다.

휘익! 휘이익!

검을 사납게 휘둘러 봤다.

"크크크! 왜? 싸우고 싶어서?"

"자식아, 너 혼자서 저놈들을 상대할 수 있을 것 같아?"

"안 될 것 같지?"

"안 돼."

"내기할까? 내가 이겨서 저놈들을 혼자 상대하면 네 남은 다리 하나 마저 잘라 버리는 거로."

"관둬라."

백살검이 손을 휘휘 내저었다.

지웅서의 특기는 땅속이다. 땅 위에서 싸우는 것이 아니라 땅속에서 싸운다.

팽가오도는 그 점을 간과하고 있다.

"네놈을 미끼로 쓰련다. 크크크! 싫다고 해도 어쩔 수 없고. 잘 버틸 생각이나 해라. 천하의 쌍검구악이 애송이한테 당해서야 어디 체면이 서나."

지웅서가 징그럽게 웃으면서 몸을 핑그르르 돌렸다.

파파팟!

그가 땅속으로 스며들었다.

지웅서가 있는 곳에는 항시 깊은 구덩이가 존재한다. 몸을 숨길 곳이 아무리 못해도 열 군데가 넘는다.

그만큼 많은 구덩이를 파놓고, 이 구덩이에서 저 구덩이로 통하는 미로를 판다.

그런 관계로 그를 잡을 수 있는 자는 드물다.

공격했다 싶으면 어느새 땅속으로 스며들기 때문에, 방원 십여 장을 한꺼번에 무너트릴 수 있는 괴력이나 화력이 없는 한, 놈은 항상 빠져나간다.

공격도 이런 형태에서 취한다.

발밑에서 불쑥 솟구쳐 오르기 때문에 방어하기가 아주 난감하다. 어느 때는 사람은 보이지 않고 칼만 살짝 들이밀기도 한다.

팽가오도가 백살겸을 잡고자 할 때, 그들의 발밑에서 폭화(暴火)가 솟구칠 게다.

탁탁! 타타탁!

나무를 밟는 소리가 코앞에서 들렸다.

스읏!

백살겸은 눈앞에 있는 떡갈나무에 반쯤 무릎을 굽히고 앉아 있는 사내를 봤다.

"팽가오도……."

나직한 중얼거림이 자신도 모르게 새어 나왔다.

3

'이런!'

루주는 밀마를 읽자마자 벌떡 일어섰다.

"사용할 수 있겠어?"

주설언에게 한 말이다.

"네. 할 수 있어요."

"준비해."

"정말…… 요? 괜히 방해만 될까 봐……."

"준비해."

주설언이 재빨리 튕기듯 일어나서 안쪽으로 달려 들어갔다.

"팽가오도가 석경산으로 갔소. 어디로 갔는지 짐작 가는 데라도?"

팽가연도 밀마를 읽었다.

팽가오도가 백살겸과 지웅서를 찾기 위해 석경산을 수색한다는 밀마다. 그리고 이 밀마는 성하를 찾아달라는 루주의 요청에 대한 화답이기도 하다.

찾아 달라. 찾으러 보냈다.

그것 이상도 이하도 아닌 단순한 밀마다.

한데 루주의 안색이 딱딱하게 경직된다. 뿐만 아니라 주설언에게 준비까지 시킨다.

주설언은 독경을 수련하고 있다.

천멸독경이라는 상고(上古)의 독경을 이미 독인(毒人) 수준까지 수련해 냈다.

팽가연이 그녀를 만날 때만 해도 그녀는 무공을 전혀 모르는 기녀에 불과했다. 그런 여인이 겨우 한두 달 사이에 뛰어난 독인이 되었다는 게 믿어지지 않는다.

주설언은 세상 모든 사람이 불가능하다고 말할 일을 해냈다.

물론 그녀의 수련에는 항시 루주가 있었다.

그녀가 수련을 할 때는 만사를 잊는다. 주위에 강적이 도사리고 있다는 사실조차도 잊는다. 이 세상에 오직 혼자뿐이라는 생각으로 수련에만 몰두한다.

루주도 마찬가지다.

주설언이 수련을 할 때, 그도 옆에서 도와준다. 주설언과 똑같이 만사를 잊는 집중력, 몰입력으로 진기 타통을 도와준다.

주설언은 손발을 움직여서 무공을 펼쳐 보인 적이 없다.

그녀의 수련은 딱 두 종류다. 하나는 방금 전에 말한 진기타통이고, 또 하나는 묵상이다.

눈을 감고 생각한다. 이것이 수련이다.

손발을 직접 타격에 쓰지 않는 독경 수련이라고 해도 무인의 몸짓 정도는 배워야 하는데…… 그녀는 일절 움직이지 않는다. 그저 앉아서 묵상만 한다.

그런데 풀들이 시들시들 죽어간다.

주변에 나무가 고사(枯死)한다. 많은 나무 중에서 그녀가 손댄 나무만 말라죽는다.

개구리를 죽인 적도 있다.

손을 대지 않고 쳐다보기만 했다. 진정 손가락 하나 꼼지락거리지 않고 묵묵히 쳐다봤다.

개구리가 파르르 떨더니 이내 배를 드러내고 드러누웠다. 네 다리가 경련을 일으키면서 쭉 뻗더니, 딱딱하게 굳어버렸다.

눈으로 직접 보고도 믿지 못할 정도로 빠른 죽음이다.

그녀는 암습의 대가가 되었다.

독술을 또 어떻게 쓸 수 있는지 알 수 없어서 단정 지어 말하지는 못하지만, 개구리를 죽인 솜씨로 사람을 해한다면 자신도 모르게 당할 사람이 꽤 많을 게다.

"준비 다 했어요."

주설언이 간단한 행낭을 둘러매고 나왔다.

"뭐가 잘못됐나요?"

팽가연이 급히 물었다.

"내 실수요."

루주의 말이 묵직하게 가슴을 짓누른다.

"실수요?"

"팽가오도는 성하를 상대할 수 있소."

이 부분, 루주는 확신했다.

팽가촌에 수색을 의뢰하면, 당연히 팽가오도가 나설 줄 알았다.

팽가오로는 팽가촌을 지켜야 한다. 앞으로도 가모를 만나기 위해 숱한 사람들이 침입할 것이다. 절염색녀를 만나려는 자들, 그녀가 선을 대고 있는 자들…… 그들을 일일이 격퇴시켜야 한다.

그러면 남은 사람은 팽가오도밖에 없다.

팽가오도가 백살겸과 지웅서를 상대할 수 있을까? 그들보다 무공이 높은 성하도 있는데?

상대할 수 있다. 팽가오도의 무공은 절대 약하지 않다. 무림이 그들에게 하북팽가를 이끌어갈 후기지수라는 뜻에서 팽가오도라고 명명한 데는 그만한 이유가 있다.

다만, 그때는 생각하지 못했던 부분이 있다.

성하!

성하는 사람이 아니다. 직책이다. 왜 그가 혼자 움직인다고 생각한 거지? 그에게 다른 수하가 있다는 생각을 왜 못한 거지? 그 생각을 처음부터 했어야 하는데.

"성하요? 전에 밀마에 적어놓은 걸 얼핏 보기는 했는데. 사실 성하란 사람에 대해서 물어보고 싶었어요. 그가 강한가요? 사총에서 어느 정도 위치에 있는 사람이죠?"

팽가연이 물어왔다.

그녀는 성하에 대해서 알지 못한다. 대부분의 사람이 성하를 잊었다.

그렇다. 성하를 너무 잊고 살아왔다.

사총이 궤멸했기 때문에 성하라는 직책도 사라졌다고 생각했다. 옛날에 성하란 직책을 맡았던 자이겠거니, 그렇게만 생각했다. 그러니 혼자 움직인다고 생각한 게다.

만약 사총이 움직인다면?

사총이 재건되었고, 예하 조직도 구성을 맞췄다면?

그렇다면 사총 주위에 무려 백 명 이상의 마인이 들끓는다.

충분히 팽가촌을 치고도 남을 전력이다.

팽가촌에는 팽가오로가 있다. 가주도 있다. 하지만 그들이 전격적으로 달려들면 초토화되는 건 시간문제다.

그의 생각이 여기에 미치자 한시가 급했다.

"갑시다. 가면서 말해줄 테니."

그는 몹시 조급했다. 만일 팽가오도가 잘못된다면 팽가촌은 극심한 타격을 받는다. 무림에서의 존립 자체가 염려될 정도로 막대한 타격이 될 게다.

팽가촌을 이끌어갈 영재들이 사라진다.

적어도 앞으로 삼십여 년간은 은인자중해야 할 운명에 처하리라.

그가 팽가촌을 염려할 이유는 없다. 다만…… 어미가 너무 큰 죄를 지은 곳이기에, 어미가 십 년 동안이나 몸을 담은 곳이기에 이 정도의 염려를 해줘야 된다고 생각한다.

'제발 늦지 않았기를……'

그는 주설언의 허리에 팔을 두른 후, 신법을 전개했다.

내공 차이가 심하게 난다.

팽가연은 루주를 따라가지 못했다.

루주가 펼치는 신법은 특이하지 않다. 아주 평범해서, 신법이라고 부를 수도 없을 정도다. 부운신종(浮雲身從)이라는 거창한 이름이 붙어 있기는 하지만 무림인치고 모르는 사람이 없다.

반면에 그녀는 어기신풍(御氣神風)을 펼쳤다.

한 줌의 진기에 몸을 싣고 마치 신풍처럼 날아오른다. 공기의 결을 찾아서 물 흐르듯이 유연하게 나아간다.

일명 화살보다도 빠르다는 신법이다.

그런데 루주는 주설언을 옆에 끼고도 숨소리 한 올 흐트러짐이 없이 신법을 펼쳐 낸다.

그녀는 숨이 턱에까지 차올랐다.

"헉헉! 헉헉헉!"

취취가 제일 먼저 거친 숨을 쏟아냈다.

스으읏!

루주가 신형을 조금 늦췄다.

완전히 멈춘 것이 아니라 조금 속도를 늦췄을 뿐이다.

"실례하겠소."

그가 나직이 말하면서 취취의 명문혈에 손을 얹었다.

그의 의도가 읽힌다. 하지만 이게 무슨 짓?

명문혈을 통해서 진기를 주입시켜 주려는 것 같다. 하지만 이게 가당키나 한 행동인가. 달리는 상태에서 진기를 주입시킬 수 있다는 말은 들은 적도 없고 본 적도 없다.

스웃! 파앗!

취취의 얼굴이 금세 붉게 달아올랐다.

"조금만 참으시오."

그가 손을 떼며 말했다.

"고마워요."

취취가 감사함을 표시했다.

　방금 전까지만 해도 숨이 턱에 닿아서 급한 숨을 토해내던 그녀였는데, 이제는 착 가라앉은 음성으로 마치 서서 말하는 것처럼 편안하게 말한다.

　진기가 대번에 순조로워졌다.

　루주가 팽가연을 쳐다봤다.

　"전 괜찮…… 헉! 아요!"

　입을 열어 말을 하자 일시 진기가 흩어졌다.

　"알고 있소. 괜찮다는 것. 하지만 지금은 촌각이 시급하니 젖 먹던 기력까지 모두 짜내야겠소."

　턱!

　손이 명문혈에 닿았다. 그리고 온몸을 시원하게 해주는 맑은 기운이 샘물처럼 흘러들었다.

　"하아!"

　가슴이 뻥 뚫리는 것 같다. 지금까지 죽을힘을 다해서 달려왔는데, 아직 한 걸음도 떼어놓지 않은 것처럼 전신에 힘이 넘친다.

　'이 사람은 도대체!'

　쒜에엑!

　루주가 다시 앞서 나갔다.

＊　　　＊　　　＊

　팽가오도는 나무 위에서 먹잇감을 노려보았다.

그들 앞에 백살겸이 놓였다.

그는 커다란 나무를 등지고 앉아서 겸을 만지작거린다. 자신들을 노려보면서 진기를 조절한다.

일어나서 움직일 수가 없다.

앉은자리에서 몇 초 맞받아치려는 건데…… 무공을 그 정도밖에 펼칠 수 없다면 죽은 목숨이다.

그러나 팽가오도는 즉시 쳐나가지 않았다.

땅 밑에서 살기가 치솟는다.

보나마나 지웅서가 땅 밑으로 기어들어 가서 호시탐탐 기회를 엿보고 있을 게다. 백살겸을 미끼로 내놓고, 그를 공격하는 자가 있으면 뒤를 치겠다는 생각이다.

거기까지는 모두 감지했다.

두 사람이 백살겸을 공격한다. 그 뒤를 지웅서가 칠 것이고, 남은 세 명이 지웅서를 되받아친다.

공격 계획이라고 할 것도 없이 앞뒤 순서가 쫙 짜였다.

그런데도 공격해 들어가지 못했다.

츠츠츠츠.

기분 나쁜 기류가 흐른다.

나무에서 뛰어내리기만 기다리는 어떤 자가 있는 것 같다. 감각을 최대한 높여서 탐지해 봤지만 드러나는 건 없다. 그러면서도 공격해서는 안 될 것 같은 예감이 든다.

그들은 그런 예감을 믿었다.

그들에게는 통천오방진의 감응이 있다.

제 방위를 제대로 취하고 있는 것은 아니지만 본능적으로 감지되는 느낌이 있다.

'치면 당한다.'

느낌이 왔으니 주위를 살핀다.

보이는 게 없다. 쥐 죽은 듯이 조용하다. 풀잎을 건드리는 소리조차 들리지 않는다. 아니, 숨소리조차 들을 수 없다.

만약 어떤 자가 숨어 있다면, 그야말로 굉장한 자다.

아! 그가 있구나! 성하!

놈을 발견할 수 없으니 공격을 시작한다. 언제까지나 노려보고 있을 수만은 없지 않은가. 대신 방비책을 철저하게 세워 둔다.

찌릿!

눈짓이 오고 갔다.

일(一), 이(二), 이(二).

한 사람이 백살겸을 공격한다. 지웅서가 나타나면 두 명이 뒤를 친다. 그 뒤를 노리고 성하가 나타나면 마지막 두 명이 공격한다.

이 모든 공격은 단숨에 끝날 게다.

관건은 첫 공격에 달렸다.

찌리릿!

마지막 눈짓을 주고받았다. 그리고,

쒜엑!

드디어 나무를 박차고 뛰어내렸다.

쫘좍! 쫙!

유엽도가 허공을 가르는데 도끼로 장작을 패는 듯 거친 파공음이 들린다.

쐐엑! 촤라라락!

백살겸도 겸공을 전개했다.

날아오는 무인을 향해 한 자루의 낫이 팽그르르 회전을 하면서 날아갔다.

까앙!

무인을 낫을 쳐냈다. 그 순간, 낫이 생명이 있는 생물체처럼 빙글 회전하면서 목을 노렸다.

낫 끝에 매달린 줄로 조종을 한다.

쐐엑! 사각!

무인은 건곤연환탈백도를 전개했다. 하늘에서 땅으로, 땅에서 하늘로 이어지면서 혼을 빼앗는다.

낫자루가 잘려 나갔다. 순간,

푸우악!

땅이 좌우로 쫙 갈라지면서 지응서가 튀어나왔다. 아니, 새까만 손가락 열 개가 그의 양 다리를 낚아챌 듯이 달려들었다.

"우하하하하!"

무인 두 명이 나무를 박차고 뛰어내렸다.

모든 게 계획대로다.

첫 번째 공격한 무인은 예정대로 백살겸을 벤다. 그는 병기까지 잘렸고, 다리는 쓰지 못하는 상태이니 빠져나갈 구멍이 없다. 말 그대로 얌전히 앉아서 죽음을 맞이하는 수밖에 없다.

지웅서는 공격을 거두었다.

자신을 향해서 칼 두 자루가 날아오고 있으니 계속 공격을 이어갈 수 없다.

어쩔 수 없이 돌아서서 상대해야 할 것이고…… 자, 그럼 이제 성하만 튀어나오면 되나? 그런데!

팟!

백살겸이 한 다리를 굴러서 벌떡 일어섰다. 그리고 재빨리 뇌려타곤(懶驢陀坤)을 펼쳐서 데굴데굴 구르더니 지웅서가 파놓은 구덩이 속으로 쏙 빨려 들어갔다.

지웅서도 마찬가지다. 그가 공격을 거두기는 했다. 하지만 칼 두 자루를 향해서 돌아선 게 아니다. 자신이 빠져나왔던 구멍으로 쏙 들어가 버렸다.

닭 쫓던 개 지붕 쳐다본다.

세 무인은 엉거주춤 설 수밖에 없었다. 그때,

파라라라라락!

갑자기 사방에서 콩 튀기는 듯한 소리가 울렸다. 그리고 벌떼가 새까맣게 일어났다.

쒜에에에에엑!

땅에서 피어난 벌떼는 아름다운 호선을 그리면서 허공으로 솟구쳤다. 한없이 높게, 빠르게, 아름답게, 우아하게…… 그러다가 어느 한순간, 뚝 멈춘다 싶더니 이내 방향을 돌려서 아래로 내리꽂혔다.

쒜에엑! 쒜엑! 쒜에엑!

벌떼들은 올라갈 때에 비해서 서너 배는 빠르게 쏟아져 내렸다.

“피햇!”

누가 경고를 발할 처지가 아니다. 모두가 위험하다.

그들은 사방으로 튕겨 나갔다. 쏟아져 내리는 벌떼…… 아니, 화살 더미를 피해서 공격권 밖으로 쏘아져 나갔다.

하북팽가에서 가장 빠른 신법, 어기신풍을 펼쳤다.

그런데 기분 나쁜 소리는 숲에서도 터져 나왔다.

좌라락! 좌라락! 좌라라락!

마치 주판알을 연속적으로 퉁기는 듯한 소리!

“연노(連弩)!”

“제길!”

그들은 앞으로 나가지 못하고 뒤로 물러섰다.

“연환풍(連環風)!”

유엽도로 빙글빙글 원을 그리면서 떨어져 내리는 화살을 쳐나갔다. 그러면서 안전하게 은신할 만한 곳을 찾았다.

나무 위에서 대기하고 있던 무인들도 예외는 아니다.

그들은 앞선 세 사람보다 더 빨리 연노 세례를 받았다.

쒸익! 쒸이익!

두 사람은 화살을 피해서 땅으로 내려섰다. 하나 그곳은 이미 화살 더미가 거센 폭우가 되어서 쏟아져 내리고 있었다.

“도벽(刀壁)!”

"제길! 우슬강(雨蝨崗)!"

각기 자신이 알고 있는 절초 중에서 가장 강한 도막(刀幕)을 펼쳐 냈다.

타타타탁! 쒜에엑! 타타탁!

화살이 소낙비처럼 쏟아졌다.

"크윽!"

"끅! 빌어먹을!"

그들은 옅은 비명을 쏟아냈다.

많은 화살을 쳐냈지만…… 칼 한 자루로 쳐내기에는 너무 많은 화살이 쏟아지고 있다.

피할 곳이 없다. 사방이 막혔다. 숲으로 들어서면 연노가 쏘아지고, 공지로 나오면 화살 비가 내린다.

턱!

등이 커다란 나무에 닿았다.

백살겸이 앉아서 죽음을 기다리던 바로 그 나무다.

그곳에 다섯 명이 등을 기대고 선 채 사방을 노려봤다.

두 명은 화살을 맞았다. 한 명은 화살 한 대가 허벅지에 꽂혀 있고, 다른 한 명은 왼팔 상완(上腕)에 맞았다.

다른 세 명도 무사하지는 못하다.

화살이 스치고 지나가면서 할퀸 자국과 찢어낸 자국이 전신을 뒤덮는다.

"활을 이렇게 잘 쓰는 문파라면…… 노궁문(弩弓門)인가."

"그놈들…… 예전에도 사총 편에 서더니 기어이!"

“후후! 그래서 마인이란 놈들은 뿌리를 뽑아야 한다니까. 괜히 사정을 봐주면 꼭 이렇게 뒤통수를 쳐요.”

팽가오도는 바싹 긴장한 듯 경계를 늦추지 않고 말했다. 하지만 아니다. 겉으로는 긴장하는 척하면서 속으로는 진기를 조절하고 있었다.

큰 싸움일수록 차분해야 한다. 흥분하면 진다.

第三十章
착각이 부른 죽음

1

무림에 궁술로 이름을 얻은 문파는 드물다.

무림사에 밑줄을 그어가며 뒤져 봐도 기껏해야 한두 문파 정도밖에 나오지 않는다.

반면에 궁술로 이름을 떨친 무인은 많다.

당금 무림에도 뛰어난 궁사가 많다. 그들을 일일이 거론하 자면 열 손가락을 모두 써도 모자란다.

뛰어난 궁사는 많은데, 뛰어난 문파는 없다.

활이란 그런 것이다.

가장 치명적인 약점은 근접전에서 발생한다.

물론 궁문(弓門)에도 기본적인 무공이 있다. 검이나 칼 대신 에 시위를 병기로 쓰기도 한다. 시위를 강철로 만들면 막고 찌르기에 탁월한 성능을 보여준다.

　일반적인 싸움에서는 이런 방법들이 통용된다.

　그럼 초절정고수와의 싸움에서는 어떤가?

　원거리 공격에서는 단연 활이다. 검이나 칼이 닿지 않는 거리에서 위협적인 무기를 날려 오면 어떻게든 피하거나 막아야 한다. 무시한다는 건 있을 수 없다.

　뛰어난 궁사의 진가가 여기서 드러난다.

　가장 멀리서 살상을 할 수 있는 자, 뛰어난 궁사다. 원거리에서 막을 수 없는 화살을 쏘아대는 자, 뛰어나다. 속사(速射)를 할 수 있는 자, 당연히 뛰어나다.

　이런 자들은 무림사에 뛰어난 궁사로 기록된다.

　문파가 무림사에 이름을 올리려면 여기서 한 가지를 더 추가해야 한다.

　지근거리에서 싸울 수 있는 진신무공!

　여기에서 궁문의 존립기반이 흔들린다.

　절정고수를 상대할 만한 무공이 있어야 한다. 그것도 검이나 칼 같은 여타의 병기들을 쓰면 안 된다. 오로지 활과 화살로만 이루어진 무공을 창출해야 한다. 검문이나 도문이 아니라 궁문을 말하고 있으니 당연히 그래야 한다.

　세 번째도 있다.

　이렇게 만든 무공을 전 문도가 사용할 수 있어야 한다.

　비인부전(非人不傳)은 문파의 성립 요건이 아니다. 문파의 무공은 모든 사람에게 고루 전수되어야 한다. 사람에 따라서,

무공의 질에 따라서 한두 무공만 선택할 수는 있지만, 어떤 무공을 선택해도 수련할 수 있어야 한다.

지금까지 이 모든 요건을 충족시켰던 궁문은 거의 없었다.

그런데 노궁문이라는 문파가 혜성처럼 등장했다.

그들은 모습을 보이지 않는다. 어둠 속에 숨어서 활만 쏜다. 마치 암기를 날리듯이 활만 쏘고는 사라진다.

그런데 그것으로 충분하다.

어떤 자도 그들이 날린 화살세례를 견뎌낸 자가 없다. 화살비를 뚫고 들어서야 지근 공격을 할 수 있는데, 그런 경우를 얻어낸 자가 없다.

오직 한 사람, 검치만이 그런 일을 해냈다.

물론 검치가 그런 일을 해냈다는 말은 노궁문이 멸문했다는 뜻으로 알아들어도 좋다.

그 이후, 노궁문은 무림에서 사라졌다.

노궁문이 일신의 영달을 꾀할 수 있는 문파는 아니다. 노궁문의 무공을 수련한다고 해도 무림사에 이름을 남기기란 하늘의 별 따기보다도 어렵다.

노궁문은 개인보다 조직을 우선시한다.

이런 점은 모든 문도에게 고루 적용된다. 노궁문의 문주조차도 누구인지 알려지지 않았다. 그도 문도 중의 한 명으로 만족한다. 무림사에 자신의 이름이 남는 것을 바라지 않는다. 오로지 노궁문만 건재하면 된다.

노궁문은 철저하게 조직으로 움직이는 문파다.

정식 문파로 인정할 수 없고, 그렇다고 문파가 아니라고 할 수도 없는 문파다.

결정적으로 노궁문은 사총과 손을 잡았다.

정사(正邪) 중간에서 사총과 손을 잡고 마의 길로 들어섰다. 그리고 검치가 그들을 멸문시킬 때까지 무려 이백여 명이나 되는 고수를 죽음으로 몰아넣었다.

그들이 왔다!

"통천오방진을 펼친다. 동서남북(東西南北), 가랏!"

팽가오도 중에 중방을 맡던 자가 외쳤다.

"안 돼!"

다른 자가 급히 말했다. 하지만 이미 중방을 맡고 있던 무인은 나무 위로 몸을 솟구치고 있었다.

쉬익!

옅은 바람 소리가 처절한 울음소리처럼 들렸다.

통천오방진을 펼치면 지금보다 감각이 배는 예민해진다. 서로 간에 감응도를 높이기 때문에 누가 위험한지, 누가 여유로운지를 직감할 수 있다.

원래 통천오방진을 펼치기 위해서는 지리를 꿰뚫고 있어야 한다.

눈을 감고 움직여도 눈을 떴을 때처럼 막힘없이 움직일 수 있어야 한다.

그들은 석경산 지리에 익숙하다. 하지만 이곳 지리를 팽가촌처럼 환히 알지는 못한다.

이런 곳에서는 통천오방진을 펼칠 수 없다.

또 다른 문제도 있다.

중방은 가장 안온한 자리다. 외부로부터 침입이나 견제가 가장 약한 곳이다. 그래서 그곳에 있는 사람이 나머지 사방을 관리한다. 움직임을 통제한다.

지금은 사정이 다르다.

중방을 맡기 위해서는 나무 위로 올라가야 하는데, 다른 두 명이 경험했듯이 나무 위는 연노의 표적이 된다. 몸을 움직여서 자리를 뜨지 않으면 매우 위험해진다.

통천오방진의 중방과는 완전히 다른 환경이다.

그가 그런 점을 모르고 나무 위로 올라갔을 리는 없다. 섣불리 통천오방진을 입에 담은 것도 아니었다.

통천오방진을 펼치고 앞으로 치달려나간다.

그러면 화살 비를 받아낼 수 있다. 뿐만 아니라 연노의 속사도 쳐낼 수 있다. 그만큼 감응도가 예민해진다. 피부에 하루살이가 발만 살짝 올려놓아도 알게 될 게다.

하지만 중방은 그만큼 더 위험해진다.

그는 다른 사방을 통제하기 위해서 자신의 감응을 늦춰야 한다. 화살 비를 피할 수 없다. 연노 또한 피하기 어렵다.

그렇다. 그는 자신의 목숨을 대가로 탈출을 도모하라고 말하고 있다.

'안 돼!' 라는 말은 너무 늦었다.

파아앗!

그가 가부좌를 틀고 앉아 진기를 휘돌린다.

활을 든 적들이 사방에 포진하고 있는데, 그 한가운데서 아예 '나 죽여라!' 하는 식으로 가부좌를 틀었다.

"이 미친놈!"

"흠!"

그들은 유엽도를 고쳐들었다.

이제부터는 뚫고 나가야 한다.

예상되는 적은 매우 많다. 노궁문이 있고, 지웅서가 있다. 달려가는 도중에 어디서 놈이 불쑥 튀어나올지 아무도 모른다. 더군다나 아직까지 얼굴도 보지 못한 성하가 있다.

산 넘어 산…… 중방이 죽는다고 해도 뚫고 나갈 수 있을지 의문이다.

쫘쫙! 쫘쫘쫙!

도 한 자루를 더 꺼내 쌍도를 잡았다. 그리고 건곤연환탈백도의 진결을 옮겼다.

공기가 쫙쫙 갈라진다.

서방에 선 무인은 유엽도를 거의 수직으로 곧추세웠다.

팔 길이 안에서 모든 초식이 펼쳐진다는 수촌도법(手寸刀法)이다.

하북팽가의 오대도법에는 포함되지 못했지만, 그가 가장 자신있게 펼칠 수 있는 도법이고, 또 무림에서도 이 도법으로 팽가오도라는 명성을 얻었다.

북방에 선 자는 비교적 가벼운 몸놀림을 보였다.

그는 뒷걸음질을 쳐야 한다. 남들이 전력을 다해서 질주할 때, 그는 뒷걸음질로 따라붙어야 한다.

혼원보(混元步)를 펼칠 예정이지만, 어쩌면 따라붙지 못하고 뒤떨어질 수도 있다.

그때 마지막으로 어기신풍을 펼쳐 보고, 안 되는 끝인 게지. 나무 위로 올라가서 혼자 죽겠다는 놈도 있는데, 도주하다 안 되면 죽겠다는 건 호사지 뭔가.

그들은 준비를 끝냈다.

그들이 어떤 상태인지는 중방에 선 무인이 가장 먼저 알아챘다.

"진(進)!"

쒜에엑!

말이 끝나기 무섭게 네 명의 무인이 퉁기듯 솟구쳤다.

파라락! 파라라락!

매미 수천 마리가 날아오르는 듯한 소리가 울린다.

'축방(丑方)!'

누군가 귀에 대고 소리치는 것 같다.

중방에 있던 자가 말해주고 있다. 사방에서 연노가 발사되었지만, 모두 똑같은 위력을 지닌 것은 아니다. 그중에 약한 곳, 축방이다. 그쪽으로 움직여라!

좌라락! 좌라라락! 타타타탁!

숲으로 들어서자 연노의 발사 속도가 두 배는 빨라졌다. 쏘아지는 양이 어마어마하다. 궁수 백여 명이 일시에 십여 대의 화살을 날린 것 같다.

무려 천여 대!

네 명의 무인은 화살을 쳐내면서 깊숙이 들어섰다.

화살이 밀집처럼 빼곡히 날아왔지만, 수촌도법의 벽을 뚫지는 못했다. 건곤연환탈백도의 도막을 뚫지도 못했다.

예견하고 다가선 도법이 노궁문의 화살을 막아낸다.

'축(丑) 진(進)!'

계속 나아가란다.

타타타탁!

화살을 몇 대나 퉁겨냈을까? 몇 대나 잘라냈을까? 헤아릴 수 없을 만큼, 무의식적으로 손을 놀릴 만큼 많은 화살을 잘라내자 비로소 활을 든 사람들이 보였다.

노궁문 문도다.

지근거리에서 싸워본 적이 없는 자들!

쉬이잇! 쉬잇!

네 무인은 그들 사이로 날아들었다.

쉑! 쉑! 쒜에엑!

노궁문 문도는 일제히 병기를 뽑아 들고 근접전으로 마주쳐 왔다.

겸, 도, 창, 겸…… 온갖 병기가 쏟아져 나왔다.

노궁문은 활만의 무공을 포기한 듯하다. 문파의 정통성을 버리고, 오직 살겁의 문파로 다시 태어난 듯하다.

쒜엑!

도 한 자루가 머리를 쓸어온다.

"늦다!"

무인은 사촌 동생을 가르치듯 호통을 치면서 유엽도를 휘둘렀다.

쒜엑! 타악!

한 손에는 활을, 다른 한 손에는 도를 들고 마주쳐 오던 자의 머리가 툭 떨어졌다.

비명을 흘릴 사이도 주지 않고 저승길로 보냈다.

이것이 바로 하북팽가의 건곤연환탈백도다.

탁! 썩! 써어억!

검이 튕겨 나갔다. 그리고 곧바로 들이닥친 유엽도가 가슴을 길게 그어 내렸다.

하북팽가의 왕자사도다.

사람들은 왕자사도가 곧바른 줄 안다. 천만에! 왕자사도의 획순은 무공을 수련하는 과정일 뿐이다. 초식일 뿐이다. 거기에 연연하지 말고 무궁무진한 글자를 위해서 나아가야 한다.

"커억!"

노궁문 문도가 피를 뿌리며 쓰러졌다. 그때,

"물러섯!"

나직한 외침이 들려왔다. 그리고 노궁문 문도들이 썰물 빠지듯 쑥 빠져나갔다.

네 무인은 쫓지 못했다.

나직이 토해낸 일갈이 아직도 귓가를 울린다. 아주 강한 충격이 내장을 울린다.

엄청난 고수다. 적어도 할아버지들과 버금가는 진정한 고수다.

그들은 움직이는 대신 뒤를 돌아봤다.

아까부터 느낌이 좋지 않다. 감응도 전해져 오지 않는다. 그러니까…… 노궁문 문도를 보고 거침없이 뛰어드는 순간…… 그때부터 감응이 끊겼다.

그는 죽었다.

전신에 수십 대의 화살을 박은 채, 고슴도치가 되어서 자신들을 쳐다보고 있다.

그의 마지막 인사는 '꼭 빠져나가라'였을 게다. 열심히 도주하는 자신들을 보면서 웃었을 게다.

중방이 무너졌다.

"빌어먹을!"

철컹!

도를 움켜잡은 손에 힘이 들어간다.

괜히 도주했다 싶은 후회가 밀려온다. 빠져나가지도 못하고 가로막힐 줄 알았으면 같이 움직이는 건데.

쓱! 저벅! 저벅!

숲을 헤치며 묵직한 걸음 소리가 들려왔다.

"솜씨들이 좋군."

"성하냐?"

"경륜은 부족하고. 늙은 생강 같았으면 이런 함정에 빠지지 않았을 텐데. 새파란 애송이들이라 처리하기가 쉽군."

각진 얼굴에 눈가가 음침하게 그늘이 진 사내가 비웃음을 흘리며 말했다.

어디서부터 일이 꼬였을까?

세 명을 찾으려고 왔는데, 뜻밖에도 백여 명에 이르는 사람들이 숨어 있었다.

여기서부터 일이 꼬였다.

더욱 기가 막힌 것은 이 많은 사람이 숨어 있었는데도, 자신들이 전혀 알아차리지 못했다는 거다.

지하!

지웅서가 만들어놓은 지하 토굴에 숨어 있었다면…… 그렇다면 발각되지 않은 게 이해된다.

"몇 명이나 죽었어?"

"열네 명입니다."

"그 짧은 시간에 많이도 죽었군. 손실이 커. 겨우 애송이 한 놈 잡고 열네 명이라니."

"이익!"

분노가 치민다.

천하에 팽가오도가 애송이 소리를 벌써 두 번째 듣고 있다.

그래도 할 말은 없다. 함정에 빠졌고, 목숨도 풍전등화다. 아니, 죽음이 확실하다. 남은 것은 마지막 일전뿐이다.

냉정을 회복하라. 냉정하게…… 가슴에서 치미는 분노를 삼켜라.

"그래도 팽가오도를 처리할 수 있으니 괜찮군. 이놈들을 처리하면…… 후후후! 앞으로 하북팽가가 꽤나 고전하겠어. 앞으로 삼, 사십 년은 죽어 살아야 할 걸. 후후후!"

"그렇게 자신있으면 붙어볼까?"

네 번째 무인, 팽가사도가 유엽도로 성하를 가리켰다.

성하는 사양하지 않았다. 손가락을 까딱거려서 그를 앞으로 불러냈다. 뿐만 아니라 수하들에게 언질까지 주었다.

"하룻강아지 범 무서운 줄 모른다고…… 어디…… 그동안 하북팽가의 도법이 얼마나 발전했는지 보지. 대충 눈으로는 훑어봤지만 직접 경험하는 것과는 다르니까. 잘 들어라! 이 자가 본 성하를 이기면 길을 가로막지 말고 돌려보내라!"

"크크크! 어느 분의 분부시라고. 틀림없이 알아들었습죠."

언제 나타났는지 한쪽 구석에서 지웅서가 대답했다.

성하가 비웃음을 흘리면서 말했다.

"또한! 본 성하가 이기면…… 이자의 육신에 오줌을 싸게 하지. 후후후! 팽가오도의 육신에 오줌을 싸는 것도 영광 아니겠나. 하하하!"

분노가 참을 수 없을 정도로 높아졌다.

"타앗!"

사도는 우렁찬 고함을 터트리며 신형을 쏘아냈다.

타앗! 탓!

왕자사도는 성하를 베지 못했다.

임금 왕(王) 자는 총 사 획으로 이루어진다. 하지만 그 네 가지 획순 속에 도가 나아가고 물러서는 모든 길이 함축되어 있다. 그래서 왕 자만 제대로 쓰면 도극(刀極)을 볼 수 있다는 말이 흘러나온 게다.

사도는 왕자사도에 능통하다.

도 한 자루 들고 도무(刀舞)를 춘다면, 어느 무희(舞姬)보다도 유연하게 출 수 있다. 도를 뻗어내고 거둬들임에 있어서 한쪽의 걸림도 없다. 속도의 완급이 완벽하다. 순간순간의 강약까지 완벽하게 조절해 낸다.

적을 향해 칼을 쳐낸다. 적이 물러선다.

이럴 경우, 일반적인 검초는 초식이 정해진 대로 허공을 가를 수밖에 없다. 가던 길을 끝까지 간 후에나 다시 돌아오거나 다른 검초로 변형될 수 있다.

왕자사도는 다른 길을 택할 수 있다.

상대가 물러선다. 도의 속도를 늦춘다. 상대가 물러섰다. 물러선 곳을 향해서 다시 도를 쳐낸다. 가던 길에서 곧바로 방향을 전환하여 상대를 쳐간다.

'공격 중의 변형' 이 가능하다.

이런 연유로 왕자사도는 하북팽가의 도법 중에서도 가장 상대하기 난해하다. 초식이 있는 것 같으면서도 없고, 즉흥적인 것 같으면서도 일정한 수순을 밟는다.

그런데 이번에는 허공을 치고 말았다.

성하가 물러섰는데, 끝까지 따라가서 베지 못했다.

그가 칼을 쳐내는 속도보다, 물러서는 성하의 속도가 두 배는 빨랐다. 그가 칼을 변형시켰을 때, 성하는 칼의 영향권에서 완전히 빠져나간 후였다.

더욱 기가 막힌 것은…… 그의 칼이 허공을 치는 순간, 그가 다시 영향권 안으로 달려들었다는 것이다. 그리고 완전히 허점을 드러낸 그의 옆구리에 일격을 쑤셔 넣었다.

퍼억!

둔탁한 울림이 터지면서 사도의 육신이 실 끊어진 연처럼 둥실 떠올라 나가떨어졌다.

세 명의 무인은 움직이지 않았다.

그가 살았는지 죽었는지 궁금하다. 어디를 얼마나 다쳤는지도 궁금하다. 하지만 움직이지 않는다. 움직여서 그를 살핀다는 것은 그에 대한 도리가 아니다.

일대일의 승부가 아닌가.

패할 수도 있고, 이길 수도 있다.

어떤 결과가 일어나든 온전히 그에게 맡겨야 한다.

"끄응!"

사도가 신음을 흘리면서 꿈지럭거렸다.

'살았어!'

세 무인의 입가가 씰룩거렸다.

아직 죽지 않은 것을 다행으로 생각해야 하나? 그는 다시 일

어나 싸울 것이다. 그리고 온전치 못한 몸으로 재차 싸운 결과
는 너무도 분명한 죽음이 될 것이다.

그래도 싸워야 한다. 그것이 하북팽가 무인의 자존심이다.

사도가 비틀거리며 일어섰다. 그리고 성하를 향해 돌아서며
말했다.

"한 수 더!"

"후후후! 근골 하나는 뛰어나군. 웬만한 놈 같았으면 즉사했
을 텐데. 그냥 누워 있는 게 어때? 오줌 세례를 받아내면 목숨
만은 살려줄 용의가 있는데."

그때다.

"컥!"

"크윽!"

주위에 늘어서 있던 노궁문 문도들이 갑자기 목을 움켜잡고
피를 토해냈다.

2

노궁문 문도들은 순식간에 절반이나 쓰러졌다.

"도, 독!"

지웅서가 깜짝 놀라 물러섰다.

성하도 상당히 놀란 듯 눈을 동그랗게 뜨고 쓰러지는 자들
을 쳐다봤다.

쓰러진 자들은 곧바로 절명했다.

몸에 이상을 느낌과 동시에 목을 움켜잡게 되고, 그런 후에는 바로 숨이 끊어진다.

절독 중에서도 상당히 강한 독이다.

"어느 방면의 고인이신지."

성하가 숲을 쳐다보며 말했다.

쓰러진 노궁문 문도는 바로 자신의 등 뒤에 있던 자들이다. 맞은편에 있는 자들은 여전히 건재하다. 즉, 적은 바로 자신의 등 뒤에서 다가왔다.

스윗! 스스스슷!

삼녀일남…… 인중용봉(人中龍鳳)만 뽑아놓은 듯 절색의 미녀와 절륜한 미공자가 내려섰다.

"패, 팽가연!"

백살겸이 깜짝 놀라서 말했다.

"천요루주?"

성하가 루주를 짐작하고 물었다.

팽가연과 취취는 쓰러진 노궁문도를 짓밟고 태연히 걸어왔다.

그녀들은 성하나 지웅서는 거들떠보지도 않았다. 마치 사람을 보지 못한 것처럼 곧바로 걸어서 팽가오도 앞에 섰다.

"큰 오라버니는?"

이도가 고개를 절레절레 흔들었다. 그리고 그가 죽은 나무 위를 쳐다봤다.

팽가연도 봤다.

고슴도치가 되어서 죽은 시신 한 구!

"취취."

"네, 아씨!"

취취가 냉큼 신형을 날려서 나무 위로 날아갔다.

"허! 이렇게 무시당하기도 처음이군. 아무리 망한 집구석이라지만 이런 냉대라니."

성하가 팔짱을 끼면서 웃었다.

"연노를 쓰지 말아요. 만약 활을 들기만 하면 저도 가만있지 않아요. 모두 죽여 버릴 거예요."

주설언이 눈꼬리를 상큼 추켜올리며 말했다.

성하가 고개를 갸웃거리며 물었다.

"네가 독을 쓴 거냐?"

"그래요."

"허허! 음성에 진기가 한 올도 섞여 있지 않은 걸 보면 내공 수련을 하지 않은 듯한데…… 어떻게 진기도 없이 독을 사용하지? 아니면 그저 마구 뿌리는 수준인가?"

"그래요. 앞뒤 가리지 않고 마구 뿌리는 수준이에요. 그러니 죽기 싫으면 가만히 있어요!"

주설언이 앙칼지게 대답했다.

그녀는 내공을 연성하는 중이다.

아직 진기를 이끌어서 사용할 수준은 못 되고, 이제 막 운기라는 것을 아는 정도다.

이 정도가 되는 데도 루주의 도움이 컸다.

루주가 진기 손실을 개의치 않고 진기를 주입해 주었다.

덕분에 그녀의 내공은 상당히 북돋아졌다. 하지만 이게 진기 주입의 본의는 아니다. 그는 진기가 흐르는 통로, 경맥의 위치를 쉽게 알려주려고 진기를 쏟아부었다.

아직은 그 정도에 불과하다.

진기를 쓸 줄도 모르고 신법 같은 공부를 한 적도 없다. 그러니 어디로 이동할 때는 늘 루주의 신세를 져야만 한다.

그럼에도 불구하고 막강한 독술을 펼쳐 낼 수 있는 게 천멸독경이다. 원래 사천당문의 독공을 상대하기 위해서 만들어낸 고육지책(苦肉之策)이 아니던가.

독술로 이미 하늘에 올라 있는 당문을 상대하기 위해서 독경을 만든다고 생각해 봐라. 그것도 아무것도 없는 데서 완전히 새로운 것을 창조해 내야 한다.

그 일을 해낸 문파가 청성파다.

청성파 도인들 중 십중팔구는 무공 수련에 매진하지 않는다. 그들은 도를 닦기 위해서 도인이 된 것이지, 무인이 되기 위해서 도복을 입은 게 아니다.

청성파 도인들 중 극히 일부만 무공을 수련한다.

그러다 보니 무공을 모르는 자들 중에서도 만일의 경우에 자신을 보호해야 할 필요가 생겼다.

천멸독경에서 진기를 빼게 된 이유다.

물론 천멸독경에는 진기로 독을 다루는 방법도 기술되어 있다. 그리고 그런 방법이 진기 없이 사용하는 것보다는 효과가 훨씬 유용하고 강하다.

그녀는 진기 없는 상태에서 진기를 쓰는 상태로 접어드는 과정에 있다. 이제 막 독에 눈을 뜬 상태, 그러면서도 막강한 독술을 쓸 수 있는 지경이다.

솔직히 성하든 지웅서든 그녀의 눈에는 독술만 전개하면 죽을 자들로 보이는 게 당연하다. 누구 말대로 하룻강아지 범 무서운 줄 모르는 딱 그 수준이다.

성하는 그녀의 앙칼진 소리에 헛웃음을 흘렸다.

"하하하! 참 귀엽군. 한동안 무림에 발을 들여놓지 않았더니…… 하하하! 나 인혼검마(引魂劍魔)가 이런 대접을 받을 줄이야 어찌 알았겠나. 하하하!"

'인혼검마!'

인혼검마라는 말은 여러 사람을 격동시켰다.

팽가연이 퍼뜩 고개를 돌려 그를 쳐다봤다. 팽가오도 역시 도끝이 파르르 떨렸다.

인혼검마의 무공은 그리 높은 편이 아니다.

무림의 기준으로 보면 절정고수이지만 사총의 입장에서 보면 일개 성을 다스리는 정도의 중급 무인밖에 되지 않는다.

그럼에도 그의 이름이 널리 알려진 것은 잔혹한 심성 때문이다.

하루라도 피를 보지 않으면 잠이 오지 않는다고 한다.

평범한 죽음은 인상을 찡그리게 만든다. 그런 죽음은 오히려 짜증만 불러일으킨다. 잔혹한 죽음…… 오마분시(五馬分屍)

같은 처절한 죽음이어야 비로소 만족한다.

그의 수하들은 오늘은 어떤 죽음을 만들까 하고 고민했다니 말 다한 게 아닌가.

그런 자가 인혼검마다.

"꼭 죽여야 할 놈이군."

그에게 옆구리를 얻어맞은 사도가 유엽도를 고쳐 잡으며 말했다.

"세상이 어떻게 되려고 이런 놈이 아직 죽지도 않고…… 검치는 뭐한 거야? 사총을 궤멸시켰다더니 한 놈, 두 놈 다 살아나잖아. 도대체 검을 쓴 거야, 만 거야."

이도가 쌍도를 들어 올리며 중얼거렸다.

인혼검마라는 말에도 아무런 영향도 받지 않은 사람은 오직 주설언뿐이다.

"흥! 인혼검마라는 이름이 뭐가 그리 대단하다고. 별로 좋지도 않은 이름인데. 당신, 사람 많이 죽였죠?"

"당…… 신?"

"아! 실수! 마두라고 해야겠네. 마두! 사람을 얼마나 죽였으면 인혼검마라고 불려?"

"허어!"

"마두, 너 오늘 여기서 살아나가지 못할 줄 알아. 알았어!"

주설언은 금방이라도 하독할 듯 손을 꿈지럭거렸다.

루주가 그녀의 팔을 붙잡았다.

"네가 낄 자리가 아니다. 성하의 상대는 따로 있으니까."

"알았어요."

주설언은 언제 쏘아붙였느냐 싶게 공손히 대답했다.

스릉!

팽가연이 유엽도를 뽑았다.

그 순간, 루주는 신형을 날려서 지웅서 곁에 내려섰다.

"엇!"

지웅서가 깜짝 놀라 구덩이 속으로 뛰어들려는 순간, 주설언이 방긋 웃으면서 말했다.

"움직이면 독을 쓸 거야. 땅속이라고 별수 있겠어? 아! 밖에서 죽는 것보다 땅속에서 죽는 게 낫다면 어쩔 수 없고."

지웅서는 움직이지 못했다.

그는 죽은 자들을 통해서 주설언이 살포한 독을 짐작해 냈다.

추몽혈사분, 망지독, 혈선과액…… 하나같이 극독이다. 중독되자마자 절명하는 현상이 충분히 설명되고도 남는다. 아니, 오히려 부족한 감이 들 정도로 치명적인 독이다.

일명 추명오독!

아직 흑산과 절명은 모습을 드러내지 않았다.

주설언이 추명오독을 사용한다면…… 그녀가 쓰는 독술은 청성파의 천멸독경일 가능성이 매우 높다.

천멸독경 앞에서 모험할 자신이 없다.

결국 한 번은 모험을 해야 되겠지만, 지금 이 순간은 아니다.

"크크크! 계집애, 정말 천방지축이 따로 없네. 그까짓 독술 하나 가지고 천하라도 얻은 양 으스대는 꼴이라니. 계집아, 조용히 있어. 넌 오늘 이 어르신이 끝장내 주지. 크크크!"

지응서는 엄포를 놓으면서 일부러 시선을 성하에게로 돌렸다.

우선 싸움이나 봐라 하는 뜻이다.

그의 생각대로 주설언이 성하에게로 눈길을 돌렸다.

하지만 그래도 그는 움직이지 못했다. 주설언은 별거 아닌데…… 루주가 마음에 걸린다.

그가 자신 곁으로 이동해 왔다. 퇴로를 막기 위함이다.

그가 더 이상 자신에게 신경 쓰지 않고 성하와 팽가연의 싸움을 지켜본다.

사정거리를 확보했는가? 자신이 움직이면 언제든 제압할 자신이 있다는 뜻이다.

'제길!'

그는 싸움판으로 눈길을 돌렸다.

'제발 성하가 이겨야 되는데……'

스르릉!

인혼검마가 검을 뽑았다.

검신에서 푸르스름한 귀광(鬼光)이 풍긴다.

인혼검마의 검에는 잔혹한 풍문이 따라다닌다.

그는 사람을 죽일 때마다 검에게 시식을 시켰다. 죽인 자의 몸속에 검을 꽂아 넣고 흠씬 피를 마시게 했다. 그래서 그의 검을 일컬어 흡혈검(吸血劍)이라고도 부른다.

팽가연이 인혼검마의 검을 쳐다보면서 말했다.

"넌 죽어."

"후후후! 그런 말은 많이 들었다. 한데도 아직 살아 있네? 난 살아 있고, 그런 말을 한 자들은……? 아! 지옥에 있구나. 후후! 지옥에 가고 싶은가 보군."

스륵!

그녀가 유엽도를 들어 올렸다.

순간, 그녀는 혼이 빠져 버린 듯 멍청해졌다.

그녀의 눈은 인혼검마를 쳐다보지 않았다. 멍한 표정으로 귀광이 감도는 장검만 쳐다봤다.

그런데, 인혼검마가 눈을 부릅떴다.

"호, 혼원벽력도! 네, 네가!"

역시 팽가연은 대답하지 않았다. 주변에서 일어나는 모든 일이 자신과는 상관없는 듯 멍한 표정으로 쳐다보기만 했다. 마치 할 일이 없어서 먼 산을 쳐다보는 사람의 표정이다.

"하북팽가에…… 인재는 따로 있었군."

인혼검마의 전신에서 검은 기운이 뭉게뭉게 피어났다.

그는 전력을 다하고 있다.

사도와 싸울 때도 장난을 칠 정도로 여유가 있었는데, 팽가연의 흐리멍덩한 유엽도를 앞에 두고는 전심전력을 쏟아낸다.

“귀리유왕검(鬼吏幽王劍).”

백살겸이 성하의 검공을 알아보고 중얼거렸다. 아주 낮은 소리로, 몇몇 사람만이 알아들을 수 있는 지극히 낮은 음성으로.

귀리유왕검!

사총에서 성하가 된 자들에게 하사했다는 사총오공(死總五功) 중의 하나다.

사총오공만 수련하면 일약 절정고수가 된다.

사총의 이름을 걸고 싸워도 무색하지 않을 고수로 탈바꿈한다.

성하가 되기 위해서는 어느 정도 탁월한 능력을 보여야 하지만, 그것으로도 부족해서 오공을 특별히 하사했다.

사총오공은 총주의 진신무공이다.

이 말은 사총오공을 진심으로 수련하면 총주와 같은 경지를 이룰 수 있다는 뜻이다.

파아아앗!

총주의 신형이 검은 귀기 속에 가려졌다. 순간,

쉑!

독사가 혓바닥을 날름거리는 것과 흡사한 소리가 들릴 듯 말 듯 울렸다. 그리고,

까앙!

검과 도가 부딪쳤다.

언제 누가 어떻게 공격했는지 보지도 못했는데 벌써 불똥이

튀기 시작한다.

인혼검마의 검법은 괴이독랄하다.

검의 공격 방향을 종잡을 수 없다. 찌르는 듯하면서 후려치고, 후려치는 듯하면서 다시 찌른다. 꺾고, 돌리고, 비틀고……각종 묘법이 동원된다.

한데 묘한 것은 팽가연이다.

그녀는 인혼검마의 검법을 거의 흡사하게 따라 한다. 인혼검마가 찌르면 그녀도 찌른다. 그가 후려치면, 그녀도 후려친다. 비틀면 비틀고, 꺾으면 꺾는다.

마치 인혼검마가 거울 앞에서 혼자 검무를 추는 것 같다.

"어멋! 아씨가 인혼검마의 검법을 알고 있었나 봐요."

주설언이 놀라서 말했다.

하나 그렇게 말하는 사람은 그녀밖에 없다. 모두들 아무 소리도 하지 않고 싸움을 지켜본다. 특히 팽가오도와 취취는 눈동자도 깜빡거리지 않고 뚫어지게 바라본다.

팽가연의 도법은 좋은 공부다.

혼원벽력검의 실체를 볼 수 있는 유일한 기회다.

쒜엑! 쒜엑! 쉑! 쉑!

검과 도가 어우러지면서 아름다운 군무를 펼쳐 낸다.

"아!"

주설언이 비로소 무엇인가를 깨달은 듯 탄성을 토해냈다.

그녀는 생각없이 검초를 펼친다.

상대가 찌를 결심을 하면, 그 느낌이 바로 그녀에게 전달된다. 그리고 그녀도 곧바로 찌르는 공격을 하게 된다.

이것이 혼원벽력검이다.

의념을 일체 죽이고, 사물이 움직이는 것을 보는 즉시……
아니, 즉시라는 말도 없는 무체(無體)의 공간에서 거울처럼 따
라서 움직인다.

그녀는 지금 같은 방향으로 움직이고 있다.

달리 움직일 수도 있다. 반사적인 행동을 정 반대의 방향으
로 이끌 수도 있다.

상대가 공격하면 방어한다. 상대가 방어하면 공격한다.

공격하는 것을 보고 방어하는 게 아니다. 공격이 일어남과
동시에 방어가 일어난다.

그녀에게는 쾌검이 소용없다.

힘으로 찍어누르는 것은 소용이 있을 것 같은가? 아니다. 그
역시 무용지물이다. 강한 힘이 터지는 순간, 그녀는 그 힘에 대
응할 초식을 전개한다.

생각한 후에 전개하는 게 아니다.

보는 즉시 의식이 개입하지 않고 몸이 움직인다.

그녀는 루주와 겨룰 때보다 한 단계 더 발전한 상태다.

무리(武理)는 똑같다. 대성한 것도 맞다. 하지만 능숙도에서
는 차이가 날 수 있다.

이제 그녀는 그 부분조차 보완해 나가고 있다. 무적도를 향
해서 한 발 더 내디뎠다.

"으으!"

인혼검마가 얕은 신음을 토해냈다.

그는 혼원벽력검법을 안다. 알기에 따라쟁이 같은 팽가연의 도법에 토를 달지 않는다. 그녀의 도법을 모르는 사람이라면 벌써 몇 마디를 하고도 남았겠지만…… 그는 그녀의 초식보다는 같은 순간에 뻗어 나오는 유엽도를 본다.

'이길 방법이 없어!'

그렇다. 이런 도법은 이기지 못한다. 이기지 못한다면 지지 않는 방법을 모색해야 한다.

파파팟!

지금까지보다 배는 강하게 검을 몰아쳤다. 그와 동시에 방패막이 밑 부분을 살짝 눌렀다.

쒜에엥! 쒜에엥!

팽가연의 유엽도도 강하게 받아쳐 온다.

'그래!'

그는 사력을 다해서 부딪쳐 갔다. 이미 방패막이에서는 독침 다섯 개가 발사된 후다. 쌍방 간에 병기는 맞닥뜨리겠지만, 독침은 그녀의 안면을 뚫고 들어가 뇌에 틀어박힐 게다.

검동(劍銅)에 있는 암기는 좀처럼 쓰지 않는다. 하루가 멀다 하게 싸움을 벌이던 옛날에도 쓴 적이 없다. 혹시나 하고, 정말 감당할 수 없는 강적을 만났을 때 쓸까 하고 준비만 해뒀던 것이다. 한데,

탕! 탕탕탕탕!

팽가연이 검과 부딪치기 전에 독침을 먼저 퉁겨냈다.

‘아!’

그제야 깨달아지는 부분이 있다.

독침이 발사되는 순간에 그녀도 반응했다. 그의 검초에 반응한 것이 아니라 독침에 반응했다.

목숨에 위협을 주는 것에는 모조리 반응한다.

그녀는 독침을 퉁겨냈다. 남은 힘으로 그의 검에 부딪치는 것은 무리다. 초식은 따라서 할 수 있겠지만, 집중된 힘에서 차이가 난다. 그러면 진다.

그녀의 혼원벽력신공은 이런 점까지 감안한다. 그래서 변모한다. 그의 검을 맞받지 않고 허점을 치는 쪽으로 방향을 튼다.

그런 생각이 미치는 순간, 인혼검마는 훌쩍 물러섰다. 아니, 물러서려고 했다.

서격!

유엽도의 날카로움이 그의 복부를 가르고 지나갔다.

그는 생각을 했다. 의념을 이끌었다. 진기를 끌어냈고, 두 발에 집중시켰고, 뒤로 빠지려고 했다.

말로 하면 길지만, 생각으로 하면 그야말로 번갯불이 번쩍하는 순간보다도 짧다.

하지만 팽가연은 그런 생각조차도 하지 않는다.

그 짧은 순간의 엇갈림이 길고 깊은 도흔을 만들어놓았다.

“제길…… 혼원벽력신검을 이토록 완벽하게…… 익… 힌 사람이… 그것도 계집이…….”

철컹!

검이 먼저 떨어졌다. 그리고 그의 신형도 무너졌다.

3

허리를 잡고 있는 루주의 손이 꿈틀거렸다.

주설언은 즉시 독을 준비했다.

진기 없이 독을 날리기 위해서는 많은 준비를 필요로 한다. 독을 선별적으로 살포해야 하기 때문에 일일이 독을 쏠 사람 앞에 나서야 한다.

여러 사람이 쭉 늘어서 있는 무리 중에서 몇 사람만 골라서 쓰러트리는 방법은 없다.

그런데 그녀는 그런 일을 했다. 루주가 옆에서 도와주었기 때문에 가능했다.

진기 없이 살포한 것이 아니다. 진기를 썼다.

"움직이지 마. 더 이상 사람 죽이기 싫어."

주설언이 꿈틀거리는 노궁문도를 쳐다보면서 말했다.

"그런 협박은 통하지 않아. 시(始)!"

촤촤촤착!

노궁문도가 일제히 연노를 들어 올렸다.

그들의 화살은 주설언을 향하지 않았다. 눈을 크게 뜨고 팽가연의 도법을 주시하던 네 무인을 향했다.

"움직이면 죽인다고 했지?"

"넌 우릴 죽일 수 있어. 하지만 우리도 저들 중에서 몇 명은 골로 보낼 수 있지. 흐흐! 믿어지지 않나?"

노궁문도 중에서 턱수염을 기른 자가 말했다.

아마도 그가 노궁문주인 듯싶다.

그의 말은 거짓이 아니다. 성하에게 옆구리를 얻어맞은 사도는 몸을 일으키기는 했지만, 얼굴이 백지장처럼 하얗다. 심각한 내상을 입었다.

다른 사람도 형편이 좋지 않다.

허벅지에 화살이 박힌 자, 팔에 화살을 꽂고 있는 자…… 적어도 이 세 사람은 신법을 자유롭게 펼치지 못한다.

화살 밥이 되기에 딱 적합하다.

"정말 활을 쏠 텐가?"

루주가 말했다.

한데…… 그의 음성이 심상치 않다.

평소에 말하던 어감이 아니다. 음성 속에서 진한 살기가 묻어난다. 살기가 너무 짙어서 말 한마디, 한마디에서 피가 뚝뚝 흘러내리는 듯하다.

부르르!

주설언은 몸을 떨었다.

바로 옆에 있는 자는 그녀가 알고 있는 루주가 아니다. 살인에 미친 살인광이다. 어째서 그런 생각이 들었는지 모르겠지만 그런 생각밖에 들지 않는다.

"우, 우리는 돌아가겠다."

노궁문주가 떨리는 음성으로 말했다.

그도 루주의 음성에 영향을 받았음이 분명하다.

"돌아가지 못해."

루주가 또 말했다.

부르르!

주설언의 몸이 사시나무 떨듯 덜덜 떨렸다.

그녀는 고개도 돌리지 못했다. 만약 옆을 바라보면 루주 대신 다른 자가 서 있을 것 같아서 두려웠다.

살기…… 온통 살기밖에 느껴지지 않는다.

사람이 어떻게 이리 변할 수 있지? 다정다감하고 자상했던 사람인데…… 싸움을 벌일 때는 성난 늑대로 돌변한다는 사실 정도는 알고 있었지만 이런 살기라니!

"정 피, 피를 보겠다면……."

노궁문주는 협박에 굴하지 않을 뜻을 비쳤다.

아니다. 그는 이미 굴복했다. 거부하는 음성 속에 공포가 깔렸다. 두려움 때문에 말도 제대로 잇지 못한다.

"죽는 건 너희뿐이다. 셋을 센다. 연노를 놓는 자는 포박될 것이나, 들고 있는 자는 죽는다. 사실…… 모두 들고 있어주기를 바란다. 검치란 늙은이는 너희에게 사정을 베풀었지만, 그런 실수는 한 번이면 족할 것 같으니까."

이 느낌이 맞는 것일까?

루주의 음성에서 악취가 풍긴다.

뭐라고 한마디로 잘라서 말할 수 없는 악취…… 피 비린내

같기도 하고, 저승사자들이나 풍기는 기괴한 곰팡내 같기도
하고…… 좌우지간 들으면 들을수록 몸서리쳐진다.

"하나!"

"모두 공멸하자는 게냐!"

"둘!"

"조(照)!"

촤촤촤촤악!

노궁문도가 일제히 연노를 조준했다.

주설언도 소매 속에 숨겨져 있던 망지독의 분말 주머니를
손안으로 미끄러트렸다.

셋을 셈과 동시에 진기를 주입될 게다. 하면 즉시 망지독을
퍼뜨린다. 저들은 활을 쏠 것이기 때문에 가능한 빨리 살포해
야 한다. 자신이 한 명이라도 더 빨리 죽일수록 네 무인이 받
는 화살공격은 줄어들게다.

"셋!"

루주는 한 치도 망설임없이 숫자를 헤아렸다. 그 순간,

"헉!"

"훗!"

노궁문도들이 일제히 연노를 놓아버렸다.

일부 들고 있는 자들도 있었지만 거의 대부분은 던지듯이
활을 떨궜다.

노궁문주는 이 느닷없는 상황에도 크게 놀라지 않았다.

"이놈들! 어서 줍지 못해!"

그가 소리를 버럭 질렀지만 이미 마음이 노궁문에서 멀어져 간 문도들이다. 그들의 머릿속에는 삶이 가득 들어차 있다. 노궁문을 위해서 자신을 희생시키겠다는 마음 따위는 조금도 없다.

노궁문주도 이런 상황을 대충은 짐작한 것 같다.

루주의 음성에서 죽음을 읽었다.

활을 들고 있으면 틀림없이 죽을 것이라는 압박감이 머릿속을 휘저었다.

순간적으로 많은 사람이 명멸했다.

주마간산(走馬看山)이라고들 하는데, 이건 그보다도 훨씬 빠르게 스쳐 지나간다. 휙휙! 아는 사람들이 떠올랐다가 사라진다. 평생 동안 한 번도 찾지 않던 사람까지 떠올랐다.

죽음을 확실하게 느꼈다.

자신이 그럴진대 문도들은 말해서 무엇하나.

"정리 좀 해줘야겠소."

루주가 취취를 쳐다보며 말했다.

"네? 아, 네!"

취취가 퍼뜩 정신을 차리고 후다닥 뛰었다.

지웅서는 탈출 기회를 엿봤다.

아무것도 없이 맨몸으로 움직였다가는 여지없이 독살을 당할 터이고…… 백살겸을 이용해서 기회를 만들 수는 없을까? 그는 어차피 움직일 수 없는 몸이니.

하지만 그런 생각은 두 사람의 싸움 모습에 잠시 잊혔다.

하북팽가에 혼원벽력신공이 있다는 소리는 귀가 따갑게 들어왔다.

그 많은 사람 중에서 오직 가주만 수련해 낸 절기 중의 절기란다. 영재, 기재라는 자들이 줄줄이 도전했다가 쓴맛만 봤다는 난공(難功)이다.

무림인들은 이 말 역시 약간의 허풍으로 봤다.

혼원벽력신공이 어렵기는 할 게다. 하지만 하북팽가의 도법 구성을 보면, 조금 색다른 도법일지는 모르지만, 무적에 가까운 도법 운운하는 건 허풍일 가능성이 컸다.

혹, 모른다. 정말 출중한 기재가 있어서 하북팽가의 무공을 무림 최정상에 올려놓을지도. 그러나 도법 자체가 무림 최고의 무공이라고는 생각지 않는다.

모두가 그런 생각이다. 길 가는 사람을 잡고 물어봐도 백이면 백, 그런 말을 할 게다.

그런데…… 그녀의 도법은 기존의 도법들과 완전히 달랐다.

초식이 다르다는 뜻이 아니다. 도법의 질이, 차원이, 성질이 완전히 다른 세상의 무공이다.

성하가 나가떨어졌다.

팽가오도는 그녀의 상대가 안 된다.

그녀는…… 검치! 검치만이 상대할 수 있는 초절정고수다.

무림에는 이런 공부가 몇 가지 있다.

소림에도 있고, 무당에도 있다. 세상에 알려지지는 않았지만 불문이나 도문에는 반드시 존재한다. 그들이 모시는 신, 신이 펼치는 무공이기 때문이다.

이른바 각자지공(覺者之功)이라는 공부다.

하북팽가에도 이런 도법이 존재하다니!

성하가 쓰러진 건 놀랍지 않다.

이런 공부에는 누구나 쓰러질 수 있다. 설혹 사총의 총주가 무너졌다고 해도 하등 이상하지 않다.

그는 절정도법을 견식하기는 했지만, 싸움에 정신이 팔려서 도주할 기회를 잃어버렸다.

그만큼 혼원벽력신공의 충격은 컸다.

"크크크! 포기하지. 포기해."

지응서가 조도를 뺀 후, 수투까지 벗었다.

"제길! 또 잡히는 건가? 난 아무래도 팽가에서 죽을 운명인가 봐. 후후!"

백살겸도 저항을 포기했다.

루주의 살기 어린 음성은 모든 사람에게 저항을 포기하도록 만들었다.

"무서웠어요. 다시는…… 그런 음성으로 말하지 마세요."

주설언이 바들바들 떨면서 말했다.

긴장이 끝나고, 사총 무리가 순순히 포박을 당하고 있다. 하지만 그녀는 아직도 두려움에서 헤어 나오지 못했다.

"내공이 좀 강했으면 버텼을 거야."

“네?”

“강뇌마공(腔腦魔功)이란 게 있어.”

“아! 그거 무공이었어요?”

주설언의 표정이 확 밝아졌다.

그녀는 루주의 본성이 그런 줄 알고 깜짝 놀랐던 것이다.

그가 그런 사람이 아니라면 천만다행이다. 살인을 즐기는 살인마가 아닌가 하고 적이 걱정했는데.

“백살겸이 쓰는 천마소와 흡사한 음공(音功)인데, 뇌를 흔들지. 전에는 내공이 부족해서 쓸 엄두도 못 냈고…… 혹시나 해서 써봤는데…… 아직도 부족한 점이 많군. 살기 조절을 못 하겠어.”

“그랬군요. 됐어요. 됐어요.”

주설언은 많은 사람이 보고 있는데도 루주의 품에 와락 안겼다.

“정말 저 많이 겁났어요. 얼마나 무서웠는데요.”

“칼 앞에서도 태연하던 여자가…….”

“칼 앞에서는 태연할 수 있어요. 죽음은 두렵지 않아요. 하지만 가가가 변하는 건 싫어요. 많은 사람과 싸우는 건 이해하는데, 이대로만…… 음……! 제가 무슨 말을 하는지 아시죠?”

“착각하고 있는 거 아냐? 난 정인군자가 아냐.”

“그러라는 말이 아니구요. 음…… 좌우지간 지금 이대로만…… 그럼 돼요.”

주설언이 활짝 웃었다.

두 사람의 대화는 많은 사람이 들었다.

"강뇌마공이라고 아냐?"

지웅서가 포박을 받으며 물었다.

"……."

백살겸은 말조차 못했다.

"인마, 강뇌마공이라고 아냐고!"

"말 그대로. 머리를 뒤흔들어 버리는 마공이다. 생각 좀 하게 조용히 좀 해봐라."

백살겸이 툭 쏘아붙였다.

"이놈아, 포박까지 받는 주제에 뭘 생각해. 우린 이제 끝났어."

"끝나고 자시고 생각 좀 하자니까! 잘하면 검치의 비밀이 풀릴 것 같아."

"뭐라고!"

"순식간에 터져 나오는 십검. 넌 이게 인간이 펼칠 수 있는 무공이라고 생각해?"

"그럼 네 말은……?"

"강뇌마공으로 머리를 흔들어 버리는 거지. 그럼 실제로는 천천히 검을 뻗어내도 당하는 사람은 순식간에 덮쳐 오는 것으로 착각하게 돼. 이게 십검 아닐까?"

"에이, 설마……."

지웅서가 고개를 흔들었다.

백살겸의 말은 타당한 면이 있다. 전혀 가능치 않은 말은 아니다. 하지만 그런 속임수로는 많은 무림인을 속일 수 없다. 한두 번은 통하겠지만, 매번 통할 수는 없다.

무림 모두가 검치의 십검을 인정했다.

천하제일검!

그런 검공에 강뇌마공을 갖다 붙이는 것만으로도 모욕이다.

팽가연도 생각했다.

그녀의 도법은 확실히 장족의 발전을 했다. 이번에 성하와 싸우면서 새삼 느꼈다.

강해졌다.

하지만 아직도 루주와 싸우면 질 것 같다는 생각이 든다.

루주는 십검을 쓰지 못한다. 지금은 사검 정도 쓰는 것으로 생각된다. 검치의 공부에 비하면 절반도 못 되는 미비한 수준이다.

반면에 혼원벽력신공은 검치와도 승부를 결할 수 있는 절정 도법이다. 이보다 더 높은 도법은 있을 수 없다. 신이 직접 도법을 펼쳐도 이와 같을망정, 이보다 좋지는 못하다.

충분히 검치와 승부를 결할 수 있다.

십검을 막아낼 수 있으며, 반격할 수 있다.

이론적으로는 그렇다.

그런데 십검을 막을 수 있는 도법으로 겨우 사검을 못 막는다면 말이 안 되지 않나?

말이 안 된다. 모두가 그런 말이 어디 있냐고 할 게다.

그런데 그녀는 그런 생각이 든다. 이상한 말이지만, 검치와는 한 번 부딪쳐 보고 싶다는 생각이 든다. 하나 루주에게는 질 것 같다는 생각도 든다.

십검은 상대할 수 있는데, 사검은 상대하지 못한다.

'내가 지금 무슨 생각을.'

그녀는 고개를 절레절레흔들었다.

한 번 패배한 경험이 이토록 오래 남는 것인가?

루주와 두 번을 싸워서 두 번 다 졌다.

한 번은 이겼지만 졌다. 그가 사정을 봐줘서 이긴 것은 이긴 게 아니다. 비참한 승리다.

두 번째는 분명히 졌다.

세 번째는 어떨까?

'반드시 싸워볼 거야.'

포승줄이 없어서 혈을 제압하고, 칡넝쿨을 뜯어서 묶었다.

올 때는 세 명만 처리하면 될 줄 알았는데, 죽은 자만 쉰 명이 넘는다.

여기저기 박힌 화살만 해도 천여 대를 훌쩍 넘어선다.

어수선한 싸움판이 그럭저럭 정리될 즈음, 팽가삼도는 보무당당하게 걸어오는 장한을 봤다.

"음!"

자신도 모르게 침음부터 흘러나온다.

뭐라고 할까? 커다란 바윗덩어리가 굴러 온다고 해야 하나? 그를 막아서면 짓뭉개질 것 같은 느낌이 든다.

그가 유엽도를 들고 일어서자, 묵직한 손이 어깨를 짓눌렀다.

"내가 가지. 내 손님이니까."

루주였다.

"저는요?"

고목나무에 매미가 붙은 것처럼 루주에게서 한시도 떨어지지 않는 주설언이 물었다.

"여기 있어."

"주위에 사람이 많아요."

팽가삼도는 주설언의 말에 내심 깜짝 놀랐다.

'사람이 많아?'

사람은 없다. 노궁문 문도와 지웅서, 백살겸은 포박되어서 한쪽 구석에 앉아 있고, 이리저리 움직이는 사람이라야 겨우 여섯 명에 지나지 않는다.

주설언은 그들을 말하는 게 아니다.

새로운 적, 새롭게 나타난 자들…… 그들이 주위에 많이 있다. 많이 있다?

주설언의 내공은 자신보다 못한데…… 어떻게 알았을까? 남다른 안목이라도 있는 걸까?

"싸우러 온 게 아냐. 여기 있어."

루주가 픽 웃으면서 바위처럼 단단하게 생긴 사내를 향해 걸어갔다.

그는 가타부타 말을 하지 않고 불쑥 혈첩(血帖)을 내밀었다.

"귀찮아. 받은 것으로 하지. 말로 해봐."

"시간 내일 정오."

"모레 정오로 하지. 내일 하루는 쉬어야겠어."

"좋다. 모레 정오. 장소는 유하촌(劉昰村)이다."

"유하촌 사람들은?"

"장소를 빌렸을 뿐이다. 이런 싸움…… 애꿎은 희생은 일으키지 않는다."

"좋아. 믿지."

"우린 아흔세 명. 넌 한 명. 시작은 선을 넘으면서부터, 끝은 끝장날 때까지. 이상이다."

"아흔셋 대 일이라."

바위 같은 사내는 대답도 듣지 않았다. 말을 끝낸 후에는 즉시 등을 보이면서 뒤돌아섰다. 전할 말을 전했으니 돌아간다는 뜻이다. 그때, 루주가 말했다.

"항마범신공(降魔梵身功)."

순간, 바위 같은 사내의 발걸음이 뚝 멈춰졌다.

"항마범신공은 육신을 철갑(鐵甲)처럼 만들어주지. 아마 세상에서 제일 강한 호신지공(護身之功)일 텐데. 뜻밖이군. 일개 살수의 몸에서 고대(古代)의 절공을 보게 될 줄은."

"항마범신공을 아는 듯이 말하지 마라."

"그런가. 난 지금 막 항마범신공을 너무 믿지 말라고 말해줄 생각이었는데. 그래도 말할 건 말해줘야지? 너무 믿지 마라. 단숨에 갈라진다."

"후후! 아까처럼 강뇌마공을 쓰지그래."

"……"

"협박에는 어느 정도 소질이 있군. 방금 그 말, 강뇌마공을 써서 말했다면 조금은 겁먹을 거야. 긴말하지 않겠다. 혼자 와라. 다른 놈들 죽이기 싫으면."

분살광왕 탑하리, 그가 쿵쿵쿵 지축을 흔들며 걸어갔다.

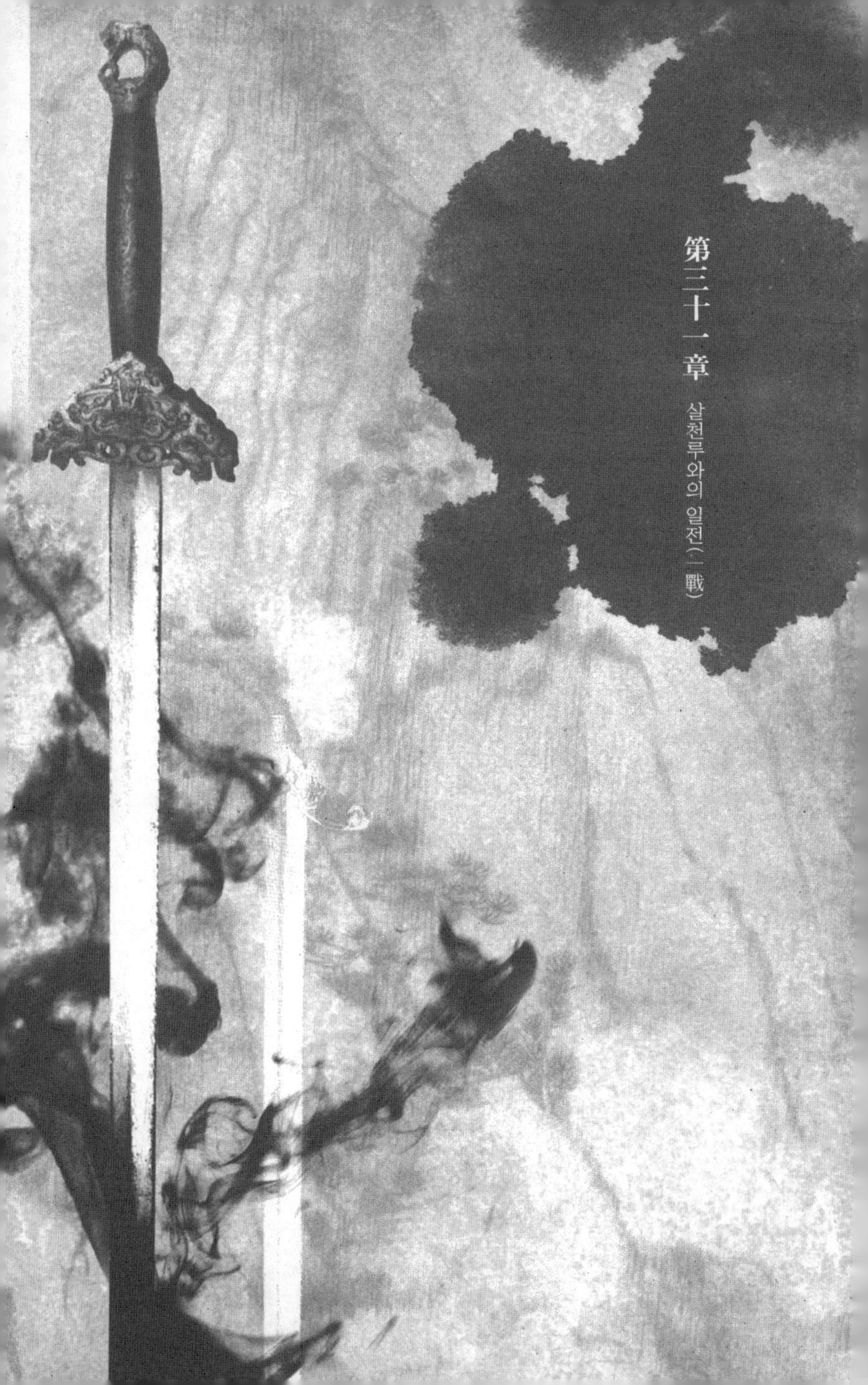

第三十一章 살천루와의 일전(一戰)

1

팽가촌이 북적거렸다.

하북팽가는 팽가오도 중의 한 명이 죽는 흉사를 당했다.

하지만 인혼검마를 죽이는 쾌거를 일궈냈다. 노궁문도 중 절반을 쓰러트렸다. 그것만으로도 전과는 혁혁하다. 그런데 지웅서와 백살겸을 비롯해서 노궁문도 오십여 명을 더 생포하는 그야말로 대승을 거뒀다.

이 승리는 오로지 팽가오도가 만든 것이다.

인혼검마를 죽인 팽가연의 이름은 빠졌다. 노궁문도를 독으로 무너트린 주설언의 이름도 빠졌다.

—이 승리를 최대한 이용해서 실추된 명예를 회복하시오.

무림의 시각을 단번에 바꿀 수 있을 것이오. 하지만 되살린 명예를 지켜 나가는 것은 여러분의 몫이니.

루주가 승리를 이용하라고 조언해 주었다.
팽가촌은 이 조언을 받아들였다.
자신들이 하지도 않은 일을 했다고 하자니, 낯 뜨거운 일이다.
노궁문도를 독으로 죽였다는 부분도 해명해야 한다. 하북팽가가 독을 썼다고 하면, 이 또한 무림이 발칵 뒤집힐 일이다. 그래서 사도(私刀)라는 제도를 이용하기로 했다.
사도는 불문이나 도문의 속가제자(俗家弟子)와 같은 뜻이다.
하북팽가는 혈족으로 이루어진 무인집단이다.
팽씨 성을 쓰지 않는 사람은 절대로 도법을 전수받지 못한다.
이 부분은 확고해서, 팽씨 이외의 사람은 연무장 근처에 얼씬거리는 것조차 금지된다.
하지만 간혹 외인 중에 재질이 너무나도 출중한 자를 만날 때가 있다. 너무 탐나서 몇 수 도법만 가르쳐 줘도 단박 명예를 드높일 것 같은 자를 보게 된다.
그럴 때, 그런 자를 사도로 받아들여서 공개해도 좋은 일정 부분의 공부를 수련시킨다.
하북팽가와 연을 닿게 하면서도 하북팽가의 진공은 전수하지 않는 이기적인 생각의 산물이다.

결국, 이 제도는 오래가지 못하고 폐기되었다.

제자로 거두기는 하지만 절정도법을 구경조차 할 수 없다면 어느 누가 참고 수련하겠는가. 더군다나 편법을 써가면서까지 무공을 수련시킬 정도로 재질이 뛰어난 자임에야.

배우려는 사람도 없고, 가르치는 데도 한계가 있고…… 아주 잠시 동안 시행되다가 사라져 버린 제도다.

이 사도가 부활했다.

하북팽가의 도법을 전수받은 자가 팽가오도를 돕겠답시고 석경산 싸움에 가담했다. 그리고 그가 독을 썼다.

하북팽가의 규율에 얽매일 필요가 없는 자이니 독을 써도 무방하긴 하다. 하지만 궁극적으로 결과에 대한 책임은 하북 팽가가 떠맡아야 한다.

그래서 독을 쓴 사도에게 따끔한 훈계조처를 내렸다.

모두 낯간지러운 조처들이지만…… 이런 사실을 대외적으로 공표하자 반응은 매우 뜨거웠다.

무림이라는 가마솥이 확 달아올랐다.

다른 곳도 아니고 사총이 연관되었다. 인혼검마, 지응서, 쌍겸구악, 노궁문…… 전부 사총 인물들이다.

하북팽가에서 그들을 일망타진했다니 천만다행이긴 하지만…… 그래도 그들이 왜, 언제부터 무림을 활보하기 시작했는지 알아볼 필요가 생겼다.

무림의 모든 이목이 하북으로 쏠렸다.

"반응이 예상보다 더 커요."

주설연이 어깨를 으쓱거리며 말했다.

"고마워. 주 매(周妹)가 양해해 줘서."

팽가연이 주설언의 손을 꼬옥 잡았다.

"호호호! 제가 뭘 했다고…… 덕분에 언니 같은 분을 얻었잖아요. 저 같은 천기가 아씨 같은 분에게 어떻게 언니라는 말을 써요. 전 지금이 좋아요."

"자꾸 아씨, 아씨 하지 마. 집에서도 쫓겨난 처지인데."

"호호호!"

"야! 난 너한테 말 못 높여! 네가 아무리 아씨와 의매(義妹) 어쩌고 해도 나한테까지 존대받을 생각은 하지 마!"

취취가 주설언에게 쏴댔다.

"너하고도 내가 이득인걸. 난 천기, 넌 비연사도. 우리가 그런 처지에서 만났으면…… 호호! 같이 말 놓는 것만으로도 내가 많이 덕 본 거야."

"그런 말은 속으로만 생각할 수 없니! 꼭 그렇게 티를 내고 말해야겠어!"

"나…… 이제 조금씩 실감이 나서 말이야. 내가 무림이란 곳에 발을 담갔구나 하는."

"발만 담갔어? 벌써……."

취취가 말을 하려다가 입을 꾹 다물었다.

사람이 피를 토하고 쓰러지는 광경은 주설언 같은 여자가 감내할 수 있는 범위를 넘어선 충격이었다.

독을 쓰면 사람이 죽는다.

너무도 당연한 말이지만 이 말이 현실로 느껴지기까지는 오랜 시간이 필요했다.

그녀는 이제 천멸독경의 무서움을 절절히 깨달아가고 있다.

그래서 루주가 무공을 수련하자고 해도 예전처럼 흔쾌히 달려들지 않고 쭈뼛거린다.

보다 못해서 팽가연이 고마움을 빌미로 의매까지 맺었다. 그리고 그녀에게 무림의 속성을 조금씩 알려주고 있다. 정말 고맙기도 했고, 주설언이 좌절하지 않았으면 좋겠고, 또 주설언 같은 의매가 있으면 좋겠다고 생각했다.

팽가연이 재빨리 화제를 다른 방향으로 바꿨다.

"주목을 많이 받는 건 사실이지만, 할아버지들이 계시니까. 덕분에 루주에게 당한 일들, 그리고 쌍겸구악에게 당한 일들…… 그동안 있었던 자잘한 일들이 모두 잊혔어. 다시 한 번 주 매에게 고맙단 말을 해야겠지?"

"어멋! 자꾸 그러지 마세요. 전 정말 아무것도 한 게 없다니까요."

"고맙다는 의미로…… 진기도인(眞氣導引)이나 도와줄게. 어때?"

루주가 몇 번을 하자고 했지만, 주설언이 이 핑계 저 핑계를 대면서 거절했다.

무공을 가르쳐 준다는 데 거절하고 있다.

그만큼 자신이 수련하는 독경의 무서움을 절실하게 느낀 것이다.

석경산에서는 살아 있는 적들이 있기에 긴장을 풀지 못했다. 그래서 무서움도 느끼지 못했다. 독을 썼으니 당연히 죽었구나 하는 정도에서 지나쳤다.

그녀의 진짜 무서움은 석경산을 내려와서부터 시작되었다.

그것이 무공 수련 거부라는 미묘한 일로 이어지고 있다.

심마(心魔)!

무인들은 중간에 마구리가 낀 것을 심마라고 부른다.

그녀는 심각한 상태다. 이 상태를 이기지 못하면 영영 천멸독경을 쓰지 못할 수도 있다. 그녀는 쓰고 싶지만, 몸이 말을 듣지 않는 경우로 이어진다.

"안심하고 해봐. 내가 도와주는 건 루주가 도와주는 것하고 많이 달라. 루주의 진기는 강양(剛陽)이고, 내 진기는 유음(柔陰)이야. 이게 어떻게 다른지는 백번 말해도 알 수 없고 한 번 해보는 게 나아. 뒤로 돌아. 걱정 말라니까."

팽가연이 주설언을 뒤돌아 앉게 만들었다.

"진기 도인해. 동생이 하지 않으면 내 진기만 축난다는 거, 알지? 자칫하면 원정(元精)까지 다치니까 정신 똑바로 차리고."

"언니, 아무래도 난……."

"쉿! 시작해."

츠으으읏!

주설언이 억지로 진기를 일으켰다.

팽가연은 그녀의 진기가 다시 가라앉기 전에 재빨리 진기 투입을 시작했다.

운기요상(運氣療傷)처럼 강력한 진기를 필요로 하지 않는다. 앞서 나가면서 경맥을 일러주기만 하면 된다.

츠으읏! 츠으으읏!

두 여인은 곧 무아지경에 접어들었다.

그 시간, 루주는 흑풍을 베개 삼아 머리에 베고 하늘을 올려다보고 있었다.

팽가연이 주설언을 도와주고 있다.

사실 그는 주설언의 방황이 그리 염려되지 않았다.

두려움을 이겨내고 천멸독경을 수련하면 다행이다. 두려움을 이기지 못하고 무공을 중단해도 다행이다. 무인이 되는 게 반드시 좋은 일만은 아니다. 그보다는 지금처럼 평범하게 사는 게 더 나은 인생일지도 모른다.

인간이 행과 불행을 예단할 수는 없다.

이겨내도 좋고, 이겨내지 못해도 좋고.

주설언이 들으면 섭섭해할지 몰라도, 사실이 그렇다.

'결국, 무림 밥을 먹을 운명인가.'

그것도 괜찮다.

호가는 천멸독경을 제대로 수련하지 못했다. 청성파의 다른 무공은 모르는 것이 없을 정도로 열심이었지만, 유독 독경만은 수련하기를 꺼렸다.

―이놈의 것은 도무지 이해가 되지 않아.

천멸독경을 들춰볼 때마다 한 말이다.
그것이 수련하기 싫어서 일부러 그런 것이든, 아니면 정말 수련하지 못한 것이든 상관없다. 그는 천멸독경과 인연이 없었다.
주설언은 인연이 매우 깊은 편이다.
그녀는 천멸독경이 무엇인지도 모르고 배웠다.
자신을 보호해 줄 수 있다는 말 한마디에 홀딱 넘어가서 호가가 시키는 대로 했다.
아주 손쉽게 배웠다.
세상 모든 물건이 그렇지만, 무공도 주인이 따로 있는 모양이다.
천멸독경 정도면 무림을 질타할 수 있다.
어디 가서 목숨을 위협받는 일은 없을 것이다.
깔깔깔! 호호호!
안쪽에서 웃음소리가 흘러나왔다.
세 여자가 만나니 죽이 척척 맞는다. 주설언은 천요루의 이야기를 해주고, 팽가연과 취취는 무림 이야기를 해준다.
그는 하늘을 보면서 시간을 보냈다.
지금쯤 팽가촌에서는 사총 인물들에 대한 취조가 시작되고 있으리라.

그들이 제대로 된 말을 할 리 없다.

입에서 나오는 말은 모두 거짓일 게다. 그렇지 않으면 입을 꾹 다물거나. 마인이라고 해서 지조도 없다고 생각하면 오산이다. 그들 나름대로 지킬 것은 지킨다.

그래도 소식을 기다린다.

그들이 말하는 것은 거짓이든 진실이든 모두 전해달라고 했으니 곧 소식이 들어오기 시작할 게다.

만약 상세한 내용을 파악할 수 있다면…… 흠화를 살릴 수 있다. 그녀에게 명한 것, 사총의 근거지로 찾아가서 모든 것을 조사해 달라고 부탁했는데, 그 말을 거둬들여도 된다.

물론 그럴 수 있는 가능성은 매우 적다.

지웅서나 백살겸은 순순히 입을 열지 않을 것이다. 하지만 노궁문도는 다르다. 그들 중에는 입을 여는 자가 나올 것이다. 살려준다는 조건만 붙이면.

그래서 결전을 하루 연기했다.

가급적 소식을 빨리 듣고 싶다. 흠화를 불러올 수 있으면 빨리 불러와야 한다.

뚜벅! 뚜벅!

그는 낯선 발걸음 소리에 벌떡 일어나 앉았다.

두 사람이 걸어온다. 하지만 그들은 기대하고 있던 팽가촌 무인들이 아니다.

'쯧!'

그는 팔베개를 하고 다시 드러누웠다.

일승일도(一僧一道)가 폐가로 찾아왔다.

"혜선(慧渲)입니다."

"녹진(綠眞)입니다."

일승일도가 정중히 합장을 하면서 신분을 밝혔다.

루주는 흑풍을 베개 삼아 누워서 두 사람을 쳐다봤다.

"우린 시주를 만나기 위해서 먼 길을 왔습니다. 인사는 이제야 드리지만, 이곳에 도착한 지도 꽤 됐고요."

"저희 목적은 따로 있었지만, 이곳에 오니 온통 살인사건 때문이 난리더군요. 그래서 그동안 벌어진 호색광들의 살인사건을 주시했습니다. 그래서 인사가 늦어지긴 했는데……."

두 사람은 최대한 예의를 갖췄다.

"가시오."

루주의 대답은 냉담했다.

"시주, 우리가 온 목적은……."

"아! 구파일방은 소식이 정통하니 벌써 들었는지 모르겠지만, 검치 그 늙은이가 이리 오고 있소. 조만간 올 것 같은데…… 검치삼령이 궁금하다면 그 늙은이에게 직접 물어보든가."

"아미타불!"

혜선이라고 법명을 밝힌 승려가 합장했다.

이들은 절대로 인사 같은 것을 할 사람들이 아니다.

목적이 있어서 왔다. 대답을 들을 수 없겠지만, 그래도 혹시나 하고 운이나 떼어보려고 왔다. 더불어서 루주라는 인물에 대한 평가도 직접 내리고 싶었으리라.

또한, 이들은 한없이 공손하게 말할 정도로 수양이 깊지도 않다.

백인대는 백도의 승냥이들이다.

공명정대함과는 거리가 멀다. 마인들 세계에 잠입해서, 그들과 함께 먹고 마시면서 생활했던 자들이다. 그러니 이들의 행동 속에서 마인의 냄새를 맡는 것은 어렵지 않다.

지금이 그렇다.

그가 일어서지도 않고 누워서 거절하자, 두 사람의 눈가에 살기가 감돌았다.

떠오르자마자 지워 버린 살기라서 거의 티가 나지는 않았지만, 분명히 살기를 띄웠다.

건방지게 한낱 기녀들의 피나 빨아먹고 사는 기둥서방 같은 놈이!

그들의 눈가에 떠오른 경멸은 분명히 그런 뜻을 담고 있었다.

"시주, 편하게 갑시다. 듣자 하니 검치삼령이 추문(醜聞)과 연관되었다는 소리도 들리고…… 어른들 말씀으로는 검치 같은 인간이 영웅이라니 말도 안 된다고 하시고…… 시주도 사부를 늙은이라고 부르는 걸 보면 존경과는 거리가 먼 듯한데……. 시주, 그 검치삼령 때문에 정도의 발이 묶여 있소. 무슨 일만 생겼다 하면 검치삼령을 들먹이면서 숨는 통에 미칠 지경이오."

녹진 도인이 친구라도 되는 듯 편하게 말을 붙여왔다.

이들에게는 검치삼령이 상당한 제약일 게다.

사실이 그렇다. 검치삼령이 존재하는 한, 어떤 일도 마음 놓고 할 수 없다.

살인자를 쫓는다고 하자. 눈앞에서 살인이 벌어지는 것을 봤고, 흉수를 쫓는다. 그런데 갑자기 장문인이 앞을 가로막으면서 쫓지 말라고 한다. 검치삼령이라면서.

이런 말도 안 되는 일이 벌어질 수 있다.

이들은 검치삼령을 무시해 왔다.

지금까지 무림에 검치삼령을 들먹인 자가 없었기 때문에 무시해도 좋았다.

그런데 하북팽가에서 검치삼령이 등장했다.

가주의 부인이 마차를 타고 가다가 전복되었다. 누가 일부러 일으킨 사고다. 흉수가 누군지도 안다. 일개 기루 주인이다. 그가 빚을 받으러 왔다가 몇 대 얻어맞았다고 그런 일을 저질렀다. 그런데 막상 잡고 보니 검치삼령을 들먹인다.

정도 무림으로서는 죽었던 망령이 되살아나는 느낌이었을 게다.

검치삼령이 실제로 등장했고, 도저히 묵과할 수 없는 사악한 일을 용서하게 만들었다.

검치삼령이 무엇인지 알아내라!

정도 무림이 어떻게 움직였는지 한눈에 읽힌다.

혜선 스님이 말했다.

"내일 살천루와 싸운다고 들었소만……."

"……."

"우리도 구경을 할 생각이오. 불가에 귀의한 몸으로 살인을 목도한다는 게 흔쾌한 일은 아니지만…… 시주의 무공이 정녕 검치의 무공인지 볼 생각이오."

경우에 따라서는 도움이 될 수도 있다. 또 경우에 따라서는 살천루와 백인대를 동시에 상대해야 한다.

이것이 이들이 찾아온 목적이다.

살천루와의 싸움을 목전에 두고 있으니 협박을 할 수 있는 절호의 기회라고 여긴 듯하다.

루주가 말했다.

"오든 말든 마음대로 하고…… 검치 그 늙은이가 그러더군. 옛날, 사총과 싸울 때 구파일방이라는 작자들은 뒤에서 팔짱만 끼고 지켜봤다고. 하하하! 그 늙은이, 사총도 엄청나게 싫어했지만 정도도 좋아하지 않았어. 이제 이해가 되는군."

"시주, 지금 그 말은 듣기에 따라서는 정도 전체를 적으로 돌리겠다는 말로도 들리는데…… 하하! 물론 그런 뜻으로 들은 건 아니오만, 말이란 아 다르고 어 다른 것이어서."

"아니, 맞아. 그런 뜻이야."

루주가 누운 채로 두 사람을 쳐다봤다.

"백인대. 말은 많이 들었지만…… 몹쓸 물건들이군. 해체하

고 산으로 돌아가. 검치삼령을 듣고 기가 막힌다고 생각했는
데, 너희를 보니 알겠어. 너희에겐 검치삼령도 호사야.”
　“시주!”
　우우우웅!
　혜선 스님의 두 손이 누르스름하게 변했다. 녹진 도인의 눈
가에도 분노가 일렁거렸다.
　“살천루를 치기 전에 백인대를 먼저 쳐야 하는가! 난 어느
쪽이라도 상관없어.”
　누운 자세 그대로 목검에 손을 얹었다.
　싸우고 싶으면 쳐라, 반격해 주마.
　혜선 스님과 녹진 도인은 무수히 갈등을 일으키다가 손을
거두며 합장했다.
　“아미타불!”

　검치삼령은 정말 말이 안 된다.
　그런 걸 제안한 검치도 검치지만, 그따위 것을 받아들인 무
림 명숙도 이해되지 않는다.
　팽가주를 만난 후에는 그런 마음이 더욱 짙어졌다.
　아무리 검치가 아니면 안 될 상황이었다지만, 그런 제안을
받아들일 수는 없었을 것이라고. 분명히 그 늙은이가 다른 수
를 썼을 것이라고.
　하지만 백인대를 만나보니 검치의 제안이 장난만은 아니었
다는 생각이 든다.

정도 문파는 경종이 필요하다.

그들은 백인대 같은 비정통 무인들에게 의존하면 안 된다.

처음 하북 땅에 들어와서 하북팽가에 대해 조사를 했다. 그리고 아주 안 좋은 인상을 받았다.

그들은 나쁜 일을 하지 않는다.

천만에!

그들도 나쁜 일을 한다. 다만, 자신들의 손이 더러워질까 봐 회자수의 힘을 빌린다. 좋지 않은 일은 그들에게 맡기고, 자신들은 명분 있는 일만 한다.

아주 치사하지 않은가. 이게 어찌 의협을 표방하는 정도문파가 할 일인가.

정도문파는 그런 일이 만연하고 있다.

검치삼령에 대해서 알고 싶다면 장로가 직접 왔어야 한다.

무공으로 자신을 꺾고 싶다면 그런 생각을 가진 사람이 직접 검을 들었어야 한다.

백인대는 정도문파의 회자수다.

그가 일면식도 없는 혜선 스님과 녹진 도인을 건방지게 맞이한 것도 그런 연유에서다.

남의 수족 노릇이나 하는 도구를 예의로 맞이할 수는 없다.

그는 한숨을 내쉬었다.

'검치삼령…… 필요한 조치였는지도 모르겠군. 지금이 이런데 옛날에는…….'

사부의 생각이 옳은지도 모르겠다.

검치삼령, 유효한 조치였는지도 모르겠다.

2

루주와 살천루!

그들이 어디서 무엇을 하는지 알 만한 사람은 모두 안다.

보통 사람들은 살천루라는 말만 들어도 고개를 내젓는다. 당장 눈앞에 닥친 검 때문이 아니다. 그들에게 낙인찍히면 죽는 순간까지 발 뻗고 자긴 틀렸기 때문이다.

시도 때도 없이 암습이 가해질 게다.

그런데 이번에는 특이하게 정면승부를 결행한다.

물론 장소는 유하촌이라는 마을이다. 몸을 숨길 곳도 많고, 암습을 가할 곳도 많다. 하지만 근본적으로는 공개된 결투다. 암습을 가하겠다고 선전포고하고 가하는 공격은 암습이 아니다.

이런 싸움은 확실히 살천루의 방식이 아니다. 이 방식은 루주에게 유리하다.

팽가촌에서는 이런 싸움이 벌어지게 된 원인으로 분살광왕 탑하리의 성격을 꼽았다. 분살광왕의 성격상 수하가 일곱 명이나 죽었으니 가만히 있지 못했을 거라는 판단이다.

분살광왕의 특징은 돌진이다.

암습이나 합공 같은 것은 거의 염두에 두지 않는다. 무조건 돌진해서 거치적거리는 것은 모두 때려 부순다.

그만큼 루주를 상대할 자신이 있다는 뜻이기도 하다.

"제가 같이 가면 좋은데."
주설언이 옷 끝을 만지작거리며 말했다.
"하하! 이제는 독을 쓸 수 있겠어?"
"놀리지 마세요. 사람 죽이는 게 좋은 건 아니잖아요."
"그거, 아주 크게 쓰일 데가 있어. 그러니 시간 날 때마다 수련해. 낮이나 밤이나 오직 그것만 생각해."
"이게 크게 쓰일 때면……?"
주설언은 무심히 말을 받다가 그 결과를 생각해 내고는 몸을 부르르 떨었다.
추명오독을 전력으로 쓰면 능히 천 명을 살상할 수 있다.
물론 저항하지 않고 가만히 서 있는다는 조건이지만…… 필사적으로 저항한다고 해도 천 명의 절반 정도는 살상될 것이다.
그만한 싸움이 있는가?
루주는 팽가연을 쳐다봤다.
팽가연이 고개를 살래살래 흔들었다.
그토록 기다리던 밀마는 오지 않았다.
지응서, 백살겸은 물론이고 노궁문 문도들까지 입을 꾹 다문 채 말을 하지 않는다.
사총에 관한 것은 깨알만큼도 얻어내지 못했다.
'할 수 없지. 흠화가 잘해주기만…….'

그는 눈인사를 한 후, 폐가를 나섰다.

쉬익! 쉬이익!

멀리서 비조(飛鳥)가 난다.

누군가 따라붙을 줄 알았다.

백인대가 따라붙을 것이다. 그들뿐만이 아니다. 북경에 들어와 있는 정도문파, 혹은 호색광들까지 귀가 있어서 오늘의 싸움을 전해 들은 사람들은 모두 따라붙을 게다.

살천루는 이번 싸움을 일부러 소문냈다.

싸움에 자신이 있어서 소문낸 게 아니다. 지더라도 그들은 손해 볼 게 없다.

자, 잘 봐라! 살천루에 낙인찍히면 이런 싸움을 하게 된다. 어떻게 싸우든 죽으리라. 혹여 이번 싸움에 이겼다고 해서 좋아하지 마라. 이런 싸움은 항시 일어난다. 살천루는 이런 싸움을 백 번도 더 치를 전력이 있다.

루주를 죽임으로써 위용을 세운다. 자신들이 전원 몰살당함으로써 살천루의 무서움을 부각시킨다. 어느 쪽 경우가 발생해도 손해 보는 건 없다.

시간과 장소가 명확하게 공지되었다.

덕분에 유하촌으로 가는 길목은 많은 사람들로 북적거렸다.

그들은 루주가 가는 길을 가로막지 않았다. 거치적거리는 행동도 하지 않았다. 멀리 떨어진 곳에서, 저들 딴에는 숨는다고 숨어서 지켜보았다.

‘아흔세 명······.’

분살광왕은 아흔셋 대 일이라는 점을 강조했다.

자신들의 숫자가 많다는 것을 과시하는 게 아니다. 네가 죽여야 할 숫자가 이렇다고 알려주는 게다.

아흔셋은 시작이다.

이제부터는 정말로 살천루와 뿌리를 건 싸움이 시작된다.

이게 모두 어머니가 일으킨 분란이다.

어머니가 괜히 살수를 고용하는 바람에 사태가 이 지경까지 왔다.

그렇다고 어머니를 원망하지는 않는다. 어머니는 어머니대로 그때 상황에 맞춰서 최선을 다했다.

살수를 고용해서 죽이려고 했다.

하나가 죽으면 둘이, 둘이 죽으면 셋이······ 이렇게 끊임없이 공격을 가해줄 살수문파! 그 문파가 전멸하면 그 뒤를 또 받쳐서 공격해 줄 거대 집단!

어머니는 현명한 선택을 했다.

살수문파에 청부를 넣는 순간, 자신은 죽을 수밖에 없는 운명에 처했다.

그런 어머니의 계산에 돌팔매질을 한 것이 검치의 무공이다.

어머니는 검치의 무공을 얻고 싶어 했다.

이숙은 자신을 죽이려고 했지만, 그가 어미로부터 받은 명령은 생포였을 게다.

검치의 무공을 탐낸다.

다시 말해서 어머니는 사총과는 연관이 없다. 대가를 지불하고, 사총의 힘을 빌렸다.

이건 단정해도 좋다.

그렇다면…… 어머니는 다른 조직과 연관되어 있다.

살천루 같은 살수문파가 아니다. 사총도 아니다. 정도 문파는 더더욱 아니다. 어머니같이 피가 뜨거운 여인이 하북팽가에서 십 년 동안이나 성녀 생활을 하게끔 만든 조직!

그게 어떤 조직일까?

그들이 노리는 것은 무엇일까?

늙은이가 오면 어미의 침묵은 깨진다. 검치 앞에서는 무언가 말을 해야 할 게다.

그가 깊은 생각에 잠겨서 터벅터벅 걸어갈 때,

"싸우러 가는 놈이 뭔 잡생각이 그렇게 많아?"

길가 수풀 속에서 낯익은 음성이 들려왔다.

"몸은 좀 어때?"

루주는 걸음을 멈추지 않고 가던 길을 계속 가면서 말했다.

"좋아졌어. 완전히 나았다."

음성이 따라왔다.

"다행이군. 다 나으려면 시간 좀 걸릴 줄 알았는데, 빨리 나았어. 축하해."

"솔직히 내가 나았다는 말, 너한테는 희소식이 아니잖아?"

"아니, 진짜 축하해. 그건 그렇고…… 올 만한 분위기가 아닌데, 왜 왔어?"

"두 가지를 말해주려고."

"두 가지? 좋은 것부터 말해봐."

"나…… 몸만 좋아진 게 아니다. 내력도 어느 정도 회복됐어."

"준비가 끝난 건가?"

"어느 정도는. 절염…… 그 여자의 무공을 생각해 봤는데, 본격적으로 해볼 만하다고 여겨진다."

참으로 하기 어려운 말, 하지만 또 해야 할 말.

"잘해봐."

루주는 아무 일도 아니라는 듯 툭 던졌다.

"두 번째는 살천루 분살광왕 건이다. 그놈, 무슨 무공을 수련했는지는 알지?"

"항마범신공."

"그래, 맞아. 그런데 그 항마범신공 말이야. 그거 다른 말로도 불리는 거 알아?"

"알아야 하나?"

"천축(天竺)에서는 멸신마공(滅身魔功)이라고 불린다."

"음!"

루주는 가던 길을 멈췄다.

항마범신공, 멸신마공…… 완전히 성격이 다른 뜻을 내포한다. 항마범신공은 금종조(金鍾罩)와 같은 외문기공(外門奇功)이다. 육신과 장기를 철갑처럼 단단하게 만들어서 도검불

침(刀劍不侵)의 무적지신으로 만들어준다.

멸신마공은 내가기공(內家氣功)이다.

육신의 기력을 일시에 쏟아낸다. 잠력(潛力)은 물론이고 원정진기(元精眞氣)까지 모두 토해낸다.

이러면 자신이 지닌 것보다 두 배, 세 배의 위력을 토해낼 수 있다.

하나 그 대가는 치명적이다. 기력이 쇠잔해서 죽는 경우가 다반사고, 목숨을 부지해도 폐인이 되기 십상이다. 항마범신공은 육신을 보호하는 공부이고, 멸신마공은 오로지 승부에만 목적을 둔 망신의 공부다.

이 두 가지가 하나였던가? 항마범신공을 쓰다가 사태가 여의치 않으면 즉시 멸신마공으로 탈바꿈하는가.

살천루의 살수가 정종무공을 수련했기에 이상하다 싶었는데, 이런 기공이 숨어 있었는가.

"나이가 드니 머리가 돌이 되어서 말이야. 옛날에 사부가 일러준 말인데 내 어저께서야 생각이 나지 뭐야. 분살광왕이 멸신마공까지 쓴다면 아무리 너라 해도 쉽지 않을 것 같아서 달려왔다."

"흠!"

"기 죽었냐?"

"조금."

"그런 정도에 기죽을 놈이 늙은이는 왜 불렀어? 내 곰곰이 생각해 봤는데, 아무래도 늙은이를 부른 건 실수 같아."

“그런가?”

“좋은 쪽으로 생각이 안 들어.”

“더 할 말은?”

“이번 싸움에서 죽어라.”

“하하하! 싸우러 가는 사람에게 악담이라…….”

“악담이 아니라 덕담이다. 그래야 나와 네 어미가 붙는 걸 보지 않을 거 아냐. 또 늙은이가 와서 이곳저곳 들쑤시는 꼴도 보지 않을 테고. 잘 생각해 보고 괜찮을 것 같다 싶으면 죽어라.”

“그러지.”

대답은 들려오지 않았다.

호가가 이런 말을 할 정도라면 잃어버린 내공을 대부분 회복했다는 뜻이다.

사실, 금제는 그를 옭아매지 못한다.

그동안 그가 금제를 못 풀어서 부족한 진기로 살아온 게 아니다. 풀기 싫어서 풀지 않았을 뿐이다.

목숨에 위협을 받아도 풀지 않았다.

진기만 풀면 홍독사 같은 인물은 한 손으로도 상대할 수 있는데, 풀지 않고 버텼다.

그토록 안 풀고 버티던 금제를 단시일 내에 풀어버렸다.

월아를 사랑하기는 진짜로 사랑했나 보다.

도대체 그녀의 어떤 점이 그를 그토록 뒤흔든 것일까? 기녀들을 숱하게 보아왔어도 눈 하나 깜짝하지 않은 사람이.

‘언젠가 술 한 잔 마시면서 재미있게 이야기할 때가 오겠지.
그런데…… 그런 날이 올까?’

시작은 선을 넘어서면서부터, 끝은 끝장날 때까지.
마을 입구에 막대기로 그어놓은 듯한 선이 쭉 그어져 있다.
그리고 그 위로는 선을 잘 나타내기 위해 불을 부어놨다.
싸움을 알리는 선이다.
그는 걷는 속도를 조금도 늦추지 않고 선을 밟았다. 그 순
간,
쒜에엑!
길가에서 두 명이 툭 튀어나왔다.
한 명은 검을 들었다. 하늘 높이 도약해서 솔개가 병아리를
덮치듯이 쏘아져 온다. 또 한 명은 창을 들었다. 삼지창(三指
槍)을 팽이처럼 팽그르르 돌리면서 곧장 찔러온다.
"조장의 환영 선물이다! 목숨을 취하라!"
창을 든 자가 빽 소리쳤다.
쉑! 따앙! 쉑! 퍼억!
먼저 하늘에서 떨어져 내리던 자가 변을 당했다.
일검으로 그의 검을 박살 냈고, 이검은 머리를 으깨고 쑤셔
박혔다. 머리를 가르고 목을 가르고 가슴까지 가른 후에야 멈
췄다.
루주는 신형을 빙글 돌렸다.
삼지창이 등 뒤를 스쳐 간다.

쉭! 빠아악!

이번에는 병기를 부수지도 않았다. 목검 한 자루가 살수의 옆구리를 파고들었다. 쑥! 쑥! 쑥! 파고들더니 명치 어림에 이르러서야 우뚝 멈췄다.

퍽! 터엉!

두 사람의 시신은 비슷하게 무너졌다.

검을 든 자가 더 빨리 쓰러졌지만, 누가 먼저라고 할 것도 없이 간발의 차이다.

"후후후! 그런 식으로 싸우면 병기 훼손이 너무 심하잖아?"

다른 두 명이 또 나타났다.

"너희도 선물인가?"

"그렇지. 선물이 아니고서야 이렇게 나타날 리가 없잖아."

"받아들인다. 와라."

쒜에엑! 쒜엑!

두 명이 검을 들고 덮쳐 왔다.

일체의 변식을 버리고 가장 빠른 거리를 취한다. 속도를 방해하는 모든 행동을 버린다. 움직임의 모든 초점을 검끝에 맞춘다. 검이 최우선이다.

전형적인 살인검이다.

하나 이런 검은 암습에서나 유용하다. 기습적으로 암습해서 상대가 미처 파악하지 못할 때, 처단해야 한다. 만약 상대가 그전에 알아차린다면, 너끈히 피할 수 있다.

변식을 배제한 쾌검은 기회가 생명이다.

막을 수 있을 때 이런 검을 쳐내면 역습당한다. 그러니 기회를 엿보다가 허점이 생겼다 싶을 때 냅다 찔러야 한다.

이들은 그런 기회를 엿보지 않았다. 무조건 검부터 뽑고 달려든다. 기회고 뭐고 전혀 아랑곳하지 않는다. 마치 죽일 테면 죽여라. 죽고자 왔다고 말하는 듯하다.

쉑! 퍼어억!

목검이 한 사내의 복부에 틀어박혔다.

"끄으으윽!"

사내가 처절한 비명을 토해냈다. 그 순간, 그가 들고 있던 검은 루주의 손에 쥐어졌다.

쒜엑! 퍼억!

옆에서 쳐오던 다른 사내 역시 배에 검이 박혔다.

한 사내는 목검을, 다른 사내는 철검을 맞았다. 하지만 죽음은 똑같다. 목검이든 철검이든 검이 명치 어림까지 가른 후에는 멈춘다. 그리고 그 동안 몸속에서 산산조각난 검 조각들이 장기를 가닥가닥 찢어놓는다.

그는 사검까지 써본 적이 있다.

그 이상도 쓸 수 있겠지만 아직 시험해 볼 사람을 찾지 못했다.

허수아비나 나무 기둥을 상대로 해서 펼쳐 보일 수도 있지만, 일부러 하지 않았다.

사검 이상은 의미가 없어 보였다.

사검만 전개해도 막을 자가 없는 것 같은데, 굳이 십검을 쓸 이유가 무엇일까 싶다.

살수들을 상대하면서는 사검도 쓰지 않는다.

첫 번째 죽인 자만 본능적으로 이검을 썼다.

한 자루로는 검을 부줬고, 다른 한 자루로 목숨을 취했다.

그 후에 세 명은 모두 일검만 썼다. 너무 느리고 단조로운 공격이라서 일검만으로도 충분했다.

오늘 유하촌에 모인 자들이 전부 이 정도에 불과하다면……
살수들은 몰살된다. 사방이 탁 트인 광장에 일렬로 늘어앉아서 목을 쳐달라고 사정하는 것과 진배없다.

철그렁! 철그렁!

두 명이 중병(重兵)을 들고 나타났다.

한 명은 빙빙 돌릴 수 있는 철추(鐵鎚)를 들었고, 다른 한 명은 빙 둘러서 철가시가 박혀 있는 철퇴(鐵槌)를 들었다.

이번에 나타난 자들은 철갑으로 중무장까지 했다.

너무 많은 철을 덧대서 움직임까지 둔하다. 솔직히 이들이 휘두르는 공격을 맞을 사람이 있을까 싶기도 하다.

철그렁! 철그렁!

걸음을 내디딜 때마다 몸에 붙은 쇳조각들이 절그럭거렸다. 땅이 푹푹 패었다.

"너희도냐?"

"크크! 환영 선물이다. 목숨을…… 취하라."

철갑옷을 입은 자의 음성이 가늘게 떨렸다.

이들은 앞서서 죽은 자들을 봤다.

죽음은 멀리 있지 않다. 바로 코앞에 있다. 이제 그 죽음이라는 마물이 자신들을 향해 덮칠 것이다. 그러니 어찌 두렵지 않을 것인가. 살수든 아니든 죽음이 싫기는 마찬가지다.

"그거 휘두를 수나 있겠나? 너무 답답해 보여서 말이야."

루주가 철추와 철퇴를 가리키며 말했다.

사실이 그렇다. 이들은 너무 두꺼운 쇠옷을 입었다. 걸음을 떼어놓기도 힘들어 보이는데 어떻게 중병을 휘두르겠나.

"크큭! 걱정 마라. 일 초식은 펼칠 수 있으니."

"내가 걱정할 것까지는 없고. 불쌍해 보여서 하는 말이야."

부웅! 부우웅! 부우우웅!

철갑 사내들이 중병을 휘두르기 시작했다.

그 모습이 매우 사납다. 길을 좌우로 꽉 막고, 휘돌린 회전력을 이용해서 더욱 거센 공격을 이끌어낸다.

'환영? 훗!'

루주는 웃었다.

이제야 비로소 분살광왕의 뜻이 읽힌다.

그는 검치의 십검을 연구하고 있다. 십검을 깰 수 있는 방법을 찾고 있다.

그는 바보가 아니다.

싸움을 걸기 전에 머릿속으로 숱하게 생각해 봤을 게다. 그리고 이 자리는 자신의 생각이 옳은지 그른지 확인하는 자리다. 결코 그를 환영하기 위해서 생목숨을 내주는 자리가 아니다.

'뜻이 그렇다면 따라줘야지.'

쒜엑! 꽈과곽!

첫 번째 목검이 철퇴와 부딪치면서 산산조각났다. 목검만 부서진 것이 아니다. 막강한 괴력을 자랑할 것 같은 철퇴도 작은 쇳조각이 되어서 흩어졌다.

쒜엑! 꽈악! 꽈지직!

두 번째 목검이 사내의 옆구리를 가르면서 지나갔다. 명치 어림까지, 쉬지 않고.

"끄으윽!"

철갑 사내가 비명을 토하면서 무너졌다.

쿵! 쒜엑! 꽈과곽!

한 사내가 쓰러질 때, 철추가 박살 났다. 철퇴처럼 작은 쇳조각으로 변해서 사방으로 튕겨졌다. 마치 철추 속에 폭약을 넣고 폭파시킨 것처럼 산산조각났다.

퍽! 꾸우우욱!

목검이 철갑을 두들겼다. 그리고 날이 잘 선 칼처럼 쇠를 가르며 들어갔다.

"끄으으으윽!"

고통스런 비명이 터져 나왔다.

그도 그럴 수밖에 없는 것이…… 이번 검은 빠르지 않다. 어디선가 지켜보고 있을 분살광왕에게 보여주기 위한 검이다. 그래서 일부러 완검(緩劍)을 썼다.

죽는 사람은 더욱 고통스럽겠지만, 지켜보는 자는 더 이상의 시험을 할 생각이 들지 않을 게다.

쿵!

철갑 사내가 무너졌다. 목검은 사내의 명치 어림에서 멈춰져 있었다.

'이런 싸움…… 일방적인 도살은 원치 않는다. 너희가 자랑하는 암습을 사용하라.'

루주의 눈가에 살기가 번뜩였다.

오늘은 살계를 크게 열지 않겠다.

여섯 명, 그들 이후에 목숨을 헌납하는 자는 없었다.

남은 목검은 두 자루.

남은 적은 여든일곱 명.

뚜벅! 뚜벅!

그는 유하촌 안으로 들어섰다. 삼십여 호로 이루어진 유하촌은 개미 한 마리 보이지 않았다.

3

마을을 한 바퀴 돌았다.

사람은커녕 짐승들조차 보이지 않는다.

촌마을이면 어디나 있는 개, 닭, 돼지, 소 등등 가축들이 한 마리도 보이지 않는다.

그렇다고 식량이 없는 것은 아니다.

집집이 쌀과 반찬이 가득하다.

반찬은 주로 마른반찬과 절임 반찬이 대부분이지만 몇 날 며칠이고 편히 지낼 수 있다.

"흠!"

루주는 고개를 끄덕였다.

이제야 비로소 살천루의 싸움 방식이 이해된다.

싸움은 이미 시작되었다. 저쪽 살수들 여섯 명이 목숨을 끊어줌으로써 피 튀기는 혈전이 서막을 올렸다.

문제는 끝이다.

끝은 어느 한쪽이 완전히 끝날 때까지이다.

여기에 기간은 정해져 있지 않다. 하루에 끝낼 수도 있고, 한 달 동안 이어질 수도 있다. 어쩌면 평생 이곳에서 싸움만 하고 있을 수도 있다.

누가 누구를 먼저 끝내느냐 하는 싸움이다.

살수가 공격해 오기만 기다려서는 안 된다. 자신이 적극적으로 나서서 처단해야 빨리 끝난다.

싸움을 포기하고 마을을 떠나면 어찌 되는가?

일차로 명예가 실추된다. 싸움을 회피한 자가 된다.

살천루는 이 사실을 당장 공표할 것이다. 그리고 추적이 시작된다.

이때의 추적은 지금까지와는 차원이 다르다. 그만을 노리는 것이 아니라 그와 연계된 모든 사람을 노린다. 주설언을 노릴 수도 있고, 팽가연을 노릴 수도 있다. 길 가다가 따뜻하게 물

한 잔 건네주는 사람까지 처단한다.

누구를 죽이느냐는 전적으로 저들 마음이다.

그런데…… 이 싸움에는 한 가지 모순이 있다.

저들이 숨어 있다는 게 문제다.

저들은 공식적으로 숫자를 밝혔다. 아흔셋 대 일이라고 천하에 공표했다. 즉, 그는 아흔 세 구의 시신을 내놓은 다음에나 유하촌을 떠날 수 있다는 말이 된다.

살천루는 그를 영구히 붙잡아둘 명분을 만들었다.

저들 중에서 한 명이라도 마을을 빠져나간다면 자신은 이곳에서 영원히 떠날 수 없다.

저들은 떠난 사람이 없다고 우길 것이다. 은신해 있는데 찾지 못한 것이라고 말할 것이다.

그 사실을 증명할 수 있는 방법이 없다.

그러나 저들이 미처 생각하지 못한 게 있다. 어제 하룻밤, 팽가촌의 소식을 기다리면서 여러 가지 생각을 하다가 이 부분에 대한 생각이 문득 떠올랐다.

자칫하면 창살 없는 뇌옥에 갇힐 수도 있겠구나.

대비책은 마련되었다. 저들은 꼼수를 부릴 게 아니라 정정당당하게 맞서야 한다. 그 수밖에는 남지 않았다. 어떤 수단과 방법을 강구하더라도 살천루 십간조와의 인연은 여기서 끝난다.

그는 주위를 쓸어보았다.

햇볕만 따갑게 내리쬔다. 사람 그림자는커녕 숨소리 한 올

들리지 않는다.

　사각! 사각! 사각!
　목검을 깎았다.
　남은 두 자루의 검으로 여든일곱 명을 상대할 생각을 했다. 그러자면 상대의 검을 빼앗아서 써야 한다.
　그러려고 했다. 그러면서 자신이 수련한 십검을 확실하게 수련해 내려고 했다.
　살아 있는 사람을 대상으로 한 십검 수련이다.
　그런 뜻에서 살천루의 도전이 고맙기까지 했다.
　환영한답시고 뛰쳐나온 자들을 거침없이 벴다.
　앞으로 사검을 시험할 기회는 많기 때문에 우선 몸만 푼다는 생각에서 가볍게 처리했다.
　그 후로 공격이 없다.
　저들이 모두 사라지지는 않았을 게다.
　분살광왕은 싸움에 임해서 물러서 본 적이 없는 자다. 상대가 죽거나 자신이 죽거나 늘 둘 중의 하나를 선택해 왔다.
　그는 남아 있다. 어디엔가 숨어 있다.
　그가 자신을 함정에 빠트린 것이라면 한두 명만 빼내도 충분하다. 나머지는 남아서 전격적으로 싸움을 한다. 십간조가 이기는가, 네가 이기는가 결과를 끌어낸다.
　분살광왕은 그런 싸움을 할 자다.
　사각! 사각! 사각……!

열 자루의 목검을 다 깎아서 주설언이 만들어준 가죽 검집
에 꽂아 넣었다.

그리고 또 깎는다.

사용하게 될지 아닐지 모르지만, 앞으로 죽일 자가 여든일
곱 명이다. 그들을 위해서 최대한 깎아놓는다.

임시 거처로는 마을 한가운데 있는 집을 골랐다.

그곳 마루에 서너 자루를 놓았다. 부엌에도 서너 자루를 놓
고, 방에도 놓고…… 손이 닿을 만한 곳에는 모두 놓았다.

그래도 시간이 남는다.

그는 계속 목검을 깎았다. 저녁 해가 떨어질 때까지 계속 목
검만 깎아댔다.

마을 곳곳에 목검을 흩어놓았다.

길에도 떨궈놓았다. 담장 위에도 올려놓았다.

숨길 필요는 없다. 치우고 싶으면 치우라고 해라. 목검은 얼
마든지 깎을 수 있다.

첫날이 그렇게 지나갔다.

아니, 첫날은 아직 지나가지 않았다.

후우우웃!

방 안으로 무엇인가가 슬며시 기어든다.

사방이 캄캄해서 눈에 보이는 건 없다. 그렇지만 분명히 무
엇인가가 스며들었다는 느낌이 든다.

'흠!'

그는 급히 호흡을 멈췄다.

매캐한 냄새가 스며든다. 약간 비릿한 느낌도 있고, 고춧가루처럼 매운 느낌도 든다.

주설언을 도와주면서 천멸독경을 훑어보지 않았다면 무심히 지나쳤을 냄새다.

'독. 시작부터 강하게 나오는군.'

처음 어떤 식으로 싸움을 벌여올지 자못 궁금했다.

정면에서 들이치지는 않을 것이고, 분명히 암습을 가해올 텐데…… 시간은 밤이 될 테고, 방법은 독이 아닐까 싶었다.

시간과 방법은 맞았다. 하지만 독을 쓰는 방법이 다르다. 그가 생각한 방법은 음식에 독을 넣는 것이다. 몰래 부엌으로 스며들어서 밥이나 반찬에 독을 넣지 않을까 싶었다.

이들은 운무를 피워낸다.

호흡을 멈추고 기척을 살폈다.

후우욱!

부엌 쪽 문가에서 약한 바람기가 감지된다.

쉑!

그는 신법을 날리면서 문가에 걸어두었던 목검을 낚아챘다. 그리고 십검을 쏟아냈다.

쩌어억!

문이 반으로 갈리면서 사람 그림자가 보였다.

그가 벌떡 일어선다. 하지만 검을 막아내기에는 이미 늦었다. 그의 검은 문을 벤 것이 아니다. 문 너머에 있는 그를 노리고 쳐낸 검이다.

퍼억!

검이 어깻죽지를 후벼 팠다. 쇄골을 단숨에 잘라 버리고, 심장까지 깊이 내리꽂혔다.

“……!”

상대는 입을 쩍 벌렸다.

무언가 비명을 토해내고 싶은 모양이지만, 말이 튀어나오지 않는다. 그러기에는 고통이 너무 심했고, 또 짧았다.

십검은 이 세상에 존재하는 모든 검법 중에서 가장 짧은 죽음을 선사한다.

검이 몸속에서 터진다.

그 충격은 너무 커서 오히려 충격으로 느껴지지 않는다.

벼락을 맞을 때와 같다. 지극히 짧은 순간, 번쩍! 하는 순간에 고통이 사라져 버린다.

‘적!’

또 다른 자를 봤다. 독무를 뿜어내는 자의 뒤에서 금방이라도 뛰어들 준비를 하고 있었다.

그는 머뭇거리지 않았다.

쉑! 쉑!

목검 두 자루가 동시에 터졌다.

한 손으로 두 검을 쓸 수 없으니 분명히 선후가 있을 것이다. 하지만 그 차이를 구분할 수 없을 정도로 빠르다. 똑같은 순간에 똑같은 속도로 두 개의 검이 덮쳐 오기 때문에 합공을 당하는 기분으로 상대해야 한다.

"읏!"

살수가 엉겁결에 검을 들어 올렸다.

그는 자신들이 발각될 것이라고는 꿈에도 생각하지 못한 듯하다.

깡! 퍽!

목검 한 자루가 검을 강타했다. 그리고 또 한 자루는 예의 옆구리를 파고들었다.

살수가 땅바닥에 내팽개쳐진 개구리처럼 짧은 경련을 일으키더니 축 늘어진다.

'두 명. 남은 자는 여든다섯!'

그는 시신들을 뒤로하고 집을 나섰다.

독무로 가득한 집에서 잘 수는 없지 않은가. 다행히 마을은 텅 비어 있다. 아무 곳이나 들어가서 두 발 뻗고 누우면 된다.

달이 참 밝다.

"인잠술(忍潛術)이 깨졌습니다."

침통한 보고다.

"무염무(無染霧)도 통하지 않습니다. 흠씬 들이켠 것 같은데 멀쩡합니다."

"검속은 어떻더냐?"

"여전합니다. 조금의 변화도 없었습니다."

"무염무를 마셨다면 변화가 있었겠지. 너희가 구분하지 못한 것일 뿐."

쓰윽! 쓰윽!

분살광왕이 숫돌에 검을 갈았다.

"정말 결행하실 생각이십니까?"

"그게 나다."

"알고 있습니다. 하지만…… 솔직히 너무 강합니다."

"그 말도 잘못됐다. 너무 빠르다가 먼저다. 너무 빠르고 너무 강하다. 이게 맞는 말이야."

"죄송하지만 이번 한 번만……."

스읏!

분살광왕의 눈길이 말한 자를 쏘아보았다.

그는 말을 마치지 못했다. 잘못을 깨달은 듯 급히 입을 다물고 두 손 모아 부복했다.

"죄송합니다."

"날 모욕하지 마라."

"넷!"

"너에게 후임을 맡기려 했으나 너무 약하다. 내 후임은 을조(乙組) 조장(助長)이 맡는다."

"알겠습니다."

"넷!"

두 명이 동시에 대답했다.

갑조 조장과 을조 조장이다.

그들은 분살광왕의 결단에 절대로 토를 달지 않는다. 말 한

마디가 바로 법이다.

"내 뜻을 어기지 마라. 절대로!"

분살광왕이 을조 조장을 노려보면서 말했다.

루주는 아침 해가 높이 솟을 때까지 푹 잤다.

마당에는 손님이 와 있다.

새벽부터 와서 기다렸으니 한 시진하고도 반 시진은 더 기다렸다.

그는 길게 기지개를 켜면서 밖으로 나섰다.

분살광왕, 그가 마당 한가운데 술상을 차려놓고 앉아 있었다.

"너무 기다리게 하는군."

"기다렸나?"

"알고 있었으면서 놓치지 마라."

그가 말하면서 맞은편 자리를 권했다.

루주는 주위를 쓸어보면서 걸어갔다.

'한 명, 두 명, 세 명……'

열 명까지는 헤아렸는데 그 이상은 의미가 없을 것 같아서 세지 않았다.

"한잔하지."

분살광왕이 술잔에 술을 따랐다.

"아침술이라. 그것도 일어나자마자. 별로 안 당기는데. 그래도 저승길을 가는 친구가 주는 술이니 받아야겠지."

“후후후! 기왕이면 저승으로 보내줄 저승사자라고 하는 게
좋지 않을까?”

“그건 내가 할 거야.”

루주는 그가 따라준 술을 한 점의 의심도 하지 않고 훌쩍 마
셨다.

“독을 탔는데, 마시는군.”

“오만하군. 사람 보는 눈은 너만 있는 게 아냐. 나도 너란 사
람을 조금은 알 것 같거든.”

“지금도 내 무공이 항마범신공이라고 확신하나?”

“친구가 그러더군. 멸신마공이라고도 부른다고.”

“난 내 무공을 멸신마공으로 알고 수련했다. 항마범신공이
라는 말은 중원에 들어와서야 알았지.”

“어쩐지…….”

“뭐냐?”

“이름이 중원인 같지 않아서 말이야. 탑하리. 천축에서 왔
나?”

“알고 있어도 상관없을 듯해서 말해준다. 원래 살천루의 뿌
리는 천축이다.”

“그렇군.”

“내가 죽으면 본격적으로 천축고수들이 들어올 텐데. 후후
후! 너도 참 피곤한 인생이 되겠구나.”

“피곤하지 않은 인생도 있던가?”

“한 잔 더?”

"난 됐고. 넌?"

"나도 됐다. 저승길 가는데 너무 취하면 곤란해."

두 사람이 일어섰다.

스웃! 츠츠츠춧!

검에서 무형의 기류가 줄기줄기 뻗어 나온다.

분살광왕이 펼치는 공부는 정종무공이다. 항마범신공이다. 하지만 내부에서는 잠력을 끌어모으는 관계로 사지백해가 달달 들볶이고 있으리라.

'부술 수 있을까?'

처음으로 십검에 대한 회의를 가져봤다.

원래 천력을 지닌 자다. 그런 자가 외문기공이라고 알려진 항마범신공을 수련했다. 내분에서는 잠력까지 끌어 모아진다. 그의 힘이 두 배, 세 배로 커진다.

검을 쓰지 않아도 황소 정도는 단숨에 찢어버릴 거력이 튀어나올 것이다.

'무심을 가질 필요가 없다. 무심을 생각하지 말라.'

그는 고요한 마음으로 목검을 들었다.

검을 펼침에 있어서 기대하는 바가 없어야 한다.

검초를 펼치는 목적은 상대를 쓰러트리기 위해서다. 그러니 당연히 자신이 상하지 않고, 상대만 쓰러트리기를 바란다. 그런 마음이 깃들게 된다.

그런 마음을 버린다. 아무런 기대도 갖지 않는다. 그러면 검을 쓴 후의 결과도 생각하지 않게 된다. 내가 죽을 수도 있고, 상대가 죽을 수도 있다. 그런 마음조차도 갖지 않는다.

오직 한순간, 지금 이 순간만 집중한다.

그것으로 족한 것이다. 이 순간이 쌓이면 시간이 되고, 시간이 쌓이면 하루가 된다.

"간닷!"

쿵쿵쿵쿵!

분살광왕이 지축을 흔들면서 달려왔다.

미친 황소가 달려오는 것 같다. 정면으로 맞받아치는 건 절대 불가능할 것처럼 보인다. 역발산기개세(力拔山氣蓋世), 이 자는 하늘까지 무너트릴 자다.

'또!'

그는 눈을 아래로 깔고 목검을 쳐다봤다. 그것이 상대를 보는 것보다 현실에 집중하게 해준다.

쒜에엑!

검이 날아온다. 머리 위로 내리쳐진다. 그가 눈을 발아래로 떨구고 있으니, 당연한 공격이다. 순간,

쉑! 쉑! 쉑! 쉑!

사람을 상대로는 처음으로 사검을 펼쳐 본다.

네 자루의 목검이 상하로 갈라져서 쏘아진다. 위쪽에 두 자루, 아래쪽에 두 자루, 도합 네 자루가 섬전보다 빠르게 치달려 간다.

짜아앙!

화약이 터지는 듯한 폭음이 울렸다.

분살광왕의 검이 터졌다. 루주의 검도 터졌다. 두 검이 허공에서 부딪치면서 산산조각났다. 그리고 남은 세 자루의 검이 분살광왕의 몸통을 후려쳤다.

퍽퍽퍽!

분살광왕의 신형이 꿈틀거렸다. 하나, 그는 이내 타격을 무시하고 달려왔다.

턱! 쫘악!

그는 우람한 손으로 루주의 목을 움켜잡았다.

루주는 눈을 부릅떴다.

이자는 괴물이다! 검 세 자루가 몸속에서 작은 파편으로 갈라져서 비산했다.

장기는 가닥가닥 끊어졌다.

검 세 자루…… 몸통이 터져 버리지 않은 게 요행이라고 할 수 있을 정도로 엄청난 파괴력이다.

분살광왕은 그런 파괴를 참아내면서 힘을 쓴다.

'잠력!'

그렇다. 육신은 죽을지 몰라도 손끝에 깃든 힘은 여전히 살아 있다. 그의 머릿속이 완전히 풀리기 전에는 결코 흩어지지 않는다. 그의 의지가 살아 있는 동안에는 천력을 발휘한다.

푸욱!

분살광왕이 허리춤에 꼽힌 소도(小刀)를 뽑아서 루주의 복부를 쑤셨다.

배가 뚫리면서 극심한 통증이 일어난다.

루주는 인상을 찡그리지 않았다. 소도를 맞기 전이나, 맞은 후나 변함없는 얼굴로 말했다.

"멸신마공…… 이런 것이군."

"크크큭!"

"조금만…… 한 걸음만 더 나아갔으면 내가 당했을 것. 그런 느낌이 든다."

그의 십검은 일검, 일검이 멸신마공과 견주어도 부족함이 없는 힘을 뿜어낸다. 사검을 전개하면 사검 모두에 태산을 무너트릴 거력이 깃들어 있다.

멸신마공은 십검과 같은 이치를 사용한다.

모든 힘을 한 자루 검에 집중시킨다. 몸과 정신을 모두 쏟아 붓는다. 그렇기 때문에 남들은 옷자락조차 건드리지 못한 루주의 몸을 잡을 수 있었던 것이다.

멱살을 잡는다. 그러면 검으로 칠 수도 있다.

검만 무사했다면, 그가 오검을 사용할 수 있었다면…… 사검이 부러져 나가고, 죽는 사람은 자신이 되었을 게다.

멸신마공은 여기서 조금 더 나아가야 한다. 그러면 십검을 창출해 낼 수 있다. 멸신마공에 안주하지 말고 한 걸음만 더 내딛어야 한다.

"끄응!"

분살광왕이 옅은 신음을 토해냈다.

그의 눈에 핏물이 고인다. 머리가 터져서 눈 사이로 핏물이
흘러내리는 게다.
쿵!
커다란 거목이 쓰러졌다.

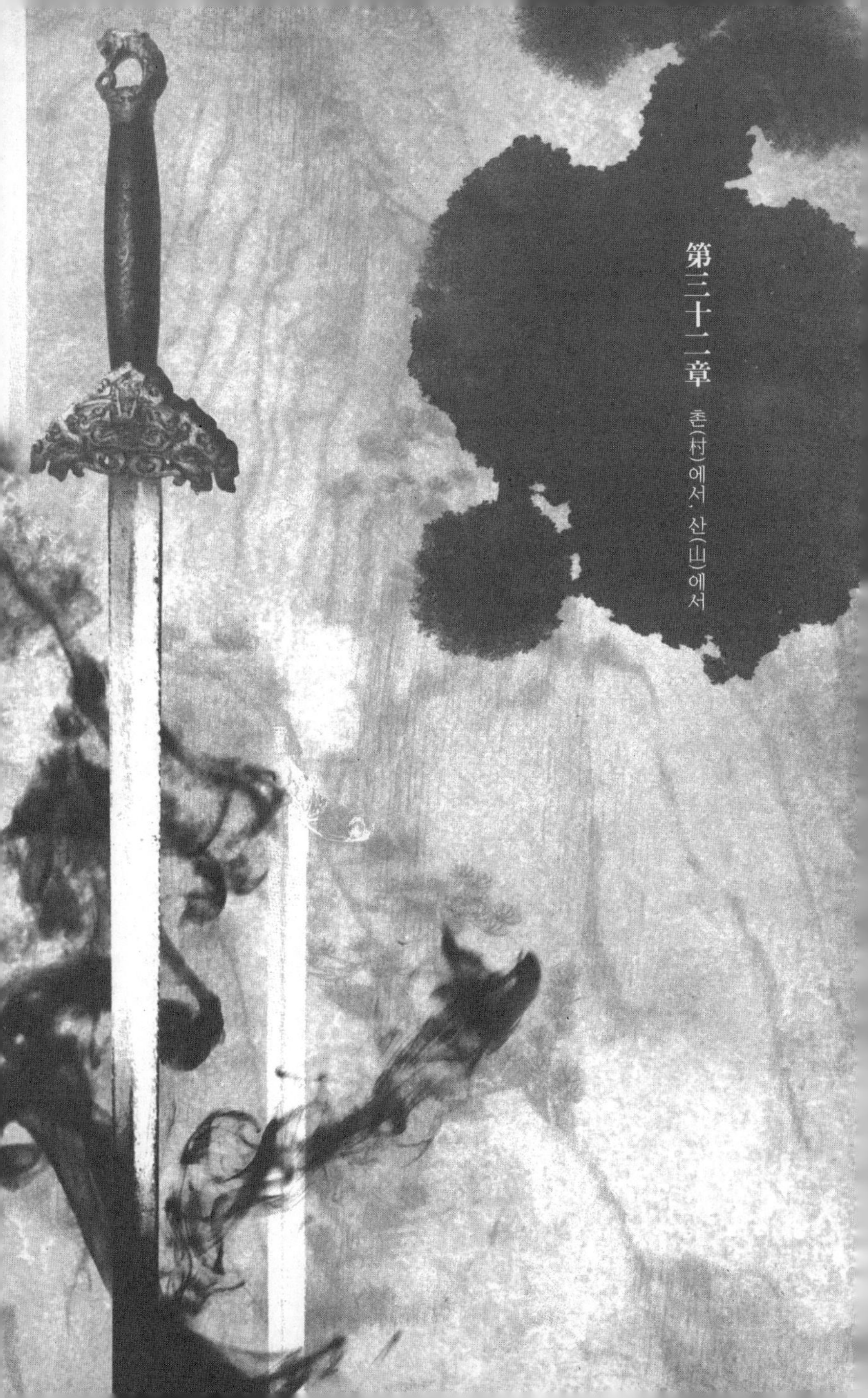

第三十二章
촌(村)에서, 산(山)에서

1

“세 명만 빠져나가면 되겠지.”

“셋이라면 누굴 생각하나?”

“병조.”

“음!”

“그놈들은 조장이 없어. 그러니 뭘 해야 할지도 모르고. 내 보낸다면 그것들이 좋지.”

“좋아. 찬성. 그리고 오늘 공격은 내가 한다.”

“……”

“잘해봐라. 네게 후임을 맡겼을 때는 그래도 살천루의 매서움을 잘 보여줄 것이라고 생각해서 맡기신 것일 테니. 네게 껄끄러운 존재는 일찌감치 치워주는 게 도리겠지.”

갑조 조장이 웃었다.

분살광왕이 을조 조장에게 후임을 맡기면서 살천루의 위계질서는 깨졌다.

후배가 선배 위에 군림하는 이상한 체계가 되었다.

갑조 조장은 이런 점을 감안해서 자신이 먼저 사라지려는 것이다. 지금 이 시점에서 루주를 공격한다는 건 죽으러 가는 것, 그 일을 해줄 테니 소신껏 십간조를 써보라는 뜻이다.

을조 조장은 거부하지 않았다.

"최대한 많은 것을 보여줘."

"그러지."

갑조가 준비한 것은 구혼삭(拘魂索)이다.

루주는 은밀함으로는 살천루 최고 비기인 인잠술을 깼다. 기척을 흘리지 않고 접근하는 것으로 유명한 인잠술이 깨졌으니 암습하는 게 참으로 답답하게 됐다.

루주는 독에도 강하다.

냄새를 맡았다는 건, 독을 흡입했다는 뜻이다.

좋은 냄새건 나쁜 냄새건 냄새를 맡는 순간 독은 이미 체내에서 작용을 하고 있다.

살천루의 독은 치명적이다.

느낌이 드는 순간에 의식을 빼앗는다. 적을 죽일 작정으로 독을 투입한 것이니, 사정을 남길 필요가 없다. 무력을 쓰지 않고 독만으로 죽일 수 있다면 이보다 더 깨끗한 방법도 없다.

그래서 독 중의 독, 무염무를 투입한다.

루주에게는 무염무마저 무용지물이다.

독이 통하지 않고, 인술이 통하지 않는다.

분살광왕마저 죽었다.

십간조에서 무공이 가장 강했던 불곰이 목검 몇 자루를 이겨내지 못하고 쓰러졌다.

무공으로 루주를 쓰러트리기도 힘든 상황이다.

놈을 공격할 구석이 없다.

그래서 구혼삭을 준비했다. 살수가 강적을 죽일 수 있는 또 한 가지의 방법을 써본다.

성공률은 육 할.

간신히 절반을 넘어선 만큼 기대치는 별로 없다. 하지만 이런 방법을 썼을 때, 놈이 어떻게 반응한다 하는 점을 알게 되면 큰 도움이 될 게다.

그는 유하촌 싸움을 자신들의 패배로 인정했다.

을조 조장의 길을 터주기 위해서 자신이 먼저 나서지만, 남은 을조 조장도 별로 할 게 없을 것이다.

결국은 모두 죽는다.

애초의 계획대로 몇 명 빠져나가서 루주를 평생 이곳에 가둬놓는 선에서 만족해야 한다.

아니, 그때부터 진짜 싸움이 벌어진다.

연유야 어찌 되었건, 살천루는 루주를 없애야만 하는 절체절명의 과제를 안게 되었다.

루주가 죽거나 살천루가 무림에서 사라지거나.

자신들이 시도한 방법은 글과 그림으로 기록될 것이고, 살천루 대가리들의 눈과 귀에 전달되리라.

그다음은 그들이 알아서 할 게다.

"다 됐냐?"

"준비 끝났습니다."

살수들이 기다란 쇠사슬을 들어 보이며 말했다.

쉑! 철컹! 쉑! 철컹! 쉐에엑!

쇠사슬이 분분히 허공을 난무했다.

이른바 구혼삭, 혼까지 잡아서 얽어버린다는 포박 공격술이다.

이는 살수들만의 전문 공격법이 아니다. 이미 무림에 알려질 만큼 알려져서 무림의 웬만한 문파는 이와 흡사한 공격법을 연구, 수련시키고 있다.

'십검 파해법을 연구하고 있군.'

이들의 의도가 읽힌다.

말은 쉽지만 아주 처절한 방법이다. 사람 목숨을 담보로 파해법을 알아낸다는 건 피눈물을 쏟아낼 일이다.

과거, 이런 적이 있었다.

사총 마인들이 검치의 십검을 파훼하고자 숱한 사람을 죽음으로 몰아넣었다.

그 당시, 세상에 존재하는 모든 공격법이 동원되었다.

살천루는 사총이 했던 일을 되풀이하고 있다. 또 자신은 사부가 했던 일을 되풀이한다.

살천루는 사총만큼 크지 않다. 살천루가 아무리 지옥을 다스리는 사자들이라고 해도 사총을 능가할 수는 없다. 자신은 검치를 능가하지 못한다. 검치는 십검을 쓰는데, 자신은 사검이 한계인 것 같다.

분살광왕과 싸우면서 오검을 쓰려고 했다.

한데 막힌다. 진기가 잠깐 끊어지는 듯한 현상이 찾아왔다.

정신은 오검을 지나 육 검, 칠 검까지도 쓸 수 있는데 몸이 따라주지 않는다.

단전 그릇을 바꿔야 한다.

지금 내공을 담고 있는 그릇은 너무 작다.

운농선생의 의원에서 그랬듯이 지금 있는 단전 그릇을 산산조각내고 새 그릇으로 교체해야 한다. 그전까지는 오검 사용은 무리라고 판단된다.

사총과 검치 대 살천루와 자신.

훨씬 작은 규모, 훨씬 못한 사람들끼리 옛일을 되풀이한다.

철그렁! 철그렁! 철그렁!

살수 열 명이 자신들끼리 부지런히 쇠사슬을 주고받았다. 한 명이 두 개씩, 서로 다른 사람과 줄을 맞잡고 있다.

루주는 쇠사슬 안에 갇혔다.

이제 저들은 쇠사슬을 조일 것이고, 완전히 조여지면 꼼짝없이 포박을 받는 형국이 된다.

그러면 두 가지 행동이 나타난다.

생포를 하려는 자들은 쇠그물을 날린다. 투망을 덮어씌워서 사지를 옭아맨다. 죽이려는 자들은 쇠사슬 사이를 달려온다. 그들이 할 일이라고는 간단하게 목만 쳐내면 된다.

촤라라락!

잠깐의 긴장이 흐르고, 쇠사슬이 빠르게 좁혀왔다.

쉑! 촤악! 쒜엑! 까아앙!

루주의 손에서 이검이 토해졌다. 일검은 앞에서 좁혀오는 쇠사슬을 양단했다. 다른 일검은 등 뒤로 쏘아졌다. 뒤에서 덮쳐 오는 쇠사슬을 칼로 종이 매듭 자르듯 간단하게 절단해 버렸다.

파앗! 파아앗!

목검이 자루만 남고 흔적도 없이 사라졌다.

'열!'

루주는 끊어진 쇠사슬 사이로 빠져나갔다. 그리고 땅에 놓아둔 목검을 주워서 냅다 내뻗었다.

푹! 푸우욱!

옆구리로 파고든 목검이 명치 어림에서 멈췄다.

그의 초식은 단순하다. 어디에서 뚫고 들어가던 몸의 중심부에서 멈춘다. 하반신은 공격하지 않고 거의 대부분 상체만 노린다는 특징도 있다.

퍽! 퍽! 퍽!

순식간에 네 명이 나가떨어졌다.

이 자리에 모인 살수는 열 명이다. 그가 반드시 죽여야 할 여든다섯 명 중에 열 명이다. 십 년, 이십 년 긴 세월이 흘러도 꼭 죽여야만 한다.

그러니 가장 빨리, 신속하게 죽인다.

퍽! 퍽! 퍽!

그는 양 떼 속에 뛰어든 늑대였다.

'이상하다!'

을조 조장은 고개를 갸웃거렸다.

루주의 공격을 보면 의문을 제기할 부분이 매우 많다.

그중에 가장 큰 것이 바로 빠름이다.

그는 빠르지 않다. 일검을 펼치든 이검을 펼치든 충분히 막아낼 수 있을 것으로 보인다.

그런데 막지 못하고 무너진다.

분살광왕이 싸울 때는 일부러 맞아주었다고 생각했다.

동귀어진(同歸於盡), 같이 죽는다!

실제로 분살광왕은 루주의 몸에 칼까지 쑤셔 넣었다.

나름대로는 일도를 성공시켰는데…… 그만 간발의 차이로 넘어가고 말았다.

분살광왕의 방법은 효과가 있다.

그 사람 정도의 무공을 가진 자가 조금 주의만 기울여서 공격하면 충분히 루주를 제압할 수 있다.

무적이라고 일컫던 십검을 무너트리는 것이다.

이는 아주 고무적인 현상이다. 희망이란 게 바로 이런 걸 두고 하는 말이다.

십검이 무적은 아니다.

그런데 그런 현상이 갑조 살수들이 싸울 때도 일어났다.

갑조 살수들이 조금만 더 긴장했다면, 무공이 조금만 더 높았다면 저 정도는 막을 수 있지 않을까 싶다.

조금 노골적으로 말한다면, 자신이 직접 검을 부딪치면 루주의 공격쯤은 충분히 막을 수 있을 것 같다.

물론 자신만의 착각이라는 점을 안다.

갑조 조장은 자신에 비해서 무공이 약하지 않다.

그런 그가 일검을 막지 못하고 무너졌다. 다른 살수들처럼 옆구리에서 명치까지 가르는 희한한 일초 공격을 거의 저항도 못해보고 쉽게 허용했다.

막을 수 있을 것 같은데, 막지 못한다.

"그렸느냐?"

"네."

"보자."

그의 옆에 있던 살수가 그림들을 건넸다.

아직 먹이 마르지 않은 그림은 갑조 살수들이 공격을 시작해서 무너지는 모든 광경이 현실처럼 그려져 있다.

이 그림들은 살천루 수뇌들에게 전해질 것이다.

그들은 무슨 생각을 할까? 루주를 어떻게 잡을 생각일까?

살천루를 떠나오기 전, 수뇌 급으로부터 사총으로 사람을

보냈다는 말을 들었다. 사총이 검치를 상대하면서 쌓은 지식
과 경험을 얻기 위해서다.

　사총은 순순히 건네주지 않는다.

　자신들이 경험을 쌓느라고 치렀던 손해를 생각해 볼 것이
고, 그에 합당한 대가를 요구할 게다.

　타협이 어느 선까지 진행되고 있나.

　자신이 죽기 전에 타협이 이루어지면 그나마 해볼 게 있다.

　사총은 검치로 인해서 멸문을 당했으니, 그들이 직접 나서
줄 수도 있는 노릇이고.

　"보내라."

　"알겠습니다."

　"병조는?"

　"준비랄 게 뭐 있습니까. 떠나기만 하면 되죠."

　"사람들 눈에 띄지 않게 잘 빠져나가라고 당부해 둬."

　"그 정도는 알아서 할 위인들입니다."

　"내보내."

　을조 조장은 멸화를 생각했다.

　'루주…… 이길 수 없어. 모두 몰살당하는 길밖에 없어.'

　그들은 야밤을 이용해 마을을 벗어났다.

　앞이 탁 트인 마을이니 그저 발길만 옮기면 된다.

　스웃! 스으웃!

　그들은 논두렁을 넘고, 도랑을 건넜다.

하늘도 그들을 돕는다. 비가 오려는지 달빛도 흐리다. 붉은 구름에 가려져서 빛을 뿌리지 못한다. 그들의 움직임은 어둠에 묻혀서 드러나지 않았다.

루주는 여전히 마을 한복판에 머문다.

일과도 변함이 없다. 밥을 먹은 뒤에는 목검을 깎는다. 그리고 온 마을에 널려놓는다.

자신들의 목숨을 취할 병기다.

하루 종일 그 일만 한다.

그 흔한 운기조식 한 번 취하지 않는다. 아침에 일어나면 몸을 푸는 간단한 수련이라도 하는 법인데, 그조차도 하지 않는다.

그가 무엇을 하든 이제는 상관없다.

그는 영원히 유하촌을 벗어나지 못한다. 이곳에서 평생 목검이나 깎으면서 지내야 할 게다.

"저곳만 지나면 관도야."

"저기 움푹 팬 웅덩이가 있더라고. 저기서 잠깐 살펴보고 나가자. 괜히 멋모르고 나갔다가 다른 놈들 눈에라도 띄면 곤란해. 개망신당할 일 없잖아."

그들은 낮에 봐두었던 웅덩이로 신형을 날렸다. 그리고 관도를 쳐다봤다. 관도 너머에 있는 야트막한 야산도 쳐다봤다.

관도를 가로질러서 야산으로 들어선다.

거기까지만 가면 탈출은 성공한 게다. 아무도 눈치채지 못하게 마을을 빠져나간다.

자신들이 싸움을 걸어놓고 오히려 자신들이 빠져나간다는
게 조금 웃기기는 하지만…… 루주의 발목을 잡아놓을 수 있
다면 이보다 더한 짓이라도 하는 판이 아닌가.

"없지?"

"아무도 없는 것 같은데."

"가자!"

그들은 기척이 없음을 감지하고 서슴없이 신형을 쏘아냈다.
한데,

킹! 킹킹! 킹!

느닷없이 관도에서 개 짖는 소리가 들려왔다. 아니, 거대한
황소처럼 몸집이 큰 개가 금방이라도 물어뜯을 듯이 이빨을
곤두세운 채 달려왔다.

"뭐, 뭐야!"

"흑풍!"

"제길! 저놈의 개새끼가!"

그들은 흑풍이 나타났다는 것보다도 개 짖는 소리에 사람들
이 몰려들까 봐 그것이 더욱 저어되었다. 더군다나 흑풍이 짖
는 소리는 천둥소리처럼 크다.

깊은 밤; 고요한 정적이 단숨에 일깨워졌다.

킹! 킹킹! 킹!

쒜엑! 퍼억!

살수가 쳐낸 검이 흑풍의 옆구리를 강타했다.

흑풍은 쓰러지지 않았다. 오히려 머리를 돌려서 살수를 물

어뜰으려고 했다.

그 모습이 마치 일류고수처럼 빠르고 능숙하다.

"헛!"

공격했던 살수가 깜짝 놀라 뒤로 물러섰다.

컹! 컹컹컹! 컹컹!

흑풍이 또 짖기 시작했다.

싸움을 하려는 게 아니다. 짖는 게 임무다.

흑풍은 자신이 무엇을 해야 하는지 명확하게 알고 있는 듯
했다.

파앗!

살수가 흑풍 면전에 독분(毒粉)을 뿌렸다.

하지만 이번에도 흑풍은 당하지 않았다. 독분이 확 퍼지는
순간에 누가 뒤에서 끌어당기기라도 한 듯 쭈욱 물러섰다. 그
리고 또 짖기 시작한다.

컹컹컹! 컹! 컹!

그들은 난감했다.

별것 아닌 일이다. 마을을 벗어나서 논을 가로지르고, 관도
를 넘어 냅다 뛰기만 하면 된다.

이런 간단한 일이 한낱 개에 막혀서 저지되었다.

더욱 난감한 것은 인기척이다.

스스스스……!

마치 미풍이 부는 듯 미약하기 이를 데 없지만 살수의 촉각
은 속이지 못한다.

사람들이 몰려오고 있다.

사람들은 흑풍의 존재를 안다. 루주를 관심있게 지켜본 자라면 누구나 안다.

흑풍은 영리하다.

주인은 싸움을 하기 위해서 마을로 들어섰다. 하지만 흑풍은 들어서지 않는다. 줄이 그어진 곳에서 한 걸음도 들어가지 않고 마을만 지켜본다.

이쯤 되면 영물이라고 불러도 괜찮지 않나.

그런 개가 짖고 있다. 하늘이 떠나가라 짖어댄다.

사람들이 몰려드는 건 당연하다.

"제길!"

그들은 투덜거리면서 다시 논을 타기 시작했다. 웃기는 말이지만 살천루 살수가 흑풍의 저지에 막혀서 탈출을 포기하고 마을 안으로 들어서고 말았다.

"잘했다."

호가가 흑풍의 머리를 쓰다듬었다.

살수들쯤은 그가 처리해도 무방했다. 하지만 흑풍에게 맡겼다.

이제 사람들은 흑풍이 왜 짖었는지 조사할 게다. 그렇다고 흔적을 찾지는 못하겠지만, 잘하면 논두렁에 찍힌 발자국이라도 찾아낼 수 있다.

그렇게까지 찾지 않아도 이번 일은 가치가 크다.

이제 저들은 탈출에 조금 더 신중해야 한다.

저들을 죽였다면 살천루는 다른 자를 다른 경로로 탈출시킬 게다. 그리고 그럴 경우, 탈출자를 찾아내기란 불가능하다. 뒤에는 산이요, 앞에는 논이다. 사방이 트인 마을이다. 살수가 마을에서 벗어나는 건 시간문제다.

흑풍이 짖어댄 것은 사람이 감시하는 게 아니라 개가 감시한다는 말을 전해준다.

사람보다 몇십 배가 후각이 영민한 흑풍이 지키고 있다. 너희가 어디로 도주하든 흑풍이 따라붙는다.

사람 마음이란 참 간사하다.

사람이 감시한다면 어떻게든 탈출을 모색하지만, 흑풍이 감시한다면 일단은 탈출이 불가능하다는 전제를 깔아놓는다.

사실은 다르다.

흑풍이 감시하는 것보다 일류고수가 지켜보는 게 더 탄탄하다.

흑풍은 심리적인 면에서 압박감을 주었다.

"후후! 네가 연극 한 번 더 해야 되겠다."

호가는 흑풍의 머리를 쓰다듬은 후, 발로 살짝 논두렁을 찍어서 발자국을 만들었다. 그리고 귀신처럼 스르륵 사라졌다.

"발자국?"

"뭐야? 살천루 살수들이 빠져나가려고 한 거야?"

"후후후! 살수들도 죽음은 두려운가 보군."

"분살광왕이 죽었대잖아. 최고가 죽었는데 아랫것들은 오죽하겠어? 아무리 그래도 그렇지. 소위 살수란 자들이 야반도주나 하려 들고. 쯧!"

사람들은 곱지 않은 눈길로 마을을 쳐다봤다.

'이런!'

을조 조장의 미간이 확 찌푸려졌다.

이제는 탈출도 무의미해졌다.

분살광왕이 말한 아흔세 명이라는 숫자도 유명무실해졌다.

루주가 '모두 다 죽었다. 남은 자는 없다.' 고 공식 선언하면 그걸로 끝인 상황이 된다. 그렇지 않다는 걸 증명하려면 숨었던 곳에서 뛰쳐나와 자신을 드러내야 한다. 그렇지 않으면 죽음이 두려워서 야반도주한 게 된다.

단 한 번의 실수로 상황이 정반대로 바뀌었다.

"저놈들…… 내일 공격시켜."

그가 병조 살수 세 명을 노려보면서 싸늘하게 말했다.

2

"잠깐 눈 좀 붙이면 안 돼?"

"쉿!"

취취는 큰일이라도 난 듯 급히 손가락을 들어 입을 가리켰다.

"미안해. 정말 피곤해서⋯⋯."

주설언이 낮은 소리로 소곤거렸다.

"쉿! 조용히 하랬잖아!"

취취는 한심하다는 표정으로 주설언을 쳐다봤다.

이 여자는 희한하기 이를 데 없다. 하는 행동을 보면 당장 검에 맞아 죽을 것 같은데, 그런 여자가 일개 문파를 가장 빠른 시간 안에 초토화시킬 수 있다.

대단한 능력을 가졌으면서도 가장 안심할 수 없다.

"운기를 해. 조용히. 깊은 운기를 하지 말고, 얕은 운기만 해. 눈 뜨고 조용히."

"그러면 지루하지 않아?"

"운기에 몰입해. 그럼 지루할 틈이 없어."

"알았어. 그럼 누가 오면 나 깨워."

주설언은 눈을 반개(半開)하고 운기에 들어갔다.

취취는 그녀의 말을 듣고 피식 웃었다.

얕은 운기를 하라는 것은 정신을 말짱하게 차리고, 두 눈을 부릅떠 사방을 살피면서 조용히 숨만 고르라는 것이다.

운기는 그렇게도 할 수 있다.

진기가 전신을 일주천하면 사물이 더 뚜렷하게 보인다. 피로도 한결 가신다.

이런 운기법의 장점이라면 주변에서 일어나는 일에 즉각적으로 반응할 수 있다는 점이다. 그리고 단점이라면 깊은 운기가 아니기 때문에 잡념이 쉽게 일어난다는 것이다.

주설언은 옅은 운기를 해본 적이 없는 것 같다. 그러니 누가 오면 깨우라는 소리를 하지. 본인 스스로 깨어 있으니 깨울 필요가 없는데 말이다.

취취는 언제든 주설언을 낚아챌 수 있는 곳에서 사위를 주시했다.

'놈들이 이쪽으로 오면 좋겠는데.'

팽가촌이 발아래 보인다.

그녀가 웃고 떠들고 무공을 수련하던 곳이 코앞에 있다. 하나 이제 그곳은 예전의 팽가촌이 아니다. 오라버니가 없고, 팽효문이 없고, 아버지도 가주가 아니다.

사람들 인심도 팍팍해졌다.

연이은 죽음쯤은 감당할 수 있다.

팽가촌은 무가다. 도 한 자루에 목숨을 건 무인들이 집집이 존재한다.

그들은 밖에 나가서 싸운다.

때로는 영광을 안고 오지만, 때로는 싸늘한 주검이 되어서 들것에 실려 오기도 한다.

그 어떤 경우나 담담하게 맞이할 마음의 준비가 되어 있다.

문제는 밖이 아니라 안에서 벌어졌다.

이들의 죽음은 무공이 약해서 쓰러진 게 아니다. 자신들이 믿고 따르던 성모, 가모 때문에 벌어진 죽음이다. 죽지 않아도 될 죽음이고, 믿었던 사람에 의해서 벌어진 죽음이니 더 원통하고 분한 게다.

그들은 가모를 살려줄 생각이 없다.

현재는 십족령에 갇혀 있으니 멀찍이서 지켜보지만, 십족령이 풀리기만 하면 당장 처단할 게다.

가모는 마을 사람들 손에 맞아 죽는다.

"내려가고 싶니?"

그녀의 등 뒤에서 다정한 음성이 들렸다.

"파문당한 몸이 어딜 내려가."

팽가연이 말했다.

"후후! 그럼 파문당한 여자가 왜 여기 있을까? 밤이슬을 맞으면서?"

팽효기가 그녀 옆에 앉았다.

"오빠는 괜찮아?"

"뭐가?"

"지금 일어나는 이런 일들 말이야."

"사람들이 죽는 일이라면 항상 있어왔던 거고. 배신도 늘 존재하는 거고…… 그렇지 뭐."

"오빠는 그 여자가 안 미워?"

"밉지. 아주 밉지. 끝까지 성모로 남아줬으면 얼마나 좋을까 하는 생각을 종종 해."

"그렇구나."

"넌 그런 생각 해본 적 없어?"

"아니. 하지만 이런 생각은 해본 적 있어. 그때 루주가 시비를 걸지 않았으면 어땠을까? 우리는 여전히 평화롭게 지내고 있을까? 아니면 지금보다 더 큰 사달이 났을까?”

“…….”

팽효기는 즉답을 못했다.

팽효뢰는 월아를 만날 일이 없으니 무공에 전념하고 있을 것이다. 팽가오도도 죽는 사람이 없다. 다른 형제들도 죽지 않는다. 석경산에서 온갖 지략을 짜내던 문인들 또한 여전히 입방아를 놀리고 있을 것이다.

최소한 죽음은 일어나지 않는다.

대신…… 팽효문과 가모는 여전히 불륜일 게다. 그는 더욱 깊은 수렁으로 빠져들어 간다.

그는 언젠가는 그 일에 대한 대가를 치러야 한다.

가모의 성격상, 그리고 그의 성격상 그의 최후는 지금과 별로 다르지 않을 것 같다.

팽가촌은 어떨까?

가모의 목적이 무엇이냐에 따라서 크게 달라지겠지만…… 가모의 목적이 팽가촌의 멸문에 있는 것 같지는 않다. 팽가의 무공을 탐하는 것도 아니다.

그런 정도의 목적이라면 지난 십 년 동안 충분히 해결할 수 있었을 게다.

이숙!

열쇠는 이숙이 쥐고 있다. 아니, 가주가 쥐고 있다. 이숙 같은 사람과 어떻게 의형제를 맺게 되었을까?

언젠가 가주는 그 일에 대해서 말해야 할 때가 올 게다.

가모가 팽가촌에 잠입한 목적!

정말 궁금한 것은 그것인데, 그것을 풀 길이 없다. 고문도 하고, 회유도 하고…… 뭐라도 해야 입을 열 수 있다. 그런데 저렇게 십족령이라는 울타리에만 가둬놓는다면…… 저런 식으로는 백 년이 지나도 대답을 들을 수 없다.

팽효기는 고개를 저으며 다른 말을 했다.

"분살광왕이 루주에게 죽었다."

"……."

"놀라지 않는구나."

"분살광왕 정도는 나도 죽일 수 있으니까."

"하하! 그렇게 생각했다면…… 너 큰일 날 뻔했다. 분살광왕과 싸웠다면 네가 졌을 수도 있어."

"무슨 소리야?"

"분살광왕과 싸울 때 루주는 사검을 썼다고 하더라. 일검으로 검을, 삼검으로는 몸통을. 그런데 그 괴물 같은 놈이 삼검을 맞고도 달려들더라는 거야."

"그래서?"

팽가연이 재미있는지 눈빛을 반짝였다.

"기어이 루주에게 한칼 먹였다."

"사검을 당하고도 한칼?"

"괜찮은 놈이지?"

"그러네."

팽가연이 고개를 끄덕였다.

현재, 루주의 사검을 맞받아칠 수 있는 사람은 없다.

팽효기는 물론이고 그녀도 자신없다. 팽가오로 중에서도 자신있게 나설 수 있는 사람이 없다.

사검의 위력은 대단하다.

도저히 이해가 되지 않는다. 검 세 자루가 뱃속에서 터졌는데, 어떻게 즉사하지 않을 수 있지?

그런 자라면…… 자신의 칼에 맞고도 달려들었을 게다.

베면 끝나는 줄 알았는데, 베이고도 달려드는 자가 있다니!

이건 다시 생각해 봐야 할 부분이다. 결국, 정교함과 빠름과 일도양단의 강함을 함께 구비해야 한다는 소리인가. 쾌도만으로는 안 되고, 환도로도 안 되고, 쾌환패(快幻覇)를 동시에 갖추고 있어야 그런 자를 상대할 수 있다는 소린가.

정말 생각해 봐야 할 부분이다. 그때,

"쉿!"

팽가연이 낮은 소리를 흘리며 바싹 긴장했다.

팽효기도 긴장했다.

역시 루주 말이 맞는 건가!

이번에 사총은 큰 손해를 봤다.

사람이 죽는 것은 손해가 아니다. 그것은 일을 추진하는 과정에서 벌어지는 일종의 희생이다. 어쩔 수 없이 감수해야 하는 조직 삭감 요인이다.

손해란 깨끗하게 일 처리를 하지 않아서 같은 일을 두 번,

세 번 하게 되는 경우를 말한다.

백살겸을 구하기 위해서 성하와 지웅서가 왔다. 또 백살겸을 구하기 위해서 다른 자를 보내야 한다.

이런 게 손해다.

이번에는 손해가 더 크다. 백살겸만 구해야 하는 게 아니라 지웅서와 노궁문도도 있다. 사람의 비중으로 따져볼 때, 노궁문도까지 구한다고 보기는 어렵지만…… 그렇다고 팽가촌에 포로로 남겨두지도 않을 것이다.

그들이 기습을 감행할 공산이 크다.

또 한 군데도 움직인다.

현재, 북경의 모든 이목은 유하촌에 집중되어 있다.

일부는 팽가촌에 이목을 고정시켜 놓고 있지만, 거의 대부분 유하촌을 지켜본다.

살천루가 검치의 제자에게 싸움을 걸었다.

살천루라는 말은 당장 이목을 집중시킨다. 검치의 제자라는 말 또한 집중의 대상이다.

이 둘이 싸운다는데 누가 쳐다보지 않겠는가.

하지만 둘의 싸움이 끝나게 되면 하북의 이목은 다시 팽가촌으로 돌아온다.

팽가촌에는 주목할 사람들이 많다.

지웅서나 백살겸의 등장이 사총과 연관 있는지는 단연 현 중원 최대의 관심사다.

그러나 그들의 이목이 다시 팽가촌으로 돌아오기 전에, 잠시나마 유하촌에 머물고 있을 때, 바로 지금 당장 가모를 빼내야만 한다. 이 순간이 지나면 앞으로는 영영 빼낼 수 있는 기회가 없을 것이다.

이 부분에 대해서 루주는 한 가지 단서를 달았다.

하나는 가모가 아직 팽가촌에 할 일이 남았을 경우다.

그때는 가모를 빼내기 위해서 움직이는 자가 없다. 하지만 그녀에게 연락을 취하려는 자는 있을 수 있다.

사총이든 가모가 연을 맺고 있는 곳이든, 유하촌에 이목이 집중된 지금을 놓칠 리 없다.

루주는 참고삼아 들으라고 말했지만, 그의 말뜻이 무엇이겠는가. 유하촌을 지켜보지 말고 팽가촌을 감시하라는 뜻이 아니겠는가. 그것도 그 누구에게도 말하지 말고.

이번 일에 동원된 사람은 딱 네 명뿐이다.

취취와 주설언이 짝을 이뤘고, 그녀와 팽효기가 서로의 등을 살펴준다.

툭!

지나가는 토끼가 조그만 돌멩이를 건드린 듯하다.

사삭! 사사삭!

바람이 풀잎을 스치는 소리도 들린다.

'왔어!'

팽가연이 팽효기를 쳐다봤다. 마침 그도 기미를 눈치채고 그녀를 쳐다보는 중이었다.

팽가연이 손을 들어 앞쪽을 가리켰다.

팽효기가 고개를 끄덕였다.

슥!
취취는 주설언 옆으로 가서 손으로 그녀의 입을 틀어막았
다.
'웃!'
주설언이 잠시 놀라는 듯했지만, 이내 진정했다.
'왔어?'
그녀가 눈으로 묻는다.
취취는 눈짓으로 앞을 가리켰다.
어둠 속에서는 아무것도 보이지 않는다. 바람이 나뭇잎을
건드리고 지나간다. 어둠이 풀잎을 짓누른다. 달빛이 검은 숲
을 부드럽게 쓰다듬는다.
조용하다.
주설언은 즉시 가부좌를 틀고 앉았다.
이상한 행동? 그렇다. 이상한 행동이다. 적이 없을 때는 운
기조식을 하지 않고, 적을 면전에 둔 상태에서는 운기조식을
취한다. 하지 말아야 할 때는 하고, 할 때는 안 한다.
취취는 그녀의 행동을 당연한 듯 바라봤다.
스으읏!
그녀는 옻칠을 한 소도 두 자루를 꺼내서 양손에 나눠 쥐었
다.
그녀의 병기는 금배대도다.

묵직하고 거칠어서 사내들이 쓰기에도 꺼리는 큰 칼이다. 하지만 그녀들은 일부러 그런 병기를 선택했다. 아씨를 모시려면 위엄 있는 칼을 소지하는 편이 낫다는 단순한 생각이었다.

그 한순간의 선택이 그녀들의 무공에 지장을 주고 있다.

그녀들은 비연사도라고 일컬어질 만큼 가벼운 무공을 쓴다. 신법도 날렵하고, 손속도 경쾌하다. 초식은 빠르고 신랄하다. 다만 병기만 무겁다.

철이 든 후에야 병기를 바꿔보려고 했지만, 그때는 이미 금배대도가 손에 익어버린 후였다.

다른 도를 쓰면 너무 가벼워서 초식이 전개되지 않았다.

그래서 어른들이 처음부터 반대했던 것인데…… 아무것도 모르는 철부지들이 괜한 고집을 부렸다.

만약, 그녀들이 팽가촌 무인들이었다면 병기 선택 같은 것을 할 수도 없었을 게다. 어른들이 지켜보다가 맞는다 싶은 병기를 선택해 주었을 게다.

너희는 외인이니 너희 마음대로 병기를 취해라. 어차피 정통으로 도법을 수련할 것도 아니고, 팽가연을 가로막는 역할만 할 뿐이니 아무것이나 좋다.

그녀들에게는 그런 시선이 따라붙었다.

그 후, 한 번도 금배대도를 놓아본 적이 없다.

이번에는 다르다. 금배대도를 힘껏 휘둘러도 상대가 되지 않을 절정고수들이다. 그러니 차라리 병기의 무게라도 줄여

라. 최대한 몸을 가볍게 해서 신법에 써라.

이는 팽가연의 조언이다.

이전에는 이런 말을 해주지 않았다. 금배대도를 더 정확하게, 더 강렬하게 쓸 수 있는 조언만 했다. 이번에 처음으로 금배대도를 놓으라는 말을 했다.

'해보자.'

그런 생각이 들어서 소도를 챙겼다.

이왕이면 달빛에 반사되지 말라고 옻칠까지 했다.

그녀는 주설언 등 뒤에 섰다. 마치 호법을 서듯이.

사악! 스으웃!

지극히 미약한 소리가 들린다.

소리라고 할 것도 없다. 한밤중에 깊은 산에서 부는 부드러운 바람 소리를 소리라고까지 말하는 사람은 없을 것 같다.

'고루대(骷髏隊)!'

팽가연은 바람 소리 속에서 인기척을 찾아냈다. 그리고 인기척을 흘리는 사람들이 누군지도 알아냈다.

고루대가 왔다!

이건 분명히 사총이다. 사총이 본격적으로 움직이고 있다.

과거, 고루대는 사총 총주의 직속 예하 조직이었다.

오직 총주의 명에만 복종하며, 총주의 직접 명령만 받았다.

그래서 고루대는 사총 내의 간자(間者)나 반역자를 처단하는 역할을 주로 도맡았다.

이들은 팔뚝, 다리, 몸에 강철심을 심었다. 병장기에 맞아도 버틸 수 있도록 기공도 연마했다.

이들이 연마한 무공은 고루마공(骷髏魔功)이다.

수련을 하면 할수록 몸의 근육이 말라붙는다. 지방과 근육이 모두 말라붙는다.

가슴뼈가 환히 드러난다. 갈비뼈로 음악을 연주할 수 있을 것 같다. 팔과 다리로 가뭄에 피죽 한 그릇 먹지 못한 듯 뼈만 남는다. 볼 살도 말라 버리고, 눈동자도 안으로 들어가 퀭해진다.

사람 뼈에 가죽만 살짝 엎어놓으면 꼭 이들과 같은 모습이 된다.

육신을 포기한 대가는 지극히 뛰어나다.

웬만한 병장기로는 이들을 베지 못한다. 팔과 다리, 그리고 몸통에 심어진 강철심이 훌륭한 방패 역할을 한다. 그러니 병장기를 두려워하지 않고 거침없이 밀고 들어온다.

이들과 싸우게 되면 거의 대부분 근접박투(近接搏鬪)를 벌여야 한다. 이들 한 명을 죽일 때 서너 명이 죽어갈 것을 각오해야 한다. 몸이나 사지를 노려서는 안 되고, 오직 머리만 노려야 한다.

팽가연은 품에서 화섭자를 꺼내 불을 붙였다.

화악!

화섭자에서 일어난 불이 기름띠를 타고 빠르게 번져갔다.

고루대의 움직임이 뚝 멈췄다.

얼핏 봐도 오십여 명은 넘어 보일 것 같은 고루인간들이 전혀 당황한 기색 없이 태연하게 선다.

"크크크크!"

맨 앞에 선 괴인이 웃었다.

그는 말라도 너무 말랐다. 사람 뼈에 가죽을 입히는데, 바싹 당기지 않고 느슨하게 덮어놓은 것 같다. 뼈와 뼈 사이로 가죽이 깊게 들어갔다.

"하북팽가에 꽃 한 송이가 있다더니……'

퀭하니 들어간 눈에서 광망이 폭출된다.

눈빛은 정확하게 그녀가 있는 곳을 꿰뚫었다.

기름띠에 불을 붙이고, 재빨리 뒤로 물러나 어둠 속에 숨었건만…… 그는 그녀가 있는 곳을 찾아냈다.

"고루대가 맞나?"

팽효기가 물었다.

"크크크크!"

"지옹서를 구하러 왔나?"

"구하러? 크크크크! 우리가 왜? 크크크! 일 못하는 놈들은 뒈져야 해. 크크크!"

그의 음성이 꼭 올빼미 우는 소리처럼 퍽퍽해서 듣기 거북하다.

"돌아가라. 돌아가면 오늘 일은 없었던 것으로 하겠다."

돌아갈 리가 없다. 이들의 등장을 없었던 일로 치부할 수도 없다. 그래도 이런 말을 한 것은…… 주설언이 준비를 마치도록 시간을 끌어야 하기 때문이다.

"크크크크크!"

괴인이 큰 이를 드러내며 웃었다.

3

"됐어."

주설언이 눈을 뜨고 일어섰다.

"정말 괜찮아?"

취취가 불안한 표정으로 물었다.

"이상한 데 있어?"

"아니, 그런 데는 없는데……."

취취는 그녀의 안색을 자세히 살폈다.

이상한 구석이 없다. 얼굴색도 정상이다. 피부도 깨끗하다. 뾰루지 하나 나지 않았다.

"정말 괜찮네."

취취가 여전히 믿을 수 없다는 듯 말했다.

천멸독경은 기상천외한 하독법(下毒法)을 사용한다.

하독이란 독을 살포하는 것을 말한다.

독을 어떻게 써야 하는가. 어떻게 하독해야 상대를 감쪽같이 중독시킬 수 있는가.

상당히 많은 독문이 이 점을 연구해 왔다.

음식에 독을 탈 수도 있고, 우물에 풀 수도 있다. 매우 고전적인 방법들이지만 지금도 유용하게 쓰인다.

한데 이런 방법은 사전에 발각되면 끝이다.

조금 더 적극적인 방법으로는 독침으로 찌른다거나, 잠잘 때 독액을 입술에 떨어트리는 방법 등이 쓰인다.

주로 살수들이 많이 쓰는데…… 상대에게 상당히 근접해야 한다는 부담이 있다.

하독하는 방법에는 정답이 없다.

쓰는 사람이 상황에 따라서 가장 적합한 방법을 쓰면 된다.

경우에 따라서는 가장 노골적인 방법이지만 독분을 상대의 얼굴에 뿌리는 방법도 있다. 할 수만 있다면 이 방법을 써야 한다. 가장 효과적이니까.

천멸독경에서 진기로 독을 살포하는 방법이 바로 이 방법, 상대에게 직접 뿌리는 방법을 쓴다. 단, 상대가 볼 수 없게, 무색으로 투명화시킨 다음에 사용한다.

상대는 코앞에서 독분이 터져도 모른다.

몸이 이상을 일으킨 후에야 '독이다' 하고 자각한다.

어떻게 그럴 수 있을까? 어떻게 눈앞에서 뿌려도 모르는 것일까?

천멸독경상의 하독법을 쓰려면 약간의 준비가 필요하다.

먼저 독을 손바닥에 발라야 한다. 치명적인 독이니만치 피부가 오염되는 건 각오해야 한다.

하독할 독은 모두 바른다. 그리고 운공을 한다.

구결에 따라서 진기를 손바닥에 모은다. 장심(掌心)에서 진기의 기둥이 솟구친다. 진기의 기둥이 회전을 일으킨다. 점점 강하게, 점점 빠르게.

손바닥에 발라진 독분들이 진기의 기둥에 휘말리며, 색을 잃는다. 분말의 성격이 없어지면서 살갗을 따라 옅게 도포된다. 손바닥에만 발라지는 것이 아니라 팔뚝, 어깨, 얼굴…… 손바닥에서 일어난 독분이 살결을 따라 전신에 도포된다.

그녀의 몸에서 운기된 진기가 피부 밖에 있는 독분을 끌어당기는 역할을 한다.

도포가 완전히 끝나면 준비가 끝난 것이다.

이제는 하독만 남았다. 그녀가 원하는 상대에게 마음을 던지기만 하면, 독분이 따라간다.

많은 사람을 앞에 두고 살심을 크게 일으키면, 전신에 도포된 독분이 일시에 방출된다.

천멸독경에는 하독법으로 여든한 가지를 설명하고 있지만, 지금 그녀가 쓸 수 있는 방법은 이것뿐이다.

"만져 봐도 돼?"

취취가 손을 들어 올리며 말했다.

"호호! 안 돼. 죽어."

"이 부분에는 뭐야?"

취취가 주설언의 볼을 가리키며 말했다.

"혈선과액."

"난 모르겠어."

"알면 안 되지. 모르라고 하는 건데."

“정말 만지면 죽어?”

“추명오독이 장난으로 보이나 봐?”

두 여인은 말을 주거니 받거니 하면서 불빛이 비치는 곳으로 걸어갔다.

눈앞에 뼈만 남은 고루인간이 서 있다.

“이런 자들은 죽여도 죄책감 같은 거 안 느낄 거야. 마음껏 죽여.”

“그래도 사람이잖아.”

“네 눈에는 이런 자들이 사람으로 보이니?”

취취는 장난스럽게 말했지만, 소도를 잡은 손에는 자신도 모르게 힘이 들어갔다.

고루대!

이들의 악명을 모를 리 없다.

박투를 즐기며 심장을 꺼내서 본인 앞에서 씹어 먹는다는 소리까지 들었다.

이들의 모습이 해골을 연상시켜서인지, 전해지는 소문도 좋은 게 없다. 고루대라는 이름 자체가 원래의 이름이 아니다. 원래의 이름은 잊히고 ‘고루’ 라는 말이 쓰이더니, 어느새 고루대라는 명칭이 안착되었다.

“준비는?”

맞은편에서 고루대와 대치하고 있던 팽가연이 물어왔다.

“다 끝났어요.”

“주의하고.”

“걱정 마세요.”

두 여인은 고루대는 안중에도 없다는 듯 말을 주고받았다.

“크크크! 비린내 나는 것들이 어디…… 처, 천…… 멸독경!”

고루대 중에서 제일 앞에 선 자가 음침한 괴소를 흘리며 돌아보다가 주설언과 눈이 마주쳤다. 그리고 깜짝 놀라며 천멸독경이란 말을 토해냈다.

‘안다!’

네 사람은 고루인간이 천멸독경을 알아본 데 더 놀랐다.

주설언의 모습은 여느 때와 다를 바 없다.

피부의 색깔, 탄력…… 독이 묻어 있는 흔적은 조금도 찾아볼 수 없다. 주설언 본인이 손을 들어봐도 보이지 않는다. 옆에 있는 취취도 알아보지 못한다. 멀리 떨어져 있는 팽가연과 팽효기는 더 말할 것도 없다.

한데 고루인간은 단번에 알아봤다.

“천멸독경을 어떻게 알아요?”

주설언이 무심결에 말했다.

“으…… 역시… 천멸독경이었군.”

고루인간이 신음을 흘렸다.

천멸독경임을 짐작했고, 주설언의 말을 통해서 확인까지 했다.

그는 확실히 천멸독경을 알고 있다.

“이걸 어떻게 알았지? 아무것도 보이지 않는데.”

주설언이 두 손을 쳐다보며 중얼거렸다.

그사이, 고루인간은 입술을 달싹거렸다.

우우우…… 우우우우…….

주문 같기도 하고, 홍얼거림 같기도 한 소리가 가늘게 새어나왔다.

그러자 고루인간들이 움직이기 시작했다.

주설언을 향해서 열 명이 일렬로 늘어섰다. 팽가연 쪽으로도 열 명이 섰다. 그들 뒤로 또 다른 열 명이 섰다. 최종적으로 말을 꺼낸 고루인간을 중심으로 일렬을 준비했다.

고루인간들이 앞뒤 간격을 딱딱 맞춰서 대형을 이뤘다.

우우우…… 촤촤악!

가운데 선 열 명의 고루인간들이 왼쪽으로 반 보씩 움직였다.

"인패참진(人牌斬陣)!"

팽효기가 진을 알아보고 소리쳤다.

팽효기의 말에 제일 먼저 반응을 보인 사람은 취취다.

그녀가 재빨리 요대(腰帶)를 풀어서 주설언의 허리에 휘감았다.

주설언은 둘둘 말려오는 요대 끝을 낚아채서 자신의 요대 속에 찔러 넣었다.

신법을 모르는 그녀는 이렇게라도 도움을 받아야 한다.

"싸우자는 거예요?"

그녀가 고루인간을 쳐다보며 말했다.

"크크크!"

그는 보통 사람들보다 두 배는 더 커 보이는 이빨을 드러내
면서 웃었다.

"인패참진은 독기를 막을 수 있어."

취취가 긴장한 표정으로 말했다.

"말도 안 돼!"

"말 돼! 그러니까 정신 똑바로 차렷!"

취취는 너무 긴장해서 농담도 하지 못했다.

요대 끝을 잡고 있는 손이 파르르 떨린다. 그녀의 떨림이 요
대를 타고 전달되어 온다.

주설언은 비로소 현실을 인식했다.

아무도 천멸독경을 막을 수 없다고 생각했는데, 이들은 막
을 수 있는 모양이다.

어떻게 그럴 수 있지?

의문은 사양한다. 이들이 궁금증을 풀어줄 리도 없거니와
그런데 정신을 팔면 그나마 있는 재주도 다 펼치지 못한다.

'그렇다면.'

주설언은 두 손을 들어 올렸다.

'어떻게 막는지 보겠어. 그 수밖에는 없잖아.'

사실 루주가 그녀들에게만 뒷산을 지키라고 말한 것은 주설
언을 믿었기 때문이다.

팽가촌에 의심쩍은 움직임이 있으면 곤란하다. 그러면 움직
일 자들이 움직이지 않는다. 최소한 팽가촌이 왜 이상한 움직
임을 보이는지 이유라도 알려고 할 게다.

팽가촌은 조용해야 한다.

팽가촌 무인들을 동원하면 피해만 커진다는 사실도 부인하지 못한다.

팽가촌에서 움직일 수 있는 사람은 팽가오로와 팽가사도뿐이다. 그 외에 교두(敎頭) 역할을 하는 무인들이 있지만, 절정 고수에게는 한 수 밀린다.

사총 고수들을 상대할 수 없다.

그들은 백살겸에게도 밀렸다. 하물며 그들을 구하고자 달려오는 자들을 어찌 상대하겠나.

주변만 지킬 수도 없다. 팽가촌도 지켜야 한다.

사실 선택의 여지가 없었다.

그럼 네 명으로 사총 고수들을 막을 수 있을까?

천멸독경이 있으니 가능하다고 봤다. 절정고수는 팽가연이 맡고, 팽효기가 보좌한다. 다수의 인원은 주설언이 맡고, 취취가 그녀의 발이 되어준다.

그러면 사총이든 누구든 잡을 수 있다고 판단했다.

고루대…… 생긴 건 끔찍하지만, 너희는 잡힌 거야.

주설언은 이런 생각으로 가볍게 나섰는데…… 전력을 다해서 싸워도 안 될지 모른다. 취취 말대로 인패참진이라는 게 천멸독경을 막아낼 수 있다면…… 루주의 계산이 크게 빗나간 게다.

'내가 최선을 다하지 않으면 모두 위험해.'

그녀는 이를 악물었다.

'곤란하게 됐어.'

팽가연의 표정이 딱딱하게 굳어갔다.

자신과 팽효기는 이들의 머리를 자를 목적이었다.

물론 이들은 졸개들부터 싸움을 시킬 것이다. 하지만 그런 정도의 반항은 가볍게 뚫고 들어가서 수괴와 직접 칼을 부딪친다. 그것이 가장 빨리 싸움을 종결짓는 방법이다. 그런데 아닌 밤중에 홍두깨도 유만 분수지, 인패참진이라니!

인패참진은 사람을 방패로 쓴다.

앞에 늘어선 열 명이 인간방패다. 그리고 그 뒤에 늘어선 열 명이 베는 역할을 맡는다. 앞사람이 칼에 맞아서 무너질 때, 뒤에 선 인간이 살공을 쏟아낸다.

앞사람을 죽이는 건 쉽지만, 뒷사람의 살공을 견제하지 않으면 큰 낭패를 당한다.

천멸독경도 마찬가지다.

주설언은 사람을 선별해서 독을 쏘아낼 수 있다. 앞사람을 제치고 뒷사람에게만 독을 쏘아내는 것도 가능하다.

그런데 그게 인패참진에는 통하지 않는다.

인패참진을 구성한 앞사람들은 일종의 강막(剛幕)을 펼친다.

독분이나 암기, 여타의 병장기들이 뒤로 흘러가지 못하도록 몸으로 막아선다.

지금까지 이 강막을 뚫은 사람은 없다.

검치는 인패참진을 뚫어냈다. 하지만 그가 쓴 방법은 모두 죽이는 것이었다.

앞사람도 죽이고, 뒷사람도 죽인다.

가운데 줄에 선 자들은 빈자리를 즉각 메꾸는 보충 인원들이다. 인간방패가 죽으면 뒷사람이 앞으로 밀려 나오고, 가운데 있는 자들이 찌르는 역할을 한다.

한 줄을 뚫기 위해서는 세 명을 거의 동시에 죽여야 한다.

검치는 인패참진을 웃으면서 뚫었다.

당시 오십 명의 고루대 중에서 찰나의 순간이 지난 뒤, 생존한 사람은 겨우 세 명에 불과했다.

하물며 주설언은 인패참진의 무서움조차도 모른다. 진의 구성 원리를 알면 대처하기가 훨씬 수월할 텐데, 아무것도 모르는 상태에서 손을 쓰자니 시행착오가 많을 게다.

할 수 없다. 어차피 그녀의 손을 떠났다.

'가능한 한 빨리 뚫고 들어가는 수밖에.'

스릉!

유엽도가 빛을 토해냈다.

파파팟!

주설언이 독기를 쏟아냈다.

무색(無色), 무음(無音), 무취(無臭)의 독기가 고루인간들을 향해 분사되었다.

그녀는 어깨를 약간 움찔하는 듯한 행동만 취했다.

그와 동시에 고루인간들이 휘청거렸다.

"끄으윽!"

신음들이 새어 나온다. 오공으로 피를 줄줄 흘린다. 앞에 늘어선 열 명이 모두 똑같은 증상을 보인다. 그러나 뒤에 늘어선 열 명은 멀쩡하다. 아무런 해도 입지 않았다.

휘이익! 휘익!

독에 중독된 고루인간들은 쓰러지지 않았다. 맨 끝에 있던 자들이 신형을 날렸다.

'위험!'

취취가 위급함을 느끼고 요대를 확 낚아챘다. 요대에 이끌린 주설언이 뒤로 쭉 빠질 때,

파파파팟! 파파파팍!

그녀가 있던 자리로 핏물이 쏟아져 내렸다.

독에 중독된 자들이 쏟아낸 피!

피는 던져질 수 없다. 다른 것이 던져지면서 피까지 따라온 게다.

강철심이다!

그들 몸에 틀어박혀 있던 강철심이 억지로 잡아 뽑혔다. 그리고 암기처럼 폭사되었다.

양쪽 끝에서부터 신형을 쏘아낸 것은 방위를 잡기 위해서다.

주설언은 가운데 두고, 피할 수 있는 모든 요소를 고려한 다음에 강철심을 던져냈다.

쿵쿵! 쿵쿵쿵!

허공에 떠올랐던 고루인간들이 나뒹굴었다.

그들은 혈인(血人)이 되어서 절명했다. 독에 중독되고, 몸에 박아놓았던 강철심마저 뽑아냈다.

"우욱!"

어지간해서는 눈썹 한 올 까딱하지 않는 취취조차도 이런 광경에는 구역질을 쏟아내고 말았다.

스스스스슛!

뒤에 늘어섰던 열 명이 앞으로 나왔다. 그리고 가운데 줄에 있던 열 명 중 아홉 명이 공격자로 나섰다.

"나, 없어."

주설언이 급히 말했다.

그녀는 취취가 조금이라도 늦게 빼냈다면 지금쯤 강철심 한 두 개 정도는 몸에 박고 있을 게다.

그게 문제가 아니다. 그녀는 전력을 다했다. 추명오독을 일시에 모두 쏟아냈다.

앞줄 열 명을 치고, 뒷줄 열 명까지 쳤다. 그리고 그 뒤에 있는 열 명도 노렸다.

근 삼십여 명을 일시에 공격했다.

추명오독은 그러고도 남을 독이다. 그녀의 몸에 달라붙은 독분은 능히 백 명을 살상하고도 남는다.

그런데 앞줄 열 명밖에 쓰러트리지 못했다.

거대한 벽이 앞을 가로막는 느낌이었다. 그것이 무엇인지는 알 수 없지만 독분이 더 이상 뚫고 들어가지 못했다. 그물에 걸린 새처럼 퍼덕거리더니 앞줄 고루인간들의 머리 위로 쏟아져 내렸다.

이제 더 이상 독이 없다.

"물러서 있어."

취취가 소도 두 자루를 들고 이를 악물면서 소리쳤다.

'안도의 미소!'

고루대의 수괴는 앞줄 열 명이 나가떨어지는 순간, 희미한 미소를 머금었다.

인패참진의 위용에 만족함인가?

아니다. 그것은 득의의 미소여야 한다. 입꼬리가 쭉 찢어지는 웃음이어야 한다.

수괴는 가는 한숨을 토해내는 듯했다. 순간적으로 어깨가 축 내려가면서 가는 숨이 토해지고, 입가에 미소가 그려졌다. '다행이다' 라는 안도의 웃음이다.

'뭔가 실수했어!'

그녀는 대뜸 깨달았다.

천멸독경은 고루대를 멸살시킬 수 있다. 그런 길이 있었다. 그걸 주설언이 놓쳤다.

"숨만 쉬어!"

그녀는 아무도 알아듣지 못할 소리를 토해냈다.

숨만 쉬어.

루주가 종종 하는 말이다.

주설언이 운기에 지쳐서 일어서려고 할 때마다, 가만히 앉아서 숨만 쉬라고 했다. 아무것도 하지 말라고. 할 것이 뭐가 있느냐고. 운공을 계속하라는 소리다. 마음을 편안하게 가지고, 마음의 장난에 놀아나지 말고.

숨만 쉬어라.

주설언이 잠시 어리둥절하더니 무언가를 깨달은 듯 털썩 가부좌를 틀고 앉았다.

고루인간들이 공격을 시작하려는 마당에 그들을 앞에 세워 놓고 운공조식을 취하려는 것이다.

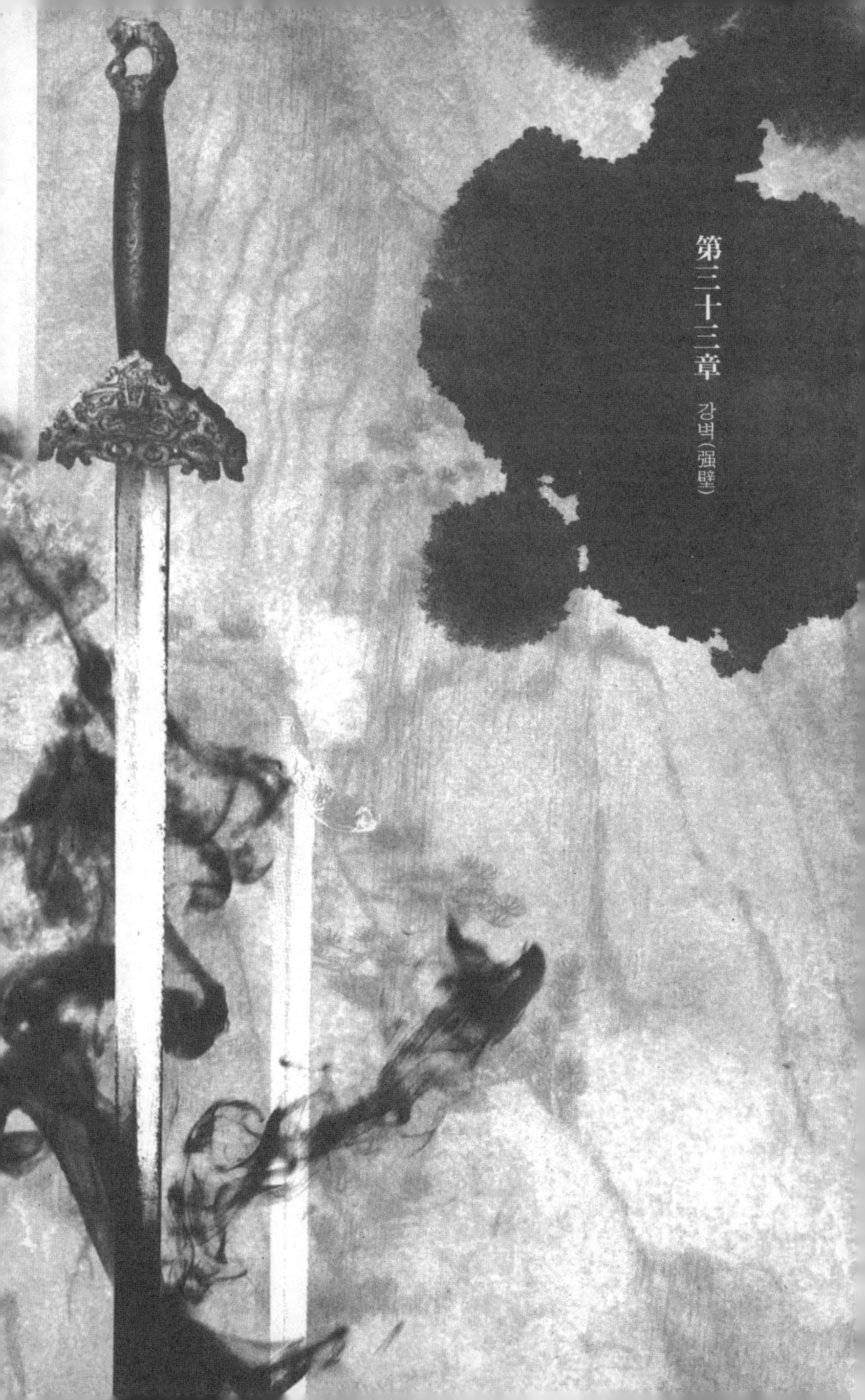
第二十三章　강벽(强壁)

1

　루주는 거처 대문에, 그리고 마을로 들어서는 입구에 커다란 목패(木牌)를 세웠다.

　연속공격료삼야(連續攻擊了三夜), 공격타래일야(攻擊打來一夜). 이후(以後), 전간주이경해결료(戰看做已經解決了), 아명천주(我明天走).

　사흘 동안 공격이 있었다. 하루 동안 공격을 더 해라. 이후에는 싸움이 끝난 것으로 간주하고, 나는 떠나겠다.
　일방적인 선언이다.
　살수와 싸워서 이긴들 뭐하랴. 너희에게 무슨 명예가 있느냐. 너희를 이긴다고 어떤 득이 돌아오느냐.

싸우자고 해서 왔다.

실컷 공격해 봐라. 나흘이면 넉넉하지 않나. 얼마나 더 시간을 줘야 하나.

살수가 무서워서 도망갔다고?

그래라. 너희 마음대로 해라. 난 간다.

팻말에 새겨진 의미는 살천루의 자존심을 짓뭉갰다.

아흔 명에게 둘러싸여서 나흘 동안 기회를 줬으면 됐지, 얼마나 더 줄까.

"내일 아침에 떠난다…… 후후후! 남을 사람은 남고, 떠날 사람은 떠나야지."

을조 조장은 크게 분노하지 않았다.

쉑쉑쉑! 쒜엑! 후욱! 후우웁!

비표(飛鏢)가 허공을 가른다. 문설주고 처마 끝이고 닥치는 대로 두들긴다.

독침도 뿜어진다.

앞뒤좌우…… 사방에서 쏟아진다.

살수들은 자신들이 가지고 있는 암기부터 소진시켰다.

살수들은 이런 전법을 폭풍망살(暴風忙殺)이라고 부른다.

가까이 다가가지 않고 수십, 수백 개의 암기를 일시에 쏟아내는 것이다. 그중에 하나는 맞을 것이다. 잠깐 동안 공격하다가 마는 것이 아니다. 숨 돌릴 틈을 주지 않고, 한 시진, 두 시진 동안 끊임없이 암기세례를 퍼붓는다.

찰나라도 집중력이 흐트러지면 당한다.

암기를 던지는 살수들은 숨을 돌릴 수 있다. 일차 공격이 끝나면 자신 차례가 돌아올 때까지 진기를 가다듬을 수 있다.

공격을 당하는 자는 계속 진기를 쓰기만 한다.

시간이 흐를수록 손발이 무뎌진다.

옷은 해어질 대로 해어지고, 상처는 늘어만 간다.

더군다나 암기에는 독을 묻혀놨다.

스치기만 해도 온몸이 타들어가는 듯한 통증을 느끼면서 정신을 잃는다.

이런 공격에 당하지 않는 자는 없다.

루주는 견뎌냈다.

탁탁탁! 탁탁탁탁!

목검을 휘둘러서 날아오는 비표, 비수, 수리검, 독침을 여지없이 받아쳤다.

집중력도 흐트러지지 않고, 목검에도 시종일관 같은 힘이 들어가 있다. 목검을 내뻗는 속도나 암기를 쳐내는 탄력을 봐도 둔하다는 느낌이 전혀 들지 않는다.

진기순환이 매끄럽다.

"준비한 게 떨어져 갑니다."

"시간이 얼마나 지났지?"

"반나절입니다."

"음!"

을조 조장은 신음했다.

반나절 동안 엄청난 암기를 쏟아부었다. 비표만 열 섬이다. 독침만 두 섬이다. 수리검도 여덟 섬이나 썼다.

그 많은 분량을 준비해 놨다.

놈을 이곳 유하촌으로 불러들일 때는 반드시 죽일 수 있다는 확신이 있었기 때문이잖은가.

이만한 양이면 여느 고수라면 이틀, 길게 끌면 사흘 동안도 쓸 수 있다.

루주에게는 겨우 반나절이다.

그만큼 많은 양을 집어 던졌다.

그가 거처하는 집은 그야말로 암기로 뒤덮였다. 암기를 밟지 않고는 발을 옮기기도 곤란할 정도로 수북이 쌓였다.

그는 그 많은 암기를 다 받아냈다.

집으로 숨어들지도 않았다. 마당 한가운데 서서 암기와 독침을 정면에서 받아냈다.

할 수 있으면 해봐라!

그의 당당한 선언에 살수들은 가진 것들을 모두 퍼부었다. 그리고 이제 한계에 다다랐다.

을조 조장이 말했다.

"암기를 수거해야겠다."

"네?"

"내일이면 떠난다고 하지 않더냐! 그러니 오늘 끝장을 내야지!"

그는 루주가 서 있는 집 안으로 들어섰다.

루주는 마당 한가운데에서 목검으로 땅을 짚고 서서 휴식을 취하는 중이었다.

"암기를 거두러 왔수다."

말도 안 되는 소리다.

그런데 정녕 말이 안 되는 행동이 또 나왔다. 루주가 순순히 고개를 끄덕인 것이다. 그뿐만이 아니다. 충고까지 하는 게 아닌가.

"똑같은 방법은 쓰지 마라. 반나절이 아니라 한나절이라도 버틸 수 있다."

"내공이 넘치나?"

"강물을 봐라. 차고 넘침이 없는 거지. 종짓물 한두 바가지 퍼냈다고 강이 마르지는 않는다."

"대부분이 마르지. 그래서 이 방법이 생겨난 거고."

"마음대로."

"아니, 똑같은 방법은 쓰지 않아. 또 쓰면 우리만 손해지. 괜히 시간만 지나갈 테고, 내일이 되면 떠날 테니까. 그런데……우리의 방법을 모르나? 이대로 떠나면 그대와 연관된 모든 사람이 피곤할 텐데, 괜찮겠어?"

"후후후!"

루주는 싱겁게 웃었다.

"너희야말로 괜찮을지 모르겠다. 나와 연관된 사람 중에는 검치도 있는데, 괜찮겠어?"

을조 조장은 입을 쩍 벌렸다.

검치! 그를 생각하지 못했다.

살천루의 살행은 악독하기 이를 데 없다.

말도 안 되지만…… 지금 루주처럼 죽여야 할 당사자가 명령을 좇지 않을 때, 혹은 죽일 수 없을 정도로 고강한 자일 때, 살천루는 나뭇잎부터 떼어내기 시작한다.

루주와 연관된 사람을 모조리 죽인다.

처자식을 죽이고, 친척을 죽이고, 부모 형제를 죽인다. 친구를 죽이고, 마을 사람을 죽인다. 그에게 친절히 길 안내를 해준 사람도 죽이고, 잠자리를 빌려준 사람도 죽인다.

이 세상에서 철저하게 외톨이로 만든다.

사람이 가장 견디기 힘들어하는 게 고독이다. 외로움이다. 홀로 있는 것이다.

천하제일의 고수라도 이런 살행에 걸려들면 절반쯤은 이성을 놓아버린다. 시간이 지날수록 사는 것보다 죽는 것이 낫다고 여길 게다. 하루라도 사람들과 어울려서 인간답게 살 수 있다면 원하는 대로 죽어주겠다고 먼저 말하기도 한다.

이 살행은 살천루에서도 쉽게 사용하지 못한다. 하다 하다 안 될 때, 최종적으로 사용한다.

먼저 수많은 사람을 죽여야 한다.

매일 몇 명씩, 때로는 몇십 명을 죽이기도 한다.

시일이 오래 걸린다. 짧게는 일 년이요, 길게는 십 년 이상

끌기도 한다.

아주 길고 지루한 싸움이다.

하지만 죽이지 않는 것보다는 낫다. 이런 식으로라도 기필코 끝장내는 게 살천루다.

한데 상대가 검치라면?

이건 이야기가 달라진다.

상대가 검치라면…… 그는 그냥 당하지 않는다. 살천루의 뿌리를 뽑고자 역으로 달려들 게다. 그리고 검치는 그만한 능력이 있는 초절정고수다. 그가 살천루를 없애겠다고 달려들면 십중팔구 멸문당하고 만다.

사총이 무너졌다.

사총을 무너트리기 전에는 마도문파 삼십여 곳을 혈혈단신으로 박살 냈다.

검치가 작심하고 움직이면 살천루도 무너진다.

루주가 검치를 들먹인 것은 사부의 위세를 빌리고자 함이 아니다.

사부가 그런 일을 했다. 나라고 못할쏜가. 나도 할 수 있다. 지금은 그럴 수 있다는 점을 보여주는 것일 뿐.

그는 암기세례를 받는 동안 살수들을 처단하지 않았다. 죽일 수 있는 위치에서도 죽이지 않았다. 오직 암기만 쳐냈다.

자신의 무위를 보이고 있는 것이다.

그가 입술을 잘근 깨물며 말했다.

"암기를 거둬 가겠다. 우리에게는 아직 쓰지 않은 수가 남아 있다. 아마도 이 밤이 매우 길게 느껴질 게다. 만약 이 밤을 무사히 보내면, 네가 약속한 대로 보내주마."

루주는 대답하지 않았다. 하기는…… 대답할 필요를 느끼지 못할 것이다. 이쪽에서 보내주고 말고를 거론할 처지가 아니잖은가. 자기가 가고 싶으면 갈 수 있는 것을.

더 이상의 암습은 없다.

그는 따뜻한 밥을 짓게 했다. 준비해 왔던 고기들도 굽게 했다. 국도 끓이고, 전도 부쳤다.

유하촌 전체가 잔칫집으로 북적이는 것 같다.

기름 끓는 냄새, 음식 튀기는 냄새, 볶는 냄새가 마을 밖까지 번져 나간다.

살수들은 즐거운 마음으로 음식을 만들었다.

사형수에게는 최후의 만찬을 준다.

저승길 타기 전에 배나 두둑이 불려놓으라는 뜻이다. 먼 길을 가려면 배가 불러야 하지 않나.

암기를 거둬오고, 가지고 온 재료를 모두 써서 음식을 장만하라고 했을 때 이미 눈치챘다.

조장은 은신할 필요가 없다고 말한다.

루주는 걱정하지 말고 마음껏 오가라고 말한다. 자고 싶으면 자고, 눕고 싶으면 눕고, 쉬고 싶으면 쉬어라. 길가에 드러누워도 좋고, 침상에 누워도 좋다.

살수보고 아예 대놓고 전신을 드러내란다.

그래도 루주는 쳐오지 않을 거라고 한다.

살천루와 루주는 최후의 일전을 어떤 식으로 벌일지 암묵적으로 약속했다. 그렇기에 이런 행동을 할 수 있는 게다.

두말할 것도 없이 최후의 만찬이다.

조장이 무엇을 하려는지도 짐작한다.

죽을 수밖에 없는, 그러면서도 효과는 탁월한 방법이다. 살천루 살수들이 최후로 쓰는 방법이다.

음식을 맛있게 먹는다. 배가 터지도록 먹는다.

"술도 좀 있는데 괜찮겠죠?"

"너무 취하게는 마시지 마라."

"까짓것 취하면 어떻습니까?"

"항명할까 봐 그런다, 이놈아!"

"항명하면 베어버리시죠 뭐."

"한마디만 더 하면 네놈부터 베어야겠구나. 술을 말하던데, 안 마시고 가도 괜찮은 게냐?"

"아! 술은 마시고 가야죠."

살수들이 낄낄깔깔 웃으며 술을 마셨다.

살수와 조장이 말을 주거니 받거니 나누는 모습은 살천루에서도 좀처럼 보기 어렵다. 그 말이 농담이라면 더욱 그렇다. 평생에 한두 번 있을까 말까 한 일이다.

이제는 마지막이지 않은가. 그 정도는 봐줘도 되지 않은가.

죽음만 두려워하지 않으면 된다. 살수 본연의 임무만 잊어버리지 않는다면 음식을 아무리 많이 먹고, 술을 마시고, 그까짓 농담쯤 하는 것은 얼마든지 봐줄 수 있다.

'오늘이 며칠이더라…… 살천루 십간조가 끝장나는 날인데…… 분살광왕이라면 어떤 선택을 했을까. 그 양반도 뾰족한 수가 없기는 마찬가지…… 후후후! 살천루가 임자를 제대로 만났군. 너무 단단한 벽에 부딪혔어.'

그는 하늘을 올려다봤다.

날이 어두워진다.

루주는 횃불을 밝혔다.

그가 거처하는 집은 제법 부유한 듯 마당이 꽤 넓다.

담장을 따라서 두 걸음마다 횃불 한 개씩을 밝혔다. 불이 오래 타도록 기름까지 먹였다.

마당에는 목검이 수북하다.

살수들이 음식을 만들어 먹고 술을 마시는 동안, 그는 마을 곳곳에 쌓아두었던 목검을 가져왔다.

오가는 길에 살수를 만나기도 했다.

서로 칼을 겨누고 있는 사이, 하지만 그때만큼은 아무런 관계도 없다는 듯 묵묵히 지나쳤다.

담장 주위로 불을 다 켠 후에는 마당 한가운데도 불을 밝혔다.

수북이 쌓아놓은 장작더미에 불을 넣었다.

화라락!

불이 타오른다.

바싹 마른 장작이라 연기는 심하지 않다. 장작을 밀도 있게 쌓은 탓으로 불길이 빠르지도 않다. 느리게 오래 탈 것이다. 내일 아침까지는 사방을 밝혀줄 게다.

그는 목검 더미에 앉았다.

이럴 때는 사부가 부럽다.

그 미친 늙은이는 생각이라는 걸 하지 않는다. 검을 써야 할 때와 쓰지 않을 때도 모른다. 친구처럼 잘 이야기하다가도 마음에 들지 않으면 후다닥 검을 뽑아버린다.

그 늙은이와 말을 할 때는 언제든 검이 뽑힐 수 있다는 점을 유의해야 한다.

사부가 이런 상황을 맞이했다면 어떤 행동을 취했을까? 물어볼 것도 없다. 목검 더미에 누워서 잠을 자든가, 살수들에게 달려가서 음식 좀 같이 먹자고 했을 게다.

'그 늙은이, 그러고도 남지.'

그는 피식 웃었다.

척! 척! 척……!

살수들이 묵직한 걸음걸이로 한 명, 두 명 들어섰다.

신법을 전혀 쓰지 않은 평범한 걸음걸이다.

척척척!

그들이 오 보쯤 남겨두고 걸음을 멈췄다.

두 눈이 붉게 타오른다. 얼굴도 약간 붉다.

입에서 술 냄새가 풍기는데 술기운 때문일까?

스룽! 스룽!

앞에 선 두 사람이 칼을 뽑았다. 그리고 아무 소리도 하지 않은 채 냅다 뛰어왔다.

'죽여 달란 소리!'

이 방법은 안 된다고 말했는데. 달려들면서 칼을 쳐내나, 약간 떨어진 곳에서 암기를 던지나 매일반인데.

쒜엑! 쉑!

칼이 허공을 가른다. 허공을 찢는다.

'아!'

루주는 그제야 이들의 모습이 심상치 않다는 걸 깨달았다.

얼굴과 눈이 붉게 물든 것은 술기운 때문이 아니다. 약기운 때문이다. 미약(媚藥)이거나 그와 비슷한 종류의 약을 복용했다. 입에서 뜨거운 김이 쏟아지고 있지 않은가.

미약은 성욕만 일으키는 게 아니다.

미약에 환각성분을 가미시키면 죽음을 두려워하지 않는 인간이 된다. 부모나 처자식 앞에서도 태연히 살인을 저지를 수 있는 인간이 된다.

거기에 진기를 북돋아주는 치약(峀藥)을 가미시키면 본신의 능력을 두 배 이상 끌어올릴 수 있다.

이들은 치약을 극한까지 사용했다.

너무 많이 사용해서 뇌가 이미 녹고 있으리라. 뼈가 녹아내리고 있으리라.

가만히 놔둬도 죽는다.

루주는 목검을 휘둘렀다.

빡! 빡!

이검이 두 사내의 머리에서 작열했다.

하나가 먼저 나가고, 다른 하나가 뒤이어 나갔지만, 목검이 머리를 치는 소리는 같은 순간에 울렸다.

쒜엑! 쉑!

두 사내가 쳐낸 검이 힘을 잃지 않고 몸 주위로 흐른다.

"효과가 있군."

멀찍이서 을조 조장이 말했다.

"다음은 넷!"

척척척척!

줄지어 서 있던 살수들 중에서 네 명이 일렬로 늘어섰다.

그들의 얼굴도 역시 붉다. 눈동자도 붉다. 그리고 검은 동공이 노란색으로 변색하고 있다. 치약을 극한으로 썼다는 증거다. 너무 많이 써서 죽음 직전까지 내몰렸다.

쉬이이이익!

네 사내가 동시에 달려들었다.

무척 빠르다. 살수의 신법은 원래 빠르지만, 본신의 능력을 극한까지 끌어올리니 입이 쩍 벌어질 만큼 눈부시게 빠르다. 거기에 거리까지 가깝다.

빠바바빡!

사검이 터졌다.

루주가 펴낼 수 있는 최고의 한계다.

이번에도 검이 몸 주위를 스쳐 갔다.

십검은 즉사를 만들어낸다. 검을 맞는 즉시 죽는다. 여력이 남아 있다거나 계속 병기를 쓰는 경우는 없었다. 유일하게 그랬던 사람이 분살광왕이다.

을조 조장은 분살광왕의 죽음에서 암시를 받은 듯하다.

이들의 죽음은 확실히 남다르다. 죽은 후에도 계속 검을 쳐낸다. 죽기 직전에 검을 쏘아낸 곳, 그곳으로 검이 계속 나아간다. 속도나 힘이 전혀 줄지 않은 채 공격이 지속된다.

"사검. 후후! 이번에는 배로 불려보지. 여덟!"

착착착착! 착착착착!

줄지어 섰던 자들 중에서 여덟 명이 달려와 팔 자(八字) 형태로 늘어섰다.

루주를 가운데 두고 좌상과 우상에서 노리는 형국이다.

'팔검은 불가능. 사검을 쓰고, 다시 사검을 쓰는 수밖에.'

그는 땅을 훑어봤다.

그에게는 팔검이 없다. 사검까지는 쓰는데, 다른 사검을 쓰기 위해서는 땅에 떨어진 검을 주워서 써야 한다.

피하고, 줍고, 쳐내야 한다.

쒜에엑!

살수들이 공격해 왔다.

빠바바바박!

좌상에서 공격해 오는 자들은 쉽게 물리쳤다. 사검이 머리에 격중되었고, 즉사했다. 그들이 쳐낸 검은 허리를 뒤로 젖혀서 피해냈다. 그 순간, 검이 덮쳐 온다.

휘릭!

루주는 왼발을 축으로 빙글 몸을 돌렸다. 신형을 회전시킴과 동시에 땅에 떨어져 있는 목검 네 자루를 거뒀다.

파파팟! 깡깡깡깡!

목검으로 상대를 치지 못했다. 거리가 너무 가까운 게 탈이다. 그가 살수들보다 훨씬 빠르다곤 하지만 거리가 너무 가깝기 때문에 검의 위협에서 자유롭지 못했다.

그리고 또…… 십검은 상대의 병기를 치는 것에서 시작한다.

첫검은 무조건 병기를 떨구는 데 쓴다. 지금까지 그런 수련을 수십 번도 더했다.

어느 정도는 몸에 붙어 있다.

쉬익!

그는 재빨리 한 걸음 물러서며 검 네 자루를 움켜쥐었다. 그리고 일격을 날렸다.

빠바바빡!

검이 부서졌는데도 육탄으로 달려들던 네 살수의 머리가 온데간데없이 사라졌다.

“루주는 사검이 한계다. 그렀나?”

“네. 정확하게 그렀습니다.”

“분살광왕…… 그 양반이 십검 파해법을 알려주었다. 후후후! 일대일로는 승부를 결할 수 없을지라도…… 십 대 일, 이십 대 일이면 얼마든지 깰 수 있다. 우리는 깨지 못하고 죽을지라도 누군가가 반드시 깰 것이다.”

스슥!

그림을 전담하는 살수가 새 화선지를 꺼내 펼쳤다.

마당에는 다른 살수들이 준비하고 있다.

을조 조장이 다른 명령을 내리지 않자 방금 전처럼 여덟 명이 늘어섰다.

조장이 말했다.

“더 시험할 것 없다. 난전(亂戰)! 쳐랏!”

와아아!

살수들이 고함을 지르며 일제히 달려들었다.

빠박! 빡! 빡!

피가 튄다. 그래도 검을 계속 찔러 넣는다. 어떤 자는 루주가 도주하지 못하도록 등 뒤로 돌아가서 두 팔로 껴안으려도 했다.

빠-빡!

그도 절명했다.

을조 조장은 난전을 보면서 말했다.

“더 이상 그릴 것 없다. 우리 패배다.”

“네?”

“넌 죽을 필요 없다. 이 그림을 가지고 살천루로 가라. 가서 루주님께 직접 전해라. 이것이 네 최종 임무다.”

“하지만…….”

“후후! 가는 게 쉬울 것 같으냐?”

“……?”

“백인대가 가로막을 것이다. 다른 자들도 네 그림을 보고자 할 것이다. 네 그림은 십검의 파해법이다. 알겠느냐? 네가 가는 길…… 지옥의 길이 될 것이야.”

“기필코 루주님께 전하겠습니다.”

“가라!”

“넷!”

살수가 은밀히 어둠 속으로 사라졌다.

'내 할 바는 다했어.'

을조 조장은 품에서 누런 단환을 꺼내 입에 넣고 씹었다.

으적! 으적!

쓰디쓴 맛, 역겨운 냄새가 치민다. 하지만 억지로 목구멍 속으로 밀어 넣자 화한 기분과 함께 사지에서 힘이 솟는다.

'약효 한 번 뛰어나군.'

그는 붉게 물드는 얼굴로 루주를 쳐다봤다.

그가 또 한 명의 살수를 쳐내고 있었다.

2

주설언은 태연히 운기조식을 취했다.

쏴아아아!

추명오독은 모두 소진된 게 아니다. 죽은 자들의 몸 위에 밀가루처럼 얹혀져 있다.

일부는 흡입했을 것이다. 그리고 그것이 죽음으로 이끌었을 것이다. 하지만 죽음 이후에는 오공이 닫힌다. 독분이 흡입되지 않는다.

독분은 여전히 존재한다.

운기를 하고 흡입을 생각하자 독분이 양손으로 밀려들었다.

충실한 기운이 감지된다. 독분을 한 움큼 쥐었을 때의 만족감, 포만감이 느껴진다.

'전신으로……'

독분이 손목, 팔꿈치, 어깨로 올라온다. 피부를 따라서 넓고 고르게 번져간다.

"쳐!"

고루대의 수괴가 다급히 외쳤다.

하지만 늦었다. 그가 외쳤을 때, 주설언은 이미 운기를 끝낸 후, 눈을 뜨고 있었다.

"나, 준비됐어."

취취는 즉각 돌아가는 사정을 짐작해 냈다.

"호호호! 야, 이 계집애야! 사람 좀 작작 놀려! 꼼짝없이 죽는 줄 알았잖아! 호호호!"

취취가 펄쩍 뛸 듯이 기뻐하면서 요대를 던졌다.

휘르르륵!

요대가 주설언의 허리를 휘감는가 싶은 순간, 그녀의 신형이 허공에 둥실 떠올려졌다.

파아아앗!

주설언은 허공에 뜬 채로 양손을 활짝 펼쳤다.

"컥! 커컥!"

고루대가 쓰러진다. 죽은 앞줄 열 명 대신에 그 자리를 메웠던 열 명이 허수아비처럼 무너진다.

쒜에엑! 쒜에에엑! 파파파팟!

고루대의 역습이 시작되었다.

첫 번째로 달려드는 것은 역시 몸 속에 박아두었던 강철심이다.

몸속에 박힌 걸 잡아떼듯이 뽑아낸 것이기 때문에 핏물과 살점이 덕지덕지 붙어 있다.

그러나 강철심 공격은 이미 예상했던 바다.

휘리릭!

취취가 요대에 매달린 주설언을 반대 방향으로 내보냈다.

그 순간, 뒤쪽에 있던 아홉 명이 취취의 코앞까지 다가왔다.

"엇!"

취취가 놀라서 물러섰지만, 그들도 만만치 않다. 무척 빠르다. 더군다나 취취는 한 손에 요대까지 쥐고 있다.

"조심해!"

취취가 고함을 지르면서 요대를 놓았다. 그리고 재빨리 소도를 들어서 공격해 오는 자와 어울렸다.

캉캉캉캉!

소도와 팔뚝이 부딪쳤다. 소도가 옆구리를 찔렀다. 소도가 정강이 힘줄을 베어냈다.

그런데도 고루인간은 멀쩡하다.

'금강불괴(金剛不壞)?'

언뜻 머릿속을 스쳐 간 생각이다. 고루대에 대해서 알고 있었으면서도 막상 소도에 베이지 않자 그런 생각이 들었던 것이다.

고루대를 치는 방법은 머리밖에 없다.

쒜에엑!

소도로 머리를 찍으려고 하자, 고루인간이 씩 웃으면서 관수(貫手)로 가슴을 찍어왔다.

취취는 급히 소도의 방향을 바꿔서 찔러오는 관수를 후려쳤다.

까앙!

역시 베어지지 않는다.

"크크크!"

고루인간은 웃기까지 한다. 그러면서 계속 가슴을 노린다. 아니, 가슴만 노린다.

취취의 얼굴에 분노가 어렸다.

"이 파렴치한!"

"파렴치? 크크크! 머리를 으스러뜨리는 것보다 가슴을 만져 주는 게 더 좋지 않아? 크큭!"

"네놈의 혓바닥을……!"

"네년 혓바닥부터……."

쉑! 쒜엑!

관수와 소도가 서로 상대를 노리며 스쳐 갔다.

그러나 불행하게 그녀가 상대하는 고루인간은 한 명이 아니었다. 무려 아홉 명이나 되었다.

픽!

무엇인가가 등을 세차게 후려쳤다.

그녀는 아무 생각도 하지 못하고 휘청휘청 밀려갔다.

'맞았구나!'

그 생각밖에 들지 않았다. 본능적으로 위험이 계속 닥쳐올 것이라는 생각에 소도를 들어 올리기는 했지만, 술 취한 사람의 취기 어린 행동에 지나지 않았다.

그녀의 행동은 방어가 되지 않는다.

"크크! 가슴 좀 만지자니까 그렇게 앙탈을 부리더니."

그녀 앞에서 시선을 빼앗았던 고루인간의 눈에서 살광이 쏟아져 나왔다. 그때,

"컥!"

주설언을 잡기 위해 달려갔던 고루인간이 목을 움켜잡으며 비틀거리더니 쓰러졌다.

중독사!

쉑! 쉑! 쉑!

고루인간 세 명이 벼락같이 뛰어들었다.

주설언은 잡아놓은 고기라고 생각했다. 더 이상 독도 없고,

운기할 시간도 주지 않는다. 또한, 그녀는 취취의 힘을 빌리지 않고는 신법이란 걸 펼칠 수 없다.

이쯤 되면 망태 속에 들어가 있는 고기라고 생각해도 되지 않나.

그런데 그녀가 독을 쓰기 시작했다.

"컥! 컥컥!"

신형을 날렸던 세 명이 내팽개치듯 팅겨 나왔다.

그들도 목을 잡고 바들바들 떨었다. 그러다가 입으로 하얀 거품을 내뿜더니 축 늘어졌다.

고루대는 죽음의 순간에 강철심을 사용하도록 훈련받아왔다.

몸에 박힌 강철심을 최대한 뽑아내서 마지막 공격을 펼친다. 강철심이 삼십여 개 정도 박혀 있지만 그걸 다 뽑을 수는 없고, 죽음이 닥쳐올 때까지 최대한 뽑아서 던진다.

이들은 최후의 수단도 펼치지 못했다.

사박! 사박!

숲에 내던져졌던 주설언이 헝클어진 모습으로 걸어 나왔다.

옷이 나뭇가지에 찢겼고, 몸에도 여기저기 긁힌 자국이 있다.

취취가 요대를 놓았을 때, 착지를 제대로 못 하고 뒹굴어 버린 것 같다.

"물러가. 아니면 모두 죽어."

그녀의 음성이라고는 믿을 수 없을 만큼 싸늘하다.

"크크크! 독을 다시…… 컥!"

비웃음을 토해내던 자가 목을 움켜잡았다.

중독!

그는 재빨리 손을 움직여서 강철심을 뽑으려고 했다. 하지만 그러지 못했다. 목을 잡은 손이 움직여지지 않는다. 사지가 이미 마비되어서 꼼짝도 하지 못한다.

아! 이래서 모두들 그냥 죽었구나!

하지만 그가 깨달은 것을 동료에게 알려줄 방도는 없다. 동료들은 그가 그랬던 것처럼 바보같이 최후의 일격도 써보지 못하고 죽었다고 비웃을 게다.

주설언은 취취에게 걸어갔다.

"괜찮아?"

"괜…… 찮아. 등을 한 대 맞았을 뿐이야. 이제 괜찮아."

취취는 들끓는 기혈을 간신히 가라앉혔다.

주설언이 시간을 벌어주지 않았다면 그녀는 이미 죽었을 거다.

싸움 도중에 노화(怒火)가 일어나는 바람에 평점심을 잃어버렸다. 그리고 그런 한순간의 실수가 목숨을 위험하게 만드는 지경까지 만들어냈다.

"그런데…… 이렇게 만져도 괜찮아?"

취취가 자신의 어깨를 붙잡고 있는 주설언을 보면서 말했다.

독이 그녀의 몸에 퍼져 있을 때, 그녀는 독 자체가 된다. 그녀를 만지는 즉시 중독된다. 천멸독경을 일으켰을 때는 절대 몸을 만지지 말라고 말한 게 반 시진 전이다.

주설언이 말했다.

"괜찮아. 나…… 독경을 깨우친 것 같아."

팽가연은 검을 쳐내지 못했다.

마음 같아서는 고루인간들을 일시에 쓸어내고 위험에 빠진 주설언과 취취를 구하고 싶었다.

하지만 그럴 방도가 없다.

고루인간들이 그렇게 만만하지 않다. 이들과 싸움을 벌이면 난전이 될 것이고, 상당히 오랫동안 싸워야 할 게다.

"주설언을 믿으시오. 제 몫을 할 거요."

그녀는 루주의 말을 되새겼다.

'제 몫을 할 거야.'

그 말을 이행하려면 지금과 같은 상황에서는 고루인간들을 처리해야 한다.

난전으로 이끄느니 차라리 주설언을 믿어보기로 했다. 그래서 싸움을 하지 않고 지켜보기만 했다.

위험이 중첩된다. 금방 되살아나는가 하면 또 위험에 처한다. 그러다가 이제는 정말 안 되겠구나 하는 지경까지 이르렀다. 주설언은 숲으로 나가떨어졌고, 취취는 등에 일장을 얻어맞았다.

검으로 찌르지 않은 게 다행이다.

저들은…… 취취를 음욕의 대상으로 생각한 듯하다.

취취뿐만이 아니다. 주설언, 그리고 자신…… 여자들을 노리개로 쓸 요량이었던 듯.

그게 저들의 실수다.

주설언이 돌아왔다. 그리고 멀리서 봐서 자세히는 알 수 없지만, 고루인간들이 이유 없이 픽픽 쓰러진다. 아무도 그녀에게 접근하지 못한다.

주설언이 제 몫을 해주고 있다.

그녀는 수괴에게 말했다.

"그만 갈래, 모두 죽을래."

고루대가 철수했다.

그들은 동료의 시신을 놓고 갔다. 가져갈 수가 없었다. 동료의 시신에는 독이 묻어 있다. 만지기만 해도 중독되는 치명적인 독이다. 독인이 아니면 만지는 것조차 불허한다.

그들은 석경산에 침입한 목적을 이루지 못했다. 뿐만 아니라 사총의 등장을 알리는 시신만 놓고 간다.

그럼에도 수괴는 철수했다.

시신을 가져가려는 최소의 노력조차도 기울이지 않았다. 사총의 등장이 무림에 알려져도 상관없다는 뜻인가?

"이놈들 정도면 무림이 발칵 뒤집힐 거야."

"그렇겠지. 사총이 다시 나타났으니까."

"노궁문, 고루대. 옛날 조직이 모두 재편된 것 같아."

"수고했다. 가서 쉬어."

"잠복한 김에 날이 밝을 때까지만 기다리고. 여기 있어. 난 동생한테 가봐야겠어."

"동생…… 후후! 넌 언제나 동생 한 명 있으면 좋겠다고 했지. 모두들 너만 부려먹는다고. 심부름시킬 동생 하나 있으면 좋겠다고. 심부름시킬 거야?"

"호호호! 그래야지. 아주 많이 부려먹을 거야."

팽가연이 환하게 웃었다.

싸움이 끝난 후, 주설언은 침묵에 들어갔다.

취취와도 말을 나누지 않고 고루인간들의 시신이 즐비한 곳에서 털썩 주저앉았다.

그리고 침묵이다.

취취는 말을 걸지 않았다.

팽가연과 팽효기가 달려왔을 때도, 그녀가 막아섰다.

그녀는 운기를 하는 게 아니다. 눈을 뜨고 멍하니 어둠 속을 쳐다본다. 호흡을 고르지도 않는다. 조용히 숨을 쉬기는 하지만 운기와는 거리가 먼 자연호흡이다.

팽가연은 즉각 알았다.

천멸독경을 훑어보고 있다.

싸움 중에 깨달았던 무리를 재정리하고 있다.

독경을 잘못 읽었는지, 잘못 깨달았는지, 미처 못 보고 지나
간 점이 있는지…….

그만큼 싸움 중에 깨달았던 건 생소하다.

전혀 모르던 것이 불쑥 튀어나왔다고 보는 편이 맞다.

이런 걸 보고 기적이라고 한다. 만약 이런 일이 없었다면 모
두 죽음을 맞이했을 테니까.

모두들 멀찍이 떨어져서 그녀가 스스로 일어나기를 기다렸
다.

"아직도?"

"그대로예요."

"독을 쓰는데, 만져도 괜찮았다고?"

"여기요. 제 어깨를 부축했어요."

취취가 왼쪽 어깨를 가리키며 말했다.

어깨에는 독기가 묻어 있지 않았다. 독기가 살에 닿으면 중
독까지는 되지 않더라도 푸르스름한 멍 같은 것이 생기는데,
그런 흔적조차도 없었다.

'독인이 됐어.'

팽가연은 미소를 지었다.

주설언에게는 고루대와의 싸움이 전화위복이다. 아니, 기연
중의 기연이다. 평생을 살면서 오늘과 같은 기연은 두 번 다시
만나지 못할 것이다.

그녀는 천멸독경을 관통하는 지혜를 얻었다.

천멸독경에 기재된 모든 하독술을 한데 버무려서 용해시켰다.

독이 피부의 겉면을 타고 흐르지 않는다. 그런 것은 하급 독인들이나 쓰는 저급 방식이다.

그녀는 독분을 기혈 속으로 빨아들인다.

몸속에 독기를 빨아들여서 저장한다. 그리고 필요할 때, 살포한다.

무인이 진기를 쓰듯이, 그녀는 독기를 쓴다. 무인이 내공을 응축시키듯이, 그녀는 독분을 응축시킨다.

그런 일이 일어났다.

나중에 죽은 고루인간은 중독된 후, 강철심을 뽑아내지 못했다.

마비증세가 일어난 것인데…… 이건 추명오독의 특성이 아니다. 마비가 일어나더라도 순간적인 마비는 일으키지 못한다.

추명오독의 독성이 달라졌다.

다섯 가지의 독이 체내에서 하나로 버무려졌다.

전혀 다른 독이 탄생한 것이다.

무림은 이런 독을 무형지독(無形之毒)이라고 부른다.

독문에서 무형지독이라며 내놓는 허접한 독분이 아니라 진정한 독, 천하제일독인 무형지독이다.

루주는 그녀에게 이런 일이 일어날 줄 예견한 걸까?

그랬을 것 같다.

이런 일은 쉽게 일어나지 않는다. 아무에게나 이런 일이 일어난다면 고루대와 싸우지 못해서 안달들 할 게다. 그들과 싸워야 기연을 얻는다면 말이다.

루주는 주설언의 학습 진도를 지켜봤다. 독경의 수련을 가장 깊이 이해했다. 그녀와 살을 맞대고 한 침상을 쓰는 사이가 아닌가. 그녀가 어떤 경지에 이르렀는지는 그보다 더 잘 아는 사람이 없다.

주설언에게는 충격이 필요하다.

죽음의 순간이 필요하다.

그녀가 그런 순간을 이겨내지 못한다면 죽고 말 것이다. 하지만 이겨낸다면 독인이 된다.

그는 그런 것까지 계산한 후에 그녀를 이곳에 보낸 것이다.

나타난 사람이 고루대가 아니었어도 상관없다. 지응서를 구하러 올 정도라면 고루대와 맞먹는 무위를 갖춘 자들일 게다.

주설언은 죽음에 직면할 수밖에 없었다.

어떤 자와 부딪치든 지금과 똑같은 일이 일어났을 게다.

'무서운 사람……'

팽가연은 새삼 루주가 무서워졌다.

그가 살천루와 싸우기 위해 유하촌으로 떠날 때, 모두들 그의 안위를 걱정했다. 주설언의 경우에는 눈물까지 지으면서 꼭 살아오라고 신신당부했다.

그때, 그 사람의 머릿속에는 주설언의 죽음이 그려지고 있었다.

꼭 이겨내라. 독인이 되라.

그가 마음속으로 한 말일 게다.

'정말 무서운 사람이야.'

그녀는 침묵 속에서 헤어 나오지 못하고 있는 주설언을 보면서 고개를 내저었다.

3

유하촌에서 살천루 살수들이 몰살했다.

석경산에서 고루대가 독살당한 채 발견되었다. 이번에도 고루대를 막은 사람은 사도다.

무림의 이목은 대번에 루주와 사도라는 자에게 집중되었다.

루주는 예전부터 관심의 대상이었다. 당금 무림에서 검치의 제자라는 말보다 더 호기심을 끌어당기는 말은 없을 것이다. 그가 검치의 제자라고 알려진 순간부터 본인의 의사와는 상관없이 대중들의 눈길이 쫓아다녔다.

루주는 이번에도 세상을 깜짝 놀라게 했다.

살천루의 십간조를 단신으로 무너트렸다.

검치의 무공은 단연 압도적이다. 살수 백 명을 죽이면서도 털끝만 한 상처조차 당하지 않았다.

현장을 살펴본 무인들은 혀를 내둘렀다.

도저히 사람이 싸웠다고 볼 수 없을 정도로 처참하다.

유하촌이라는 마을 전체가 사람 살 곳이 못 되게 망쳐졌다.

그곳에 사람이 다시 거주하려면 있는 집들을 모두 허물고 새로 지어야 할 정도다.

암기 자국들, 칼자국들, 널려진 시신, 시신에서 흘러나온 피.

루주가 유하촌에서 살아남은 게 기적처럼 비쳐진다.

또 한 사람…… 사도도 주목의 대상이 되었다.

그에 대해서 알려진 것이라고는 하북팽가의 무공을 전수받은 문도라는 정도다.

사도…….

알려진 바대로 사도는 팽씨 성을 쓰지 않는다. 하북팽가의 혈족이 아니라 외인이다. 그런 고로 무공을 전수받아도 진공은 전수받지 못한다.

하북팽가의 오대도법이라고 일컬어지는 오호단문도, 건곤연환탈백도, 혼원벽력도, 철혈적성도, 왕자사도는 멀리서 지켜봐야만 하는 꿈의 무학이다.

한 마디로 초절정고수가 될 영재를 영입해서 범재로 전락시키고 만다. 하북팽가의 사도라는 굴레만 씌워서 옴짝달싹 못하게 만드는 악습이다.

현재 사도는 유명무실해졌다.

그런데 하북팽가가 지극히 어려움에 처해 있는 지금, 사도가 나타났다.

그는 도법을 쓰지 않는다. 이해한다. 도법으로 유명한 하북팽가의 문인이면서도 도법을 배우지 못하는 처지이니 칼을 쓰지 못하는 건 당연하다.

그는 독을 쓴다.

독은 하북팽가의 진공이 아니다.

사천당문의 사도라면 이해한다. 그렇다면 혼자서 독을 연구했다고도 할 수 있다. 하지만 하북팽가의 사도가 독을 쓴다는 건…… 해석이 쉽지 않다.

독을 쓴다고 해서 사마(邪魔)가 되는 건 아니다.

독이라는 부정적인 인식이 '독을 쓰는 자들은 모두 음험한 자'로 생각하게 만들지만, 아주 틀린 생각이다. 사천당문 같은 경우에는 하북팽가와 어깨를 나란히 하는 오대세가의 일원이다.

독을 어떻게 쓰느냐 하는 점을 살펴야 한다.

혹자는 어떤 독을 쓰는지 독성까지 살펴야 한다는 말도 있지만, 그것도 모순이다.

독이란 약한 것이든 아주 흉독한 것이든 목적은 다 똑같다. 인간 살상이다.

사람을 죽이는 건 모두 지독하다.

고통스럽게 죽는다와 편안하게 죽는다의 차이점은 없다. 죽는 것은 매일반이다.

이런 말들은 심장을 찔러서 고통 없이 죽이면 선인이고, 배를 옅게 가르거나 척추를 자르거나 해서 고통에 허덕이다가 죽게 만들면 악인이라는 말과도 같다.

손속이 깨끗하면 선인이고, 미숙해서 손을 잘못 쓰면 악인인가.

어떤 독을 쓰는지는 상관할 바가 안 된다.

독을 쓴다는 그 문제만 지켜보면 된다.

어떻게 하북팽가의 문도가 독에 손을 댄 걸까? 하북팽가는 이 점을 허락한 것일까? 아니, 사도의 독술은 하늘까지 놀라게 만든다. 고루대를 절반 이상 죽일 정도라면 당대 최고의 독인 이라고 해도 과언이 아니다. 하북팽가가 내세울 수 있는 최고 의 고수 중의 한 명이라는 뜻이다.

하북팽가의 최고수가 독인이다?

이 모든 의문에도 불구하고 하북팽가는 입을 다물고 있다.

사도가 누구인지 일절 말하지 않는다. 또 물어볼 수도 없다. 하북팽가는 가주의 십족령을 이유로 거의 봉문하다시피 했다. 손님을 일절 받지 않을뿐더러 외부와의 의사소통까지 끊었다.

"흠…… 흠…… 후! 이거 미치겠네."

"아미타불, 뭐야?"

"본문의 추명오독."

"……"

모두 할 말을 잃었다.

석경산에 깔린 독이 청성파의 추명오독이라면…… 호가!

루주를 쫓아다니는 호가가 청성파의 파문자라는 사실은 이 미 널리 알려진 바다.

석경산에 깔린 독이 추명오독이라면 호가에게서 흘러나왔

을 가능성이 높고, 호가라면 루주가 연상되고, 루주는 하북 팽가촌과 그리 편한 사이가 아니고…… 요즘 팽효기를 통해서 자주 접촉하는 걸 보면 소문처럼 나쁜 사이가 아닐 수도 있고…….

그 여자…… 그 여자가 정말 사도인가?

살천루 병조는 주설언 때문에 루주를 치지 못했다.

루주가 술에 취해서 잠들었는데, 루주 주위에 깔린 추명오독 때문에 공격을 늦췄다.

천추의 한이다.

그때 공격했다면 그래도 조금은 나을 뻔했다. 그때였다면 루주의 몸에 생채기라도 남겨놓았을지 모른다.

십간조가 모두 몰살해 버린 지금과 비교하면 천양지차다.

"주설언이라고 했나?"

"그 여자? 맞아. 주설언."

"그 여자에 대해서 조사해 볼 수 없어?"

"히히히! 그러잖아도 루주 고놈과 연관된 자들은 모두 조사해 달라고 말해놨는데…… 히히! 소식이 없어."

다 떨어진 누더기를 입고 있는 거지가 말했다.

"며칠이나 됐는데?"

"닷새 정도?"

"후우!"

한숨이 절로 나온다.

개방(丐幫)에게 신상정보를 의뢰해서 닷새 동안 소식이 없다는 건 기본적인 신상내력을 전혀 들춰볼 수 없다는 뜻이다.

루주의 과거를 캘 수 없다.

주설언의 과거 또한 꽉 막혔다.

호가나 맹삼력은 대충이나마 짐작할 수 있는데, 이 두 남녀에 대해서는 타고난 생년조차도 모른다.

"어떻게 그럴 수 있지?"

어깨에 쌍검을 차고 있는 자가 말했다.

그는 아무래도 개방이 건더기 하나 건지지 못했다는 것이 믿기지 않는 듯했다.

"루주는 검치에게서 막혀. 이건 이미 예측했던 바고…… 히히히! 기가 막힌 것은 루주 저놈의 일솜씨야. 저놈이 어떤 짓을 했는지 알아? 천요루, 그 기녀들 있지? 그 기녀들의 과거를 싹 지웠어. 그중에 주설언도 포함된 거고."

"그럴…… 수 있나?"

"그럴 수 있으니까 못 찾는 거지. 주설언 저거 말고 천요루의 다른 기녀들 중에 한 명을 골라서 뒤를 캐봤는데, 그것들도 마찬가지야. 아무것도 나오는 게 없어. 천요루에서 어떻게 기녀 생활을 했다 하는 부분은 나오는데, 루주와 만난 시점부터 그 이전의 기록을 찾을 수 없어."

"천요루 기녀들이 아직 있잖아?"

잡아서 물어보면 된다!

그녀들의 과거를 본인들 입으로 직접 토설하게 만든다. 그래서 역으로 거슬러 온다. 그녀들이 어떻게 해서 루주와 만났

는지 그 시점으로 돌아가면…… 루주와 만나고, 루주가 그녀
들의 과거를 어떤 식으로 소멸시켰는지 공통점을 발견하게 된
다. 그러면 그 방법을 주설언에게 역으로 쓰면, 그녀의 과거도
캐내게 된다.

방법은 있다!

"히히히!"

거지가 징그럽게 웃었다.

그렇구나. 이미 개방이 손을 쓰고 있구나.

아! 그래서 '소식이 없다' 라고 말했구나. '알 수가 없다' 라
고 말하지 않고 '소식이 없다' 라고 말했다. 아직까지는 알아
낸 게 없지만, 곧 알아낼 것이다.

"대주가 만나본 바는 어때? 영 안 되나?"

"안 돼."

도복을 입은 자가 매몰차다 싶을 정도로 단호하게 말했다.

"설득도 곤란하고, 무력으로도 안 되고, 뒤를 캘 방법도 없
고…… 그럼 한 가지만 남았네."

"……?"

"저기."

가슴에 매화 문양을 한 자가 산 아래 마을을 눈으로 가리켰
다.

하북팽가!

정도의 이름으로 그들을 직접 건드리는 방법이 남았다. 그
런데,

“헉!”

주변을 끊임없이 살피던 도인이 화들짝 놀라 뒤로 물러서면서 경악성을 토해냈다.

“뭐야?”

“크크크! 미치겠네.”

“이번엔 또 뭔데?”

“우리 모두 중독되었다.”

“뭐!”

“여기 잔독(殘毒)을 남겨놨어.”

“그걸 몰랐단 말이야!”

“잔독을 뿌려놓은 솜씨가…… 크크크! 천멸독경이다. 천멸독경을 익힌 자만이 이런 잔독을 뿌려놓을 수 있어. 무형지독…… 크크크! 무형지독이 뭔지 아나? 어쭙잖은 생각은 버려라. 청성파의 무형지독은 하늘도 경악하니까. 크크크!”

도인의 말은 일면 광오하다. 하지만 모두들 그의 말에 토를 달지 않았다.

그가 말했다. 천멸독경!

당대 제일의 독경!

사천당문이 천멸독경을 인정했다. 타문파의 독경임에도 불구하고 당대 제일의 독경이라며 엄지손가락을 추켜세웠다.

“독을 받아들여서 몸 안에 비축한다. 말로만 독인 어쩌고 하는 게 아니라 진짜 독인이 되는 거지. 크크! 그리고 말이야. 필요할 때 내뿜는데, 그게 무형무색무취라는 거야. 막을 수 없는 건 물론이고 중독 즉시 즉사하는 요물이지."

"우리를 중독시킨 건 잔독 맞지?"

"맞아. 안 그러면 벌써 죽었을 테니까. 고루대처럼."

"으음!"

머리에 계인(戒印)이 찍힌 화상이 침음성을 토해냈다.

중독은 됐는데 해약이 없다. 의원을 찾아보긴 하겠지만, 해약이 없을 건 뻔하다.

본문에 연락해도 속수무책이다.

사천당문은 어떨까? 그들은 해약을 구해줄 수 있을까? 그쪽에 일말의 희망을 걸어본다.

천멸독경상의 무형지독이라면 여러 가지 독이 체내에서 융합, 합성되었다는 뜻이다.

이 세상에 존재하지 않는 독이 된 것이다.

동서고금을 통틀어 단 한 번도 출현하지 않은 신독(新毒)이다. 그뿐만이 아니다. 그녀의 신독은 매번 변화한다. 흡수되는 독의 성질에 따라서 배합과 융합이 달라지기 때문이다.

같은 독이 두 번 나올 공산이 없다.

잔독 또한 마찬가지다. 이쪽에 깔린 잔독과 저쪽에 깔린 잔독이 전혀 다르다. 독기의 일부를 쏟아내면, 천멸독경은 남은 독기를 다시 융합시킨다. 전혀 다른 독이 되는 것이다.

도인을 중독시킨 독과 화상을 중독시킨 독이 다르다. 두 개다 이 세상에 출현한 적이 없는 신독이면서도, 성분이나 성질은 전혀 다르다.

아마도 사천당문 또한 손을 들 수밖에 없지 않을까 싶다.

제일 좋은 방법은 시전자를 찾아가는 것이다.

독을 뽑아주시오.

그렇다. 주설언은 천하제일의 하독가임과 동시에 천하제일의 의원이 되었다.

그녀는 어떤 독이든 흡수해 낼 수 있다.

독사를 가지고 노는 것만으로도 독기를 흡수해 낼 수 있다. 독거미를 만지는 것만으로도 독기를 빨아낸다.

어떠한 독도 그녀를 중독시킬 수 없다. 어떤 독도 흡수해 버린다. 그리고 그런 독들을 하나로 융합시켜서 발출한다.

"당분간…… 꼼짝하지 못하겠군."

"어떤 증세가 일어날지 모르니까……. 열이 난다거나 몸이 무겁다거나…… 이런 일상적인 증세까지도 모두 말해줘. 크크크! 발병 시기조차 알 수 없는 독이라니……."

그들은 숲을 쳐다봤다.

그들에게 중독이라는 굴레를 덮어씌운 석경산 숲이 부드러운 바람에 살살 흔들렸다.

살천루가 정리되었다.

백인대도 당분간 꼼짝하지 못하게 발을 묶어놨다.

하북 땅에는 이들 외에도 많은 무인들이 들어와 있다.

천요루에서 기녀들과 시시덕거리고 있는 호색광들도 큰 문제다. 그들이 죽어나갔던 암살 사건은 하북팽가와는 연관 없는 일임에도 하북팽가에게 책임을 묻고 있다.

무림 문파에서 잠행(潛行)을 시킨 무인도 꽤 많이 보인다.

하북팽가가 봉문을 하고 있는 상태라고 정식 방문을 할 수 없으니, 암암리에 동정을 파악하라고 잠행을 시켰다.

그들이 꽤 많다. 또 그들의 숫자는 하루가 멀다 하게 불어나고 있다.

사실 잠행이라고는 하지만 그들은 잠행을 하지 않는다. 하북팽가에 연통을 넣지 않았을 뿐, 자신이 어느 문파에선 누구라고 공공연히 떠벌리고 다닌다.

그것이 무슨 잠행인가.

그들은 사총 사건에 개입하려고 한다.

이 모든 문제를 루주와 주설언이 차단해 버렸다.

북경 땅을 밟은 모든 무인들이 앉은자리에서 꿈쩍도 할 수 없게끔 못질을 해버렸다.

살천루를 가차없이 베어버린 것도 그 때문이다.

건드리지 마라. 죽는다.

루주는 정도의 인물이 아니다. 마도의 인물도 아니다. 엄격하게 말하면 무림의 인물도 아니다.

그는 무림 행보를 한 적이 없다.

검치의 무공을 쓰기는 하지만 검치의 제자인 것도 불분명하다.

그가 사부를 부르는 명칭은 '늙은이' 다. 맹삼력과 호가도 같은 명칭을 사용한다.

이러고도 검치의 제자일까?

그 외에는 무림과 인연을 맺지 않았다.

그는 기루의 주인으로 살아왔다.

천요루가 처음이 아니다. 북경에 천요루라는 루각을 올리기 전에도 다른 기루를 운영해 본 경험이 많다. 기루 주인으로 처음 모습을 나타냈고, 현재도 루주라고 불린다.

그가 하북팽가와 충돌했다.

그런 과정에서 몇 번 싸움을 했다.

무림과의 인연이 이게 전부다.

그런 사람이 살천루 십간조를 박살 냈다.

정도 인물이든 마도 인물이든 정사를 가리지 않는다. 건드리는 자는 모두 박살 낼 분위기다.

눈이 있고 귀가 있는 자는 노궁문과 고루대가 누구에게 당했는지 파악해 냈을 것이다.

주설언, 기녀, 루주의 여자다.

천멸독경, 추명오독도 독에 대해서 일가견 있는 자라면 찾아냈을 것이다.

루주와 주설언은 건드리기 곤란한 독아(毒牙)다.

그런데 주설언이 바로 팽가촌의 사도로 추정된다. 어떻게 해서 팽가와 그런 인연을 맺었는지는 모른다. 하지만 노궁문에 이어 고루대까지 하북팽가에 위해를 가하려던 자들이 모조리 도륙되거나 생포되었다.

그녀가 하북팽가 쪽에 서 있는 것만은 분명하다.

이번 사건은 하북팽가로 가려면 루주와 주설언을 뚫어야 한다는 점을 말하고 있다.

무림 군웅들, 파락호들, 호색광들, 살수들…… 이제는 함부로 움직이기 곤란해졌다.

살천루가 살수와 사총 쪽에 연결을 취해줄 게다. 둘을 제거하기 전에는 움직일 수 없다고. 백인대가 정도 무림 쪽에 연락을 취할 게다. 둘에게서는 아무것도 캐낼 게 없고, 그들은 건드리려면 목숨을 걸어야 한다고.

당분간 하북팽가는 조용하다.

그사이, 가모에 얽힌 부분을 파헤쳐야 한다.

그런데 이 부분도 루주에게는 어떤 계획이 세워져 있는 것 같다. 말은 하지 않지만 조급해하지도 않는다.

가모가 그의 어머니다.

천하인을 죽인 대흉인이라고 해도 자식 입장에서는 죄를 물을 수 없다.

하지만 그녀가 하는 일을 방해할 수는 있다.

그는 지금 그 일을 하려고 한다.

'연락을 취해야겠어.'

팽가연은 모두가 빠져나간 숲에서 한 사내를 생각했다.

루주…… 미꾸라지처럼 빤질빤질하게 생긴 자가 하는 짓은 여우같다. 뱃속에 능구렁이가 열 마리는 들어 있는 것 같다. 한데 그를 따라가다 보면 뭔가가 풀려나간다는 생각이 든다.

"후우욱! 후우욱!"

그녀는 진기를 끌어올려 약속된 성음(聲音)을 울렸다.

후우욱! 후우우욱!

바람이 약간 거센 듯한 소리가 울렸다.

"갔어요."

"가서 잔독을 제거해. 다른 사람까지 중독되면 곤란해."

"어떻게 제거하는지 안 보실 거예요?"

"왜 나에게 보여주지 못해서 안달인 거야?"

"저도 가가 못지않은 고수라는 점을 알려주고 싶어서요."

"잘하면 협박용으로 쓰겠는데?"

"어멋! 지금 협박하고 있는 건데 모르셨어요? 그랬구나. 모르셨구나. 가가…… 이런 말을 하기는 그런데…… 전 제 독술이 가가에게도 통하는지 알고 싶었거든요."

"그… 래서?"

"독을 써봤죠."

"날… 중독시켰다고?"

"그럼요. 중독시키자마자 해독도 했어요. 걱정 마세요."

"…허어!"

"한 번이 아니고 다섯 번쯤 했는데, 가가는 모르시더라고요."

"허! 허어! 점입가경이군."

루주가 입만 쩍 벌린 채 말을 못했다.

"호호호! 놀라셨구나?"

"지금도 중독시킨 거야?"

"아뇨. 호호호! 제가 어떻게 가가를 중독시켜요. 농담이에요. 농담. 농담을 진담으로 알아듣는 분이 어디 있어요?"

주설언이 눈을 곱게 흘겼다.

"허어! 천멸독경을 수련하더니… 사람이 달라졌네."

"어멋! 그래요? 어떻게요?"

"전에는 순한 양이었는데, 어쩐지…… 성난 암고양이가 된 것 같아서 말이야."

"호호호! 암고양이요? 호호호! 정말 섭섭하네요. 적어도 호랑이 정도는 봐줄 줄 알았는데."

"아직은 귀여운 구석이 있거든."

"그런 면까지 지워지면 호랑이가 되는 건가요?"

"가서 잔독이나 지워."

"알았어요. 취취가 목욕물을 데워놓는다고 했으니 목욕이나 하세요. 몸에 피 냄새가 배어 있는 것 같아요. 참! 다른 여자에게 눈길 주면 알죠? 둘 다 죽어요!"

주설언이 앙칼지게 쏘아붙였다.

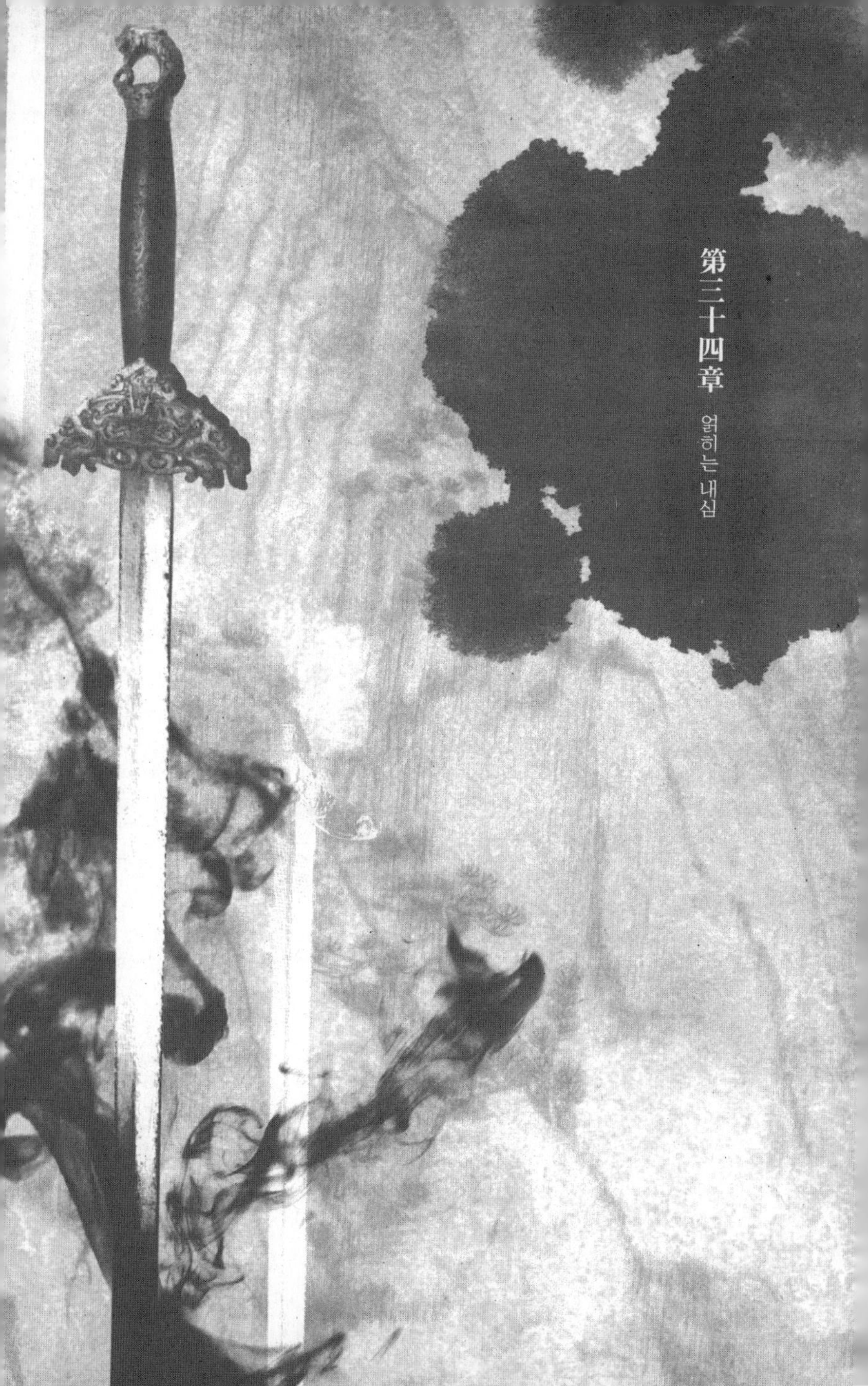
第三十四章 얽히는 내심

1

'제법…… 날뛰네.'

그녀의 눈에 싸늘한 한광이 맴돌았다.

팽가촌에 들어서는 자가 없다.

팽가오로의 통천오방진이 워낙 강력하기 때문인 줄 알았다.
뚫고 들어서려는 자들이 모조리 척살되고 있다. 한데 그게 아
니다. 아예 들어오는 자가 없다.

사총에서 몇 번 접근 시도를 했다는 건 알고 있다.

십족령에 묶여 있는 신세이지만 담장 밖에서 들려오는 소리
정도는 들을 수 있다.

노궁문이 당했다. 백살겸과 지웅서가 사로잡혔다. 그리고
이번에는 고루대도 당했다.

사총에서 내세우던 주요 전력들이 하나씩 무너지고 있다.

그들은 상관하지 않는다. 어차피 이용할 만큼 이용하고는 버릴 자들이니까.

그녀가 이해할 수 없는 것은 자신을 보겠다고 북경에 몰려든 한량들이 꿈쩍도 하지 않는다는 점이다.

그들은 목숨보다도 자신을 더 아낀다.

목숨 같은 게 아까웠다면 하북 땅을 밟지도 않았다.

그녀만은 그런 사실을 안다. 자신을 위해서라면 기꺼이 한 목숨 내놓을 것이라는 점을 안다.

사내의 정(情)? 그런 건 개나 물어갈 소리고……

실컷 운우지락을 즐긴 후에는 미련없이 떠나가는 게 사내들의 속성이 아니던가.

사내들은 끊임없이 방황한다.

땅따먹기 할 때처럼 여자를 정복의 대상으로 생각한다.

그런데 더 웃기는 건, 정복한 여자가 자신만 바라보고 있어주기를 바란다는 것이다.

물론 사람에 따라서는 다를 수도 있다.

그녀도 일편단심(一片丹心)이라는 것을 봤다.

여자라고는 눈빛도 마주쳐 보지 않은 순진한 사내에게서 본 것이 아니다. 세상 여자들은 유희(遊姬)에 불과하다고 떠들던 난봉꾼에게서 찾아냈다.

그는 과거의 모든 마음을 접고 새로운 사람으로 탈바꿈했다.

이 여자, 저 여자의 품을 전전하던 난심(亂心)에서 한 여자만을 바라보는 일편단심으로 변했다.

그럴 수도 있다.

하지만 그런 사내의 정은 믿지 않는다.

어떠한 사내라도 정작 목숨을 위협받는 처지에서는 행동이 달라질 수 있다.

이번만 해도 그렇다.

'절염색녀'라는 촉발장치를 터트리지 않았으면 그들이 하북 땅에 몰려들었을까?

절염색녀라는 말은 의미가 없어졌다.

그녀가 아름답다고 하지만 이미 십 년 전의 일이다. 지금은 주름도 많이 생기고, 배에 기름도 꼈을 것이다. 그런 여자를 안느니 차라리 풋풋한 생기(生妓)를 취하는 게 나을 게다.

거의 모두가 그렇게 생각한다.

그 여자, 옛날에도 꽤나 설쳐대더니 하북 땅까지 가서 팽가주의 부인이 됐어? 아, 그랬다면 조신하게 잘 살 것이지 또 무슨 평지풍파를. 하여간 여자란…….

그들이 무슨 말을 할지 듣지 않아도 선하다.

그래서 영원히 배신할 수 없는 장치를 마련했다.

지웅서까지 순식간에 걸려들었던 사라천요공(紗羅天妖功)!

사라천요공에 걸린 사내들은 그녀가 심어놓은 촉발장치만 건드리면 언제든지 폭발한다.

북경에 몰려든 사내들은 그래서 왔다.

그들에게 촉발장치는 ‘절염색녀’라는 네 글자다.

그 글자들을 듣는 순간, 절염색녀를 보지 않고는 견딜 수 없는 심정이 된다.

절염색녀가 강남에 있다고 하면 강남으로 간다.

이번에는 하북에 있다고 하니 하북으로 몰려들었다.

그들은 죽음 따위는 아랑곳하지 않는다. 죽음이 보이지 않는다. 절염색녀를 볼 수 있다면 그까짓 죽음쯤 대수롭지 않다는 생각을 하고 있을 게다.

그만큼 사라천요공의 암시는 강하다.

평생 지워지지 않고 따라다니는, 뇌에 심어진 화약이다.

그러니 그들은 와야만 한다.

통천오방진이 아무리 철벽같아도 자신을 만나겠다는 심정은 막을 수 없다.

왜 그들이 움직이지 않는 거지?

처음에는 궁금했다가, 나중에는 피식 웃음이 새어 나왔다.

그놈…… 루주!

놈은 화화공자의 아들이다. 화화공자의 모든 것을 물려받았다. 훤칠한 키, 잘생긴 용모…… 신체적인 유산뿐만이 아니다. 화화공자의 재주까지 물려받았다.

놈은 여인을 보면 그 여인이 어떤 여인인지 직감적으로 감지하는 능력이 있다.

관상쟁이들이 보는 관상과는 차원이 다르다.

놈은 여인을 보는 순간 모든 것을 직감한다. 성격이 어떻게 어떤 환경에서 자랐고, 현재는 어떤 환경에 놓여 있고, 처녀인지 아닌지, 잠자리 기술은 어느 정도이고, 술은 어느 정도 마시고, 취향은 어느 쪽이고…….

농부가 질 좋은 땅을 잘 찾듯이, 바람둥이에게는 좋은 여자를 찾는 능력이 있다.

놈은 원하는 여자를 찾을 수 있다.

겉으로 드러난 허세를 걷어내고, 속이 진짜인 여자를 찾아낸다.

원하는 여자를 쉽게 찾고, 쉽게 취한다는 것은 쉽게 버릴 수도 있다는 뜻이다.

놈도 제 아비를 닮아서 타고난 바람둥이다.

그런 놈이 자신을 봤다.

놈의 눈길이 자신을 훑었다.

어미를 여인으로 봤다는 뜻이 아니다. 그놈 집안의 씨는 바람둥이는 될지언정 패륜은 저지르지 않는다. 어미가 어떤 여인인지, 어떤 성격인지 훑어봤다는 뜻이다.

놈은 그때 사라천요공의 흔적도 봤을 게다.

이건 무공의 문제가 아니다. 사내가 여인을 제압하고, 여인이 사내를 제압하고…… 음과 양의 관점에서 어느 쪽이 우위에 있는지 살펴야 한다.

사라천요공은 그런 관점에서 찾아야만 보인다.

그놈이 보았다.

놈이 풍객(風客)들을 찾아다니면서 사라천요공을 깨고 있다. 확실하지만 않지만 거의 틀림없을 게다.

이는…… 여자의 직감이다.

"내 손발을 묶어놓겠다…… 좋은 수야."

그녀는 혼자서 중얼거렸다.

루주를 만난 후, 놈을 죽이려고 했다. 실패했다.

살수를 썼다. 그 정도면 충분할 줄 알았다. 실패했다.

연후, 놈이 검치의 제자라는 걸 알았다. 그래서 놈을 생포하려고 했다. 이 역시 실패했다.

놈을 잡는데 사총을 끌어들였다. 그놈들은 기어나오지 못해서 안달 난 놈들이니까. 또 기어 나와 봤자 별 볼 일 없으니까. 사총이 언제의 사총이던가. 보잘것없는 것들…….

실패했다. 지금도 실패하고 있다.

놈을 죽이는 것, 놈을 생포하는 것, 모두 실패했다.

그리고 이제 놈이 자신의 주변을 정리한다.

그런데…… 아는지 모르겠다. 이 모든 게 무의미하다는 것을.

십족령으로 자신을 가둬? 상관없다. 나가고 싶으면 이까짓 울타리쯤은 가볍게 무너트린다. 팽가오로? 그들 정도 따돌리지 못할 것 같은가?

성녀로 지내는 것, 절염색녀로 지내는 것…… 아무 의미 없다.

사총이 나선다. 살천루가 나선다.

모두 밥상 위에서 장난치는 개미들에 불과하다.

그들은 자신의 행동에 주목했어야 한다.

먼저 자신은 자식을 죽이려고 했다. 왜 그랬겠는가? 미우니까. 이유는 그것밖에 없다. 미워서 죽이려고 했다.

마차를 전복시켜서 태아를 유산시켰다.

그 일도 용서할 수 없다. 아이만 낳았으면 가주와 무탈하게 지낼 수 있었다. 앞으로 남은 기간 동안 별 탈 없이, 조용히…… 그렇게 시간이 갔을 게다.

놈을 그때 죽여야만 했다.

그때는 검치의 무공을 제대로 쓰지 못할 때다.

팽효기만 나서도 죽일 수 있었다. 회자수 따위에게 피투성이가 되도록 얻어터진 놈이지 않나. 팽가사로…… 그 늙은이는 빨리 나섰어야 한다. 죽이라고 명을 받은 게 언제인데 꼼지락거린단 말인가.

이 모든 게 루주를 완전한 검치의 제자로 성장시켰다.

그놈이 검치의 제자인 것을 안 후에는…… 솔직히 검치의 무공이 탐났다.

그것은 천하제일이다.

그 어떤 무공도 검치의 무공을 능가하지는 못한다.

자신에게 이런 궁벽한 곳에서 십 년이나 썩게 만든 늙은이들도 검치만은 무시하지 못한다.

그래서 놈의 무공을 얻고 싶었던 것이다.

결국, 놈도 죽이지 못하고 검치의 무공도 얻지 못했다.

이 시점에서 자신이 무엇을 할까?

할 게 아무것도 없다.

십 년 전에 뿌린 씨앗이 무럭무럭 자라서 열매가 맺을 때까지 기다리는 것밖에 달리 할 게 없다.

놈을 만나기 전이나 지금이나 달라진 건 없다.

문제는 가주다.

요즘 들어서 가주가 씨앗의 존재를 눈치챈 듯하다.

그 점을 가리기 위해서 태아로 눈을 돌리려고 했는데…… 그것도 안 돼서 팽효문과 불륜을 터뜨렸는데…… 또 그것도 안 되서 사라천요공까지 드러냈는데…….

모든 게 안 된다.

진인사대천명(盡人事待天命)이라더니 역시 사람 일은 하늘이 정해주는 것인가.

그녀가 할 일은 없다.

놈이 사라천요공까지 분쇄했다면, 이제는 가주가 씨앗을 캐내건 말건 신경 쓸 게 없다.

나머지는 그 노인네들이 알아서 할 게다.

그들은 언제쯤 소식을 전해올까?

자신이 아이를 배면서까지 가주와 화목하게 지내려고 했던 것은 이미 알려졌을 테고, 이숙이 죽었다는 소식도 알려졌겠고…… 십족령까지 알고 있겠지?

그럼 가주가 의심하고 있다는 사실도 알았을 텐데.

이것도 직감이지만 그들은 오지 않는다. 티끌만 한 소식조차 전해오지 않는다.

아직은 움직일 때가 아니라고 판단했을 게다.

사실이 그렇다. 씨앗이 열매가 되기까지는 아직도 시간이 필요하다. 앞으로 사오 년 정도는 더 있어야 될 것 같다.

아직 시기가 안 되었기 때문에 그들이 꼼짝도 하지 않는 것이다. 만약 때가 되었다면 원치 않아도 온다. 열매가 맺혔다고 판단되면 즉각 뛰어온다.

지금 사태는 급박하게 돌아간다.

가주는 조만간에 씨앗의 존재를 완전히 파악할 게다. 그러면…… 노인네들의 계획은 무너진다. 지금 이 상태로 사오 년을 무사히 보낸다는 건 생각할 수 없다.

어떻게 되든 이제 칼자루는 노인네들한테 넘어갔다.

'알아서 하겠지.'

그녀는 속이 편했다. 할 것이 아무것도 없다는 것이 이처럼 홀가분할 수가 없다.

놈이 그때 마차만 전복시키지 않았어도 아무 탈이 없는 건데.

그런 의미에서 보면 노인네와 루주는 결코 같은 하늘을 이고 살 수 없는 원수지간이다.

루주는 죽는다.

노인네들을 이길 수 있는 자는 없다. 그들에게는 검치도 상대가 안 된다. 그들이 검치의 무공을 인정하지만, 그렇다고 그들이 약하다는 뜻은 아니다.

자신들에게 필적할 수 있는 무공, 그것이 검치의 무공이다.

'기왕 벌여놓은 일…… 장난이나 계속 쳐야겠네. 가만히 있으면 심심하잖아. 살천루는 이렇게 덤벼들 줄 알았고…… 사총이 확 달려들다니 뜻밖이네?

노궁문과 고루대를 죽인 여자, 주설언.

그녀는 주설언을 생각하며 픽 웃었다.

겁에 질려서 쩔쩔매던 그 여자가 하룻밤 사이에 절정고수가 되어서 나타났다.

천멸독경이라고 했던가?

천멸독경은 그녀만 알고 있는 게 아니다. 청성파 문도 중에서 손가락에 꼽을 정도이지만, 몇몇은 알고 있다. 하나 그들 중 그 누구도 그녀만 한 경지를 이루지는 못했다.

그녀 곁에 루주가 있었기 때문에 가능한 일이다.

이것이 바람둥이의 힘이다.

바람둥이는 여자를 볼 줄 안다. 여자를 다룰 줄 안다. 자신에게 맞는 여인으로 탈바꿈시킬 수도 있다. 여자에 대해서는 어떤 짓도 할 수 있다.

적어도 이 정도는 되어야 탐화랑객(探花郎客)이라고 불릴 자격이 있다.

그놈의 아비가 그런 자다.

몸의 움직임, 마음의 움직임을 세밀히 살핀다. 조금이라도 좋은 방향으로 유도한다.

당하는 사람은 아무것도 느끼지 못한다. 그저 웃고 떠들면서 따라가다 보면 어느새 한결 나아진 자신을 발견한다.

사람들은 탐화랑객이라고 하면 육체적인 부분만 생각한다. 여자를 취하고 훌쩍 떠나 버리는 색광(色狂)을 떠올린다. 아니면 여자의 등골을 파먹는 기생충을 떠올리거나.

진정한 탐화랑객은 꽃을 아낀다.

결코 부수지 않는다. 상처도 입히지 않는다. 자신이 상처를 입을지언정 꽃은 생생하게 피어나도록 돕는다. 육체를 보살펴 주고, 마음을 보살펴 준다.

무엇보다도…… 진기, 기혈을 보살펴 준다.

무공을 수련하는 여인이 탐화랑객의 도움을 받으면 가장 안정된 환경을 얻을 수 있다. 심마에 휘둘리지 않고 무공 수련에만 몰두할 수 있게 된다.

주설언은 가장 잘된 경우다.

보나마나 그녀 혼자서 독경 풀이를 한 게 아닐 게다. 루주가 옆에서 도와줬을 것이다. 글자를 짚어가면서 설명한 게 아니라 고요한 침묵 속으로 스며들게 해서, 지혜의 눈을 활짝 뜨게 해서 그녀 스스로 깨우치게 했을 것이다.

진기 순환을 도와준다.

거기에도 목적이 있다.

진기가 흐르는 경맥을 일러준다고 말하지만, 실은 경맥을 두들겨 준다. 쓰지 않던 경맥을 매끈하게 다듬어준다.

본인은 진기 손실이 극심하지만, 티도 내지 않는다.

탐화랑객은 '깨달음' 이라는 말도 자주 쓴다.

잘 깨달았어.

똑똑하군. 그걸 깨닫다니.

자기가 진기로 유도해 놓고 깨달았단다. 앞장서서 닦아놓은 길을 편하게 따라가기만 했는데, 깨달음을 얻었단다.

그런 말을 듣다 보면 정말 어느 순간에 확 깨달은 것처럼 여겨진다. 사내의 도움을 받아서 성취한 게 아니라 자신 스스로 깨우친 듯이 느껴진다.

그게 사내의 도움이었다는 건 먼 훗날에나 알게 된다.

무공이 정점에 이르렀을 때, 자신이 그런 일을 해줄 수 있을 때, 그때에서야 자연스럽게 알게 된다.

탐화랑객은 싸움도 시킨다.

죽을 고비도 여러 번 넘긴다. 어차피 넘어가야 할 산이라며 비정하게 말한다.

아니다. 탐화랑객은 그렇게 무심하지 않다.

그는 주도면밀하게 계산해서 절대로 죽지 않는다, 이 정도면 틀림없이 깨우친다는 확신이 들 때만 싸움에 내보낸다. 조금이라도 부족하다 싶으면 절대로 싸움을 시키지 않는다.

주설언이 노궁문도와 싸웠다. 노궁문의 연노 앞에 세웠다.

다른 사람 같으면 그 짓을 했겠나? 아무리 천멸독경을 깨우쳤다고 해도 실전경험이 없는 여자를, 신법조차 수련하지 못한 여자를 화살 앞에 세우겠나?

피할 수 있다, 이길 수 있다고 확신했다.

주설언은 고루대 앞에 섰다.

아마도 그것이 그녀가 치른 마지막 시험이었을 게다.

루주가 곁에 있건 없건 시작과 결과는 똑같다. 루주가 싸우라고 말했다면 그때는 이미 셈이 끝난 후이다. 이길 수 있다. 원하는 걸 얻을 수 있다. 이 여자라면 할 수 있다.

그렇다. 모든 것은 여자를 판별하는 능력에서 시작된다.

그런 일을 가장 잘했던 인간이 그놈의 아비다.

그놈도 아비에게 보고 배운 것이 있으니, 주설언에게 그 짓을 똑같이 한 것 같다.

그러나저러나 대단하지 않은가.

일개 기녀를 그 짧은 시간에 천하제일독인으로 키워냈으니 감탄이 절로 나오지 않나.

놈은 아비를 능가하는 탐화랑객이다.

'그 아비에 그 자식. 하는 짓도 똑같고.'

그러나 이런 것이 좋은 것만은 아니다.

주설언…… 잘해봤자 제이의 절염색녀가 될 뿐이다.

'그놈과 알콩달콩 행복하게 살 줄 아는가? 오산이다. 오산이야.'

그녀는 고개를 절레절레 흔들었다.

노인네들의 눈에 띄지 않기를 바라라. 노인네들의 눈에 띄면…… 호호호! 아니다. 이미 늦었다. 천멸독경을 극성으로 수련한 여인이 있다. 기녀 출신으로 이미 노궁문과 고루대를 박살 냈다. 그런 짓을 하고도 노인네들의 이목을 피할 수 있다고 생각하나? 그리 생각했다면 큰 오산이다.

가장 큰 불행은 그놈도 그렇고 주설언도 그렇고 노인네들의 존재조차도 알지 못한다는 것이다.

그녀는 나뭇가지에 물을 찍어서 그림을 그렸다.

신발을 올려놓는 섬돌에 매화 한 송이가 그려졌다.

"오랜만에 그리려니 잘 안 되네. 호호! 이러다가는 다 잊어
먹겠어. 그림도, 글씨도……."

사총이 달려들고 있다.

노궁문을 보냈고, 고루대까지 보냈다. 또 다른 놈들도 보내
지 않겠나.

심심한데…… 장난이나 쳐야겠다.

'이왕 이렇게 된 거…… 노인네들의 눈에 확 띄게 해줄게.
<u>호호호호!</u>'

2

루주의 행동은 좀처럼 이해할 수 없다.

그가 도대체 무엇을 하는지 이해하려면 그의 뱃속을 서너
번쯤 들락거려야 할 것 같다.

"취취 소저."

"이번에는 저예요?"

"미안하오."

"도대체 왜 이런 일을 하는지나 알면 안 돼요? 알면서 하는
것과 모르면서 하는 것은 많이 다르잖아요."

"부탁하오."

"어휴!"

취취가 마차 문을 밀치고 밖으로 나갔다.

"저기…… 왜 이러는지는 말해주시는 게……."

주설언이 팽가연의 눈치를 살피면서 말했다.

팽가연은 아무 표정도 드러내지 않았다. 무표정한 얼굴로 바깥 풍경만 쳐다봤다.

그녀는 하북팽가의 꽃으로는 하기 힘든 행동을 했다.

사내를 유혹했다.

그런 일은 꿈에도 생각해 본 적이 없는데, 루주의 부탁으로 정말 기가 막힌 일을 했다.

눈웃음.

사내는 아주 간단하게 넘어왔다. 하기는 하북제일미라고 일컬어지는 그녀가 살살 눈웃음을 짓는데 넘어오지 않고 배길 사내가 어디 있겠는가.

눈웃음을 지을 필요도 없다.

그녀가 모습을 보이기만 해도 주변에 사내들이 꼬이기 시작한다.

그녀가 워낙 그런 걸 싫어해서 표독스럽게 구는 바람에 이제는 멀리서 흘끔흘끔 쳐다보기만 하지만…… 지금이라도 마음만 먹으면 어느 사내든 곁에 둘 수 있다.

그런 그녀가 호색광에게 눈웃음을 지었다.

기녀들 품에 안겨서 게슴츠레한 눈으로 음흉한 짓을 하고 있는 사내에게 유혹의 눈길을 보냈다.

참으로 치욕스런 순간이다.

그게 아무리 루주의 부탁이라고는 하지만 정녕 하기 싫은 짓이었다. 아니, 역겨워서 미칠 뻔했다.

루주는 주설언에게도 그런 짓을 시켰다.

자기 여자에게 다른 사내를 유혹하라고 시켰다.

이게 뭐하는 짓인지.

사내가 유혹에 넘어오면 같이 술을 마신다. 루주가 나타날 때까지 온갖 추태를 받아주면서 술을 마신다.

정말 역겹다.

눈길이 온몸을 더듬는다. 욕정에 찌든 눈길이…… 그러다가 손이 슬금슬금 다가온다.

생각 같아서는 당장 일격을 날리고 싶다.

그래도 참는다. 참아달라고 부탁했기에 참는다.

드디어 루주가 나타났다.

뭘 하려는 걸까?

루주가 사내를 향해 씩 웃는다. 반면에 사내는 안색이 새파 랗게 질려간다. 마치 빚쟁이를 만난 사람처럼, 지옥의 사자를 만난 것처럼 혈색이 새카맣게 죽어간다.

루주가 목검을 꺼냈다.

쉬익! 따악!

루주가 목검을 쳐냈고, 사내는 쓰러졌다.

저항 같은 건 없다. 이상하리만치 꿈쩍도 하지 않는다. 술잔 을 든 채로 목검을 그대로 맞는다.

그들은 호색광이지만 무공은 높다.

어떤 자는 하북팽가조차도 우습게 여기고 뛰쳐 들어갔다.

그런 자들이 루주의 목검 앞에 순순히 머리를 내민다.

이런 일이 몇 번에 걸쳐서 반복되었다.

뭘 하고 있는 것인가. 그들은 왜 순순히 목검을 맞는 것일까? 그렇다고 죽이는 건 아니다. 루주의 목검은 딱 머리통을 깰 만큼만 타격한다.

머리가 깨지고 피가 흐른다.

그런데 여기서 희한한 일이 일어난다.

머리가 깨졌던 자는 군소리 없이 하북 땅을 떠나간다.

머리에 붕대를 감고 쓸쓸한 표정으로…… 하북팽가를 힐끔거리기도 하지만 떠나는 데는 이견이 없다.

희한한 일이지 않은가.

이번에는 취취다.

세 여자에게 돌아가면서 사내를 유혹하라고 시키는 건 아니다.

그는 사내를 지켜본 후, 유혹에 적당한 여자를 고르는 것 같다. 세 여자 중에서 적합한 여자를.

그에 이번에는 취취일 뿐이다.

취취가 한 사내를 만났다.

여기서도 놀랄 만한 일이 벌어진다.

이상하게도 별로 노력도 하지 않는데, 사내들이 깜빡 넘어온다.

옆에 여자를 끼고 있거나 없거나, 다른 일을 하고 있거나 아니거나 눈웃음만 흘리면 말 잘 듣는 강아지처럼 졸졸 따라온다.

취취가 만난 사내도 그랬다.

취취와 사내가 가까운 술집으로 자리를 옮겼다.

팽가연은 이런 일을 볼 때마다 우울해졌다.

오라버니가 생각난다.

여자를 싫어하는 편은 아니었지만 크게 좋아하지도 않았다. 그런 오라버니가 기녀에게 푹 빠졌다. 살인을 하고, 납치를 하고…… 결국은 그런 일 때문에 가모의 노리개가 되었고, 자진하는 길을 택하고 말았다.

오라버니가 월아라는 여자에게 빠졌다.

한눈에 반했다고 했다.

지금 어떤 사내가 취취에게 혹 빠지듯…… 이와 비슷한 방식으로 월아가 접근해 왔을 게다.

우울하다. 유쾌하지 않다.

"다녀오지."

루주가 목검을 들고 일어섰다.

타탁! 타탁! 탁!

모닥불이 한밤의 한기를 몰아내 준다.

모두들 기분이 좋지 않다.

루주가 뭘 하고 있는지 안다. 가모를 만나러 왔던 호색광들을 집으로 돌려보내는 작업을 하고 있다.

납득하기 힘든 방법을 쓰지만, 효과는 탁월하다. 목검을 맞고 머리가 깨진 자치고 돌아가지 않은 자가 없다.

"사라천요공이라는 사공이 있는데."

루주가 모닥불을 쳐다보면서 말했다.

"이게 남만(南蠻)의 여자들이 사내를 잡아두기 위해 썼던 사공이라더군."

루주의 음성이 음울하다.

'가모!'

퍼뜩 직감이 온다. 아니, 직감은 그전에도 왔었다.

사내들의 머리를 깨뜨리면 마치 딴 사내나 된 듯이 행동했다.

이런 부분들을 보면서 왠지 가모와 연관이 있을 것 같다는 생각을 했다.

"어떤 여자가 이걸 익힌 거야."

루주가 허탈한 표정으로 말을 이어갔다.

사라천요공에 걸린 사내는 깊은 최면에 빠진 것처럼 일종의 암시를 건네받게 된다.

그것은 말일 수도 있고, 행동일 수도 있다.

암시된 촉발장치가 가동되면 사라천요공에 걸린 자는 예정된 행동을 한다.

북경에 모인 대다수의 사내들이 그런 경우다.

사라천요공은 뿌리가 깊어서 좀처럼 깨지지 않는다.

남만에서는 이런 일도 있었단다. 표범에게 두 다리가 물어뜯긴 사내가 자신의 몸에서 흘러내리는 뜨거운 피를 보자 집으로 돌아가야 된다는 생각을 했단다.

그리고 집으로 돌아왔다.

잘린 자리를 나뭇잎으로 막고, 두 손으로 엉금엉금 기어서 왔다.

남만 여인들이 바라는 것은 하나뿐이다. 전쟁 나간 남편이, 사냥 나간 아들이 살아서 멀쩡하게 돌아오는 것이다. 혹여 잘못된 일이 벌어질 겨우, 사라천요공이 집으로 돌아오는 힘을 준다.

남만 여인들의 촉발장치는 거의 대부분 피다. 자신의 몸에서 흘러내리는 피다. 그런 피를 보면 사내들은 집으로 돌아가야 한다는 생각밖에 들지 않는단다.

그토록 강하게 뿌리박힌 게 사라천요공이다.

이를 깨는 방법에는 순서가 있다. 사라천요공에 걸린 순서대로 풀어나가야 한다.

먼저 가슴을 뛰게 하는 여인을 만나야 한다.

흥분이 머리끝까지 치밀어야 한다. 욕정으로 몸이 달아올라야 한다. 그러기 위해서는 약간의 술을 마시는 것이 큰 도움이 된다. 술과 욕정은 함께 가니까.

욕념이 정점에 이르렀을 때, 사라천요공을 깰 수 있는 두 가지 방법을 쓴다.

첫째는 사라천요공으로 심신을 제압한다.

사라천요공의 눈빛을 받으면 사지가 얼어붙은 듯 꼼짝하지 못한다. 이미 한 번 사라천요공에 걸린 경험이 있기 때문에 더욱 쉽게, 빨리 빠져든다.

그때 머리를 깨트려서 암시를 죽인다.

이 방법밖에는 없다.

상대가 호색광이다. 평생 선업이라고는 쌓아본 적이 없는 인간들이다. 개중에는 사마외도로 분류되는 인간들도 많다.

이들이 어떻게 되건 무슨 상관인가.

이들을 구하기 위해서 자신의 여자까지 유혹의 미끼로 내놓을 수 있는가. 좋다. 그녀는 기녀니 그렇다고 하자. 팽가연과 취취가 한낱 작부나 다름없는 행동을 해야 한단 말인가.

"조상의 죄업…… 요즘 그런 걸 많이 느껴. 무슨 놈의 인과가 이리 많은지."

루주가 일어나서 안으로 들어갔다.

어머니가 뿌린 씨, 자식이 거둔다.

그는 그런 심정에서 한 사람, 한 사람 찾아다녔다.

전에는 전혀 상관없는 사람이었다. 아버지의 한만 없었다면 하북 땅을 밟지도 않았을 사람이다.

가모가 어디에서 무엇을 하며 살든 신경 쓰지 않는다.

그 사람은 그 사람 인생이 있고, 나는 나의 인생이 있다.

서로 남남처럼, 무관하게.

이것이 루주의 정확한 심정이다.

하나 그러기에는 아버지의 한이 너무 깊다.

사랑하는 여인에게 칼에 찔려야 하는 고통…… 육신의 고통보다도 마음의 고통이 훨씬 크다. 배신의 아픔 때문에 가슴이 조각조각 찢어진다.

아버지의 그런 아픔은 마차를 전복시킴으로써 씻었다.

솔직히 어머니의 반격 같은 것은 신경 쓰지 않는다. 죽이러 오는 놈이 있으면 저항해 보고, 없으면 만다.

원래 그렇게 살아왔다. 세상을 살면서 무슨 계획 같은 것을 세워본 적이 없다.

그에게 큰 계획 같은 건 없다.

조그만 일 처리만 있다. 이 일을 해결하는데 어떤 방식이 좋을까 하는 점만 생각한다. 그 후에 어떤 여파가 미칠지, 여파에는 어떤 식으로 대응할 지도 생각한다.

하지만 그것은 일 처리의 일환이다.

마차를 전복시킬 때의 마음도 두 가지다.

어머니의 아버지의 아픔만은 알아주기를, 아비의 고통이 얼마나 극심했으면 자식이 어미를 해할까, 한 번이라고 생각해주기를.

만약 이랬다면 눈물을 흘리면서 하북 땅을 떠나갔을 게다.

어머니가 복수를 할 수도 있다.

다른 놈에게는 죽지 않는다. 오는 족족 죽인다. 어머니가 직접 칼을 들고 찾아오면 죽어준다. 아비에 이어 자식까지 죽이는 비정한 여자를 어미로 두느니 차라리 죽는 게 낫다.

어미는 징치할 수 없기 때문이다.

딱 거기까지만 생각했다.

사총이 어떻고, 검치삼령이 어떻고 하는 부분들은 저항하면서 생긴 일들이다.

어머니가 저질러 놓은 과거.

이걸 누가 씻겠나. 자식이 씻을 수밖에 더 있나. 호색광 중에는 당장 죽는 게 더 나을 것 같은 자들도 있지만, 그들도 모두 같은 방법으로 구해냈다.

사람을 선별하게 삶과 죽음을 나누지 않는다.

지금 한 일은 오로지 사라천요공의 암시를 캐내는 작업일 뿐이다.

이 일을 도와준 여인들…… 무척 고맙다. 말로 표현할 수 없을 만큼 고맙다. 언젠가 반드시 보답을 하겠지만, 지금은 그저 마음의 인사만 할 뿐이다.

세 여인은 루주의 마음을 읽었다. 아니, 알았다.

"진작 말해줬으면 좋았잖아."

취취가 입술을 삐죽 내밀며 말했다.

'알았다면 그렇게 자연스럽지 못했겠지. 유혹하는 눈길에 무엇인가 다른 뜻이 담겼을 테고…… 유혹을 거부하는 요소가 생겼을 거야. 그렇지 않았다면 말했겠지.'

팽가연은 취취보다는 한 발 더 앞을 읽었다.

그리고 또 한 가지 안 것이 있다.

그가 지금 이런 말을 해줬다는 건 앞으로는 이런 일을 권하지 않겠다는 뜻이다.

사라천요공의 마법이 끝났다.

아직도 가모를 보고자 달려온 자들이 많이 있지만, 그들 중에 사라천요공을 당한 자는 이제 없다.

"어차피 내가 좋아서 한 일이니까. 억지로 등 떠민 것도 아니고. 이상한 게…… 루주가 부탁하면 거절할 수가 없더라. 다른 놈이 이런 일을 해달라고 하면 귀싸대기를 후려쳤을 거야. 그죠, 아씨?"

"호호호! 몰랐니? 너도 사라천요공에 걸렸잖아."

"네엣?"

"어멋! 가가는 그런 분 아녜요!"

주설언이 급히 말했다.

"호호호! 농담이야. 너희는 어떻게 농담도 못 알아듣니?"

"휴우! 놀래라. 많이 놀았어요. 정말 그렇게 생각하시는 줄 알고 가슴이 철렁했잖아요."

"아냐, 아냐. 차라리 사라천요공으로 우리의 심지를 제압한 상태라면 이해가 되는데…… 내가 왜 그런 짓을 순순히 했지? 말도 안 되는 일인데."

"저 사람이 좋아진 거야."

"네엣? 무슨 말도 안 되는…… 제가 왜 저 사람을 좋아해요! 저 사람은 애 남편인데, 제가 남의 남자나 탐내는 여자인 줄 아세요! 아씨도 참!"

취취가 발끈했다.

"그렇게 부인할 필요 없어. 루주가 좋아졌잖아. 나도 그래. 좋아졌어. 그래서 부탁하는 말을 거절하지 못한 거야. 호호호! 우리가 좋아한다니 걱정되니?"

팽가연이 주설언을 보면서 놀리듯 말했다.

"아뇨, 걱정하지 않아요. 정말이에요."

주설언도 웃었다.

기녀는 남녀의 정분에 대해서 상당히 민감하다. 그 부분에 대한 촉각이 따로 있는 것 같다.

두 여인이 루주를 좋아한다?

오래전부터 알고 있었다. 이들뿐만이 아니다. 어떤 여인이든 루주와 함께 있으면 좋아하지 않고는 배기지 못한다.

그는 사랑을 유도하는 남자다.

어디가 그렇게 좋으냐고 물으면 딱 잘라서 말할 수는 없지만, 같이 있으면 있을수록 깊이 빠져든다.

아픈 사람은 의원을 찾는다. 목이 마른 자는 우물을 찾는다. 그런 이치로 여인은 그를 찾는다.

그를 좋아하는 이유, 굳이 말하자면 이렇게밖에 말할 수 없다.

'나 혼자 차지하기에는 벅찬 사내……'

다른 여인과 나누기는 죽기보다 싫지만…… 그래야 한다면 어쩔 수 없는 일이다.

그래서 그녀는 어떤 말에도 웃어줄 수 있다.

모닥불이 알맞게 타오른다.

"불길이 참 좋죠?"

사라천요공, 어떤 무공인가.

루주의 말을 빌리면 루주도 사라천요공을 펼칠 수 있다는 말이지 않나.

사람의 심지를 제압한다.

일면 최면과 흡사하다. 몽환과도 닮았다.

무림에 이런 무공은 많다. 하지만 십여 년이 지났는데도 암시가 살아 있다는 말은 금시초문이다.

이게 사실이라면 일생에 걸쳐서 피조정자로 살아야 한다.

가정을 꾸리고 잘 살다가도 어느 날 검을 들고 전혀 모르는 사람을 죽이는 일이 가능해진다. 황제를 죽이는 데 가담할 수도 있고, 자신의 혈족을 죽일 수도 있다.

무서운 사술이다.

이제는 팽효문이 왜 그랬는지 이해된다. 그는 거미줄에 잡힌 나방이다. 사라천요공을 모르는 상태에서 당했으니 저항 같은 것도 하지 못했을 게다.

오라버니도 마찬가지다.

자신이 심각하게 생각하고 결정을 내렸다고 생각했는데, 사실은 사라천요공이 조종하고 있었다.

그렇다면 혹시……!

그녀는 아버지도 사라천요공에 당한 게 아닐까 하는 생각을 해봤다. 하지만 곧 고개를 내둘렀다.

아버지는 혼원벽력공을 수련했다.

정신에 관한 것이라면 아버지처럼 굳건한 사람도 없다.

다행히도 이 부분은 지금 당장에라도 시험해 볼 수 있다.

그녀는 루주를 찾아갔다.

그는 폐가에 드러누워 뻥 뚫린 지붕 사이로 별과 달을 쳐다보고 있었다.

"부탁이 있어서요."

"사라천요공…… 이걸 말해주면 소저가 찾아올 줄 알았소."

"그런가요? 그럼 제가 찾아온 목적은 굳이 말하지 않아도 되겠군요. 자, 해봐요."

"할 필요 없소."

"……."

"가주께서는 사라천요공에 걸려 있소."

"네엣!"

"후후! 십 년 동안 살을 맞대고 살았는데, 같이 사는 여자가 어떤 여자인지 모를 리 있겠소. 가주께서는 오래전에 가모의 정체를 알아냈을 거요."

"믿을 수 없어요. 아버지는 혼원벽력공을……."

"사라천요공은 무공의 차원이 아니오. 그보다는 훨씬 원초적인 것, 인간의 본성을 파고들지. 남자에게 여자를 좋아하는 마음이 있다면 누구든 걸려들게 되어 있소."

"최면의 일종인가요?"

“그보다 훨씬 심오하지.”

“남만에서 흘러왔다면서요? 남만 그 야만인들에게 그런 고절한 무공이 있다고요?”

“남만의 무공을 얕보지 마시오.”

“그쪽 무공에 대해서 잘 아시나 봐요?”

“검치의 무공이 남만 무공이오.”

“네엣!”

팽가연은 깜짝 놀랐다.

지금 루주가 사용하고 있는 십검이 남만의 무공이란 말인가!

그런데 왜 무림사는 남만을 말하지 않는가. 남만을 거론하기는 한다. 하지만 거의 대부분 독에 관한 것뿐이다. 간혹 권각술을 말하기도 하지만 특기할 만한 점은 없다.

남만 무공은 중원 무공보다 몇 수 아래라는 게 정설이다.

그런데 십검이 남만 무공이라면…… 중원이 남만에 유린당한 것이나 다름없다.

루주가 그녀의 마음을 읽은 듯 말했다.

“중원에는 두 가지 무공이 있소. 하나는 중원에서 자생한 무공이고, 다른 하나는 천축에서 흘러들어온 것. 이와 같은 일이 남만에도 일어났소. 남만에서 자생한 무공이 있고, 천축에서 흘러들어온 무공이 있었소.”

“아!”

“남만은 지형적으로 천축과 가까우니까.”

“그렇군요.”

“검치의 무공, 사라천요공…… 천축에서 흘러들어와 남만에서 변형된 무공이오.”

팽가연은 놀란 가슴을 진정시켰다.

남만 무공에 대해서 궁금증이 치밀지만, 지금은 더 급한 일이 있다. 아버지가 사라천요공에 걸려 있다고? 그러면 지금이라도 깨줘야 하지 않겠나.

“아버지의 사라천요공을 깨주시면 안 될까요?”

루주를 고개를 내저었다.

“왜요?”

“검치삼령 때문이오.”

“대체 검치삼령이 뭐기에! 흠화에게는 말해주시는 것 같던데, 제게도 말해주면 안 돼요?”

루주를 고개를 저었다.

말해주지 않는다. 말해줄 것 같았으면 진작 말해줬다.

그렇다고 섭섭하지는 않다.

가주와 같이 있으면서 느낀 건데, 이 사람은 같이 있는 사람을 불행으로 밀어 넣지 않는다. 상황이 나쁜 쪽으로 흐르는 것은 그도 막을 수 없지만, 가급적이면 좋은 쪽으로 유도하려고 한다.

검치삼령에 대해서 말해주지 않는 것은 그게 더 낫기 때문이다.

언젠가 좋지 않더라도, 나쁜 쪽으로 흐르더라도 꼭 알아야 할 때가 되면 묻지 않아도 말해줄 게다.

"하나만 더…… 제가 도움이 필요할 때 도와주실 건가요?"

"물론이오."

"믿어도 되죠?"

"틀림없이 도와주겠소."

팽가연은 마음이 가득 참을 느꼈다.

루주는 매우 든든하다. 그가 옆에 있으면 든든한 벽이 서 있는 느낌이다.

팽가연의 흑요석처럼 검은 눈동자가 반짝였다.

3

귀살왕이 죽었다.

그것만 해도 자존심 상하는데, 십간조까지 죽었다. 분살광왕이 차디찬 시신이 되었다.

톡! 톡! 톡!

장막 뒤에서 손가락으로 탁자를 치는 소리가 울렸다.

긴급 집합한 지 벌써 반 시진…… 그동안 한마디도 흘러나오지 않았다.

지금까지 십간조를 보내면 모두 해결되었다.

그들 중 몇 명이 돌아오지 못했느냐가 중요했다. 일 할을 잃었을 때는 칭찬했고, 이 할을 잃었을 때는 평균으로 치부했다.

삼 할 이상 잃었을 때는 질책의 대상이 되었다.

그런데 지금은 질책받을 사람조차도 없다.

그들 앞에 그림을 그려놓은 종이가 널려져 있다.

십간조가 어떻게 죽어갔는지 시작부터 끝까지 모두 상세하게 그려져 있다.

이만하면 되었다.

분살광왕은 할 만큼 했다. 어느 누구도 그가 한 이상으로 할 수가 없을 것 같다.

빠름으로는 십검을 대적할 수 없다. 섬전만 해도 빠른데, 십검은 섬전 열 개를 일시에 터트린다. 벼락이 떨어지는 빠름을 어떻게 감당할 수 있겠는가.

분살광왕은 힘으로 밀고 들어갔다.

검 네 자루를 맞았다. 그의 내부는 토막토막 갈라졌을 게다.

가슴에서 검편이 갈라지면 뇌를 뚫어버린다. 심장을 터트린다. 간을 찢어놓고 폐에 구멍을 낸다.

그런 고통을 참으면서 일격을 떨쳐 냈다.

그에게 단 일 푼의 힘만 더 남아 있었다면 루주를 죽이고도 남았을 게다.

을조 조장은 분살광왕의 뜻을 알아챘다.

그는 십간조에게 분살광왕이 하고자 했던 일을 시켰다. 맨정신으로 버틸 수 없으니까 약의 힘을 빌렸다.

십간조는 최선을 다해서 어떻게 해야 루주를 상대할 수 있는지 방법을 일러왔다.

톡! 톡! 톡!

손톱으로 책상을 친다.

"사총은?"

한참 만에 나온 말이다.

"연수 거절입니다."

"후후후!"

장막 뒤의 사람은 예상했다는 듯 웃었다.

사총의 입장에서 보면 살천루는 일개 작은 조직에 지나지 않는다.

사총은 황제다. 살천루는 조금 큰 대문파 정도 된다. 하나 아무리 크고 강하더라도 황제가 볼 때는 발아래 있는 많은 조직들 중의 하나일 뿐이다.

사총으로서는 하부조직이나 마찬가지인 아래 조직이 연수 제의를 해왔다는 자체가 모욕이다.

당연히 받아들일 리 없다.

"사자는?"

"참형시켜서 보내왔습니다."

"후후후!"

또 웃었다. 이번에도 예상했다는 투다.

"사자를 보내라. 연수제의 하자고."

"알겠습니다."

의견 개진은 없다. 명령이 떨어지면 이행만 한다.

사총에 똑같은 의견으로 사자를 보낸다. 사총은 불문곡직

목을 칠 것이다.

괜한 죽음이 예상된다.

이번에는 본보기로 전보다 더 잔인하게 죽여서 보낼 것이다. 어쩌면 말이 나온 김에 살천루를 치려고 할지도 모른다. '어디서 네까짓 게!' 이게 사총의 기본 입장이다.

루주는 사총에게 시비를 걸고 있는가.

장막 너머에서 말이 전해졌다.

"사자에게 한마디 더 건네줘라. 우린 십검을 깨트릴 방도를 찾았다고. 다만 그러기 위해서는 우리 전력의 오 할을 버려야 한다. 이 말만 하라고 해."

"알겠습니다."

스륵!

장막 너머에서 몸을 일으키는 소리가 울렸다.

루주에 대한 말은 일절 없다.

그에게 십간조와 버금가는 자를 보내야 할 것 같은데, 말이 없다. 이는 보내지 말라는 뜻으로 받아들여야 한다. 건드리지 말고 내버려 두라는 뜻이다.

불만이 없을 수 없다.

살천루는 대모욕을 당했다. 십간조가 몰살한 전례가 없다. 백 명으로 안 되면, 이백 명을, 이백 명으로 안 되면 모두가 팔을 걷어붙이고 달려나가야 한다.

그들은 최소한 그런 명령을 기대하고 왔다.

저벅! 저벅! 드륵! 쿵!

장막 너머에서 문 닫는 소리가 울렸다.

기어이…… 루주에 대한 말을 하지 않고 나간다.

그들은 주먹을 꼭 쥐었다. 손바닥에 손톱이 박히도록, 피가 흘러나오도록 꽉 움켜잡았다.

"해산!"

장막 너머의 사람에게 명을 받던 자가 침중하게 말했다.

모두 일어서서 나갔다. 하지만 그들은 나가지 않았다. 도저히 억울해서 나갈 수 없는 사람은 앉은 자리에서 꿈쩍도 하지 않았다.

"내가 죽겠다."

시산망자(屍刪亡者)가 말했다.

"나도 죽지."

혈수마염(血手魔炎)이 말했다.

"나까지 죽으면 승산은 더 높아지겠지."

사망유객(死亡幽客)이 팔짱을 풀면서 말했다.

"셋보다는 넷!"

동면염라(童面閻羅)도 가담했다.

"이제 그만! 너무 많아도 귀찮아."

시산망자가 남아 있는 사람들을 보면서 말했다.

잠시 눈길이 오고 갔다. 그리고 말을 하지 않은 자들이 일어서서 나갔다.

좌중에는 네 사람만 남았다.

"출발 시간은 앞으로 한 시진 후. 시간이 더 필요하면 말해."

"……."

"좋아, 한 시진 후."

더 말할 것도 없다.

목적은 단 하나, 살천루의 이름으로 루주를 죽이는 것이다. 이미 목적을 하는데 무슨 말이 더 필요한가.

그들은 말이 끝나기 무섭게 몸을 일으켜서 대청을 빠져나갔다.

"후후후!"

그는 웃었다.

어느 조직이나 마찬가지겠지만, 충성을 다하는 인간이 있는가 하면 데면데면 마지못해서 살아가는 인간이 있다.

대청에 남았던 자들은 진정한 충신이다.

그들은 살천루라는 이름에 대단한 자긍심을 느낀다.

삶의 목적이 살천루의 건재라고 해도 무방하다. 살천루의 명예를 위해서는 언제든 목숨을 던질 수 있다.

하지만 그들에게 명령을 내릴 때, 그들은 보전책을 마련한다.

자신은 죽지만 자신의 무공을 이어받은 자가 살아남기를 원한다. 가족이, 형제가 살아 있기를 바란다.

살천루를 위해서 죽은 자, 살천루가 보살피지 않으면 누가 보살피겠는가.

그들은 상당한 사람들을 뒤에 남겨놓고 떠나간다.

하지만 명령을 내리지 않으면 그런 일이 없다.

항명(抗命)!

하지 말라는 것을 하는 것도 항명이다.

이는 구족(九族)을 멸하는 참형으로 다스린다.

살천루의 율법에 따라서 항명자와 조금이라도 연관이 있는 자는 모조리 목을 잘라 효시한다.

항명을 할 때는 온 가족의 죽음까지도 염두에 둔 것이다.

이들은 어떤 행동을 취할까? 모두 데려간다. 처자식, 부모 형제…… 구족에 해당하는 사람을 모두 끌고 간다.

삶을 도모하기 위해서는 아니다.

이들은 살천루에서 태어났고, 살천루에서 살았다.

인생이 곧 살천루다.

살천루를 위해서 항명을 한 자들이기 때문에 가족의 운명 또한 거센 격랑에 맡긴다.

루주를 향한 공격에 가족도 동원되리라.

눈앞에서 형제가 죽는다. 가족이 죽는다. 자식이 죽는다.

그때의 비통함이란 이루 말할 수 없다. 그래서 더더욱 힘이 솟는다. 아니, 악에 받쳐서 검을 쓴다.

살수는 혈육 간의 사랑마저도 싸움에 이용할 줄 알아야 한다.

이들이 그렇게 할 사람들이다. 모두 데려가서 죽음으로 몰아넣고, 비통하게 죽는 모습을 보면서 미치게 만든다. 말 그대로 환장하게 만든다.

"후후후! 후후후후!"

그는 웃었다.

즐거운 웃음이 아니라 아픔의 웃음이다.

루주에게는 사총도 달라붙었다.

노궁문, 고루대가 망가졌으니 적어도 그보다는 윗길의 고수를 보낼 것이다.

인원수로 상대하지 않고 살 떨리는 고수를 파견할 게다.

이들이 그들과 엇비슷한 위용을 보여줘야 한다. 그래야 사총이 살천루를 다시 본다.

루주는 잡을 수 있다. 하지만 루주를 잡으면, 검치가 나선다. 틀림없이 나선다. 사총을 박살 냈듯이 살천루도 박살 낼 것이다.

모두들 검치를 잘못 보고 있다.

검치와 루주는 겉으로 드러난 것처럼 티격태격하는 사이가 아니다.

검치가 루주의 내공을 금제시켰다는 소문은 이미 퍼질 대로 퍼져서 모르는 사람이 없다.

사부가 제자의 내공을 금제한다?

이는 파문자에게나 내리는 벌이다. 문하에서 내쫓으면서 그동안 배웠던 무공을 쓰지 말라고, 무림에 몸을 담지 말라고 내공을 단단히 틀어막는다.

검치가 직접 손을 썼다.

그 금제를 풀 수 있는 사람은 세상천지에 아무도 없다.

제자를 완전히 버린 것이다.

사람들은 이것만 본다. 이 사실만 보고 루주를 죽여도 검치가 나서지 않을 것으로 생각한다.

오산!

그는 단호히 선을 그었다.

루주를 죽이면 그다음은 검치를 상대해야 한다.

검치는 루주를 버린 게 아니라 금제시켜 놓고 지켜보는 중이다.

루주가 십검을 쓴다. 검치가 내공을 금제시켰는데, 조금씩 풀어가면서 그의 무공을 쓴다.

그래도 검치는 느릿느릿 올라오고 있다.

정말로 제자를 버렸을 것 같으면, 지금과 같은 상황에서 발바닥에 불이 나도록 쫓아왔을 게다. 그래서 단박에 쳐 죽였을 게다.

이게 대체로 파문자에게 행하는 벌이다.

검치는 그렇게 하지 않는다. 아무리 미친 늙은이라고 해도 상식 밖의 행동이다.

그가 사총을 끌어들이려는 이유가 여기에 있다.

검치를 사총에게 떠맡긴다.

사총이 달려들기만 하면, 그의 손을 잡기만 하면…… 그들은 어쩔 수 없이 검치를 상대해야 할 것이다.

'너희의 죽음이 필요해. 살천루를 위해서.'
그는 대청을 떠나가는 네 사내를 위해 눈을 감았다.
묵념(默念)!
잘 가라.

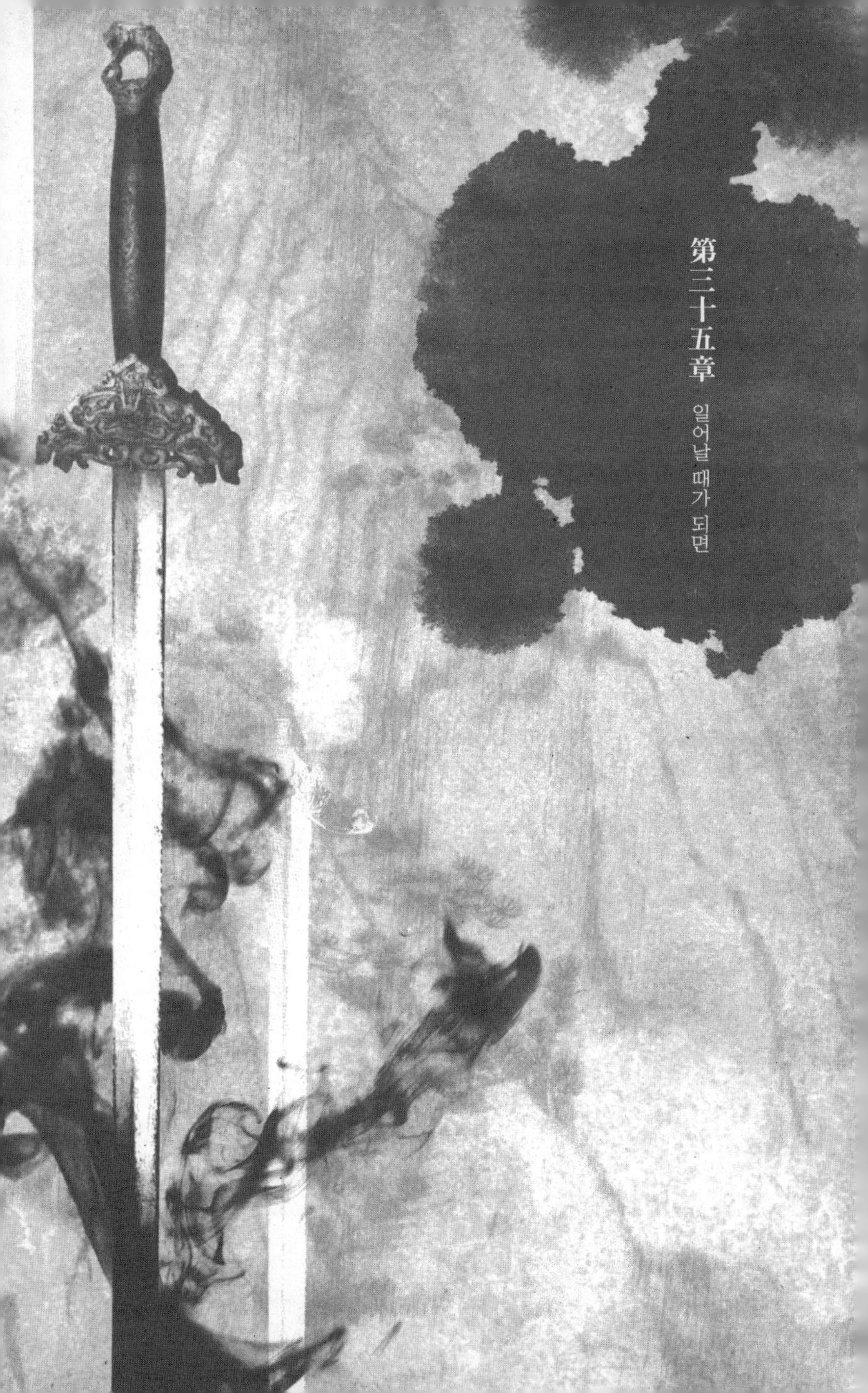

第三十五章　일어날 때가 되면

1

드르렁! 쿨! 드르렁……!

술 취한 노인이 우마차 위에서 단잠을 즐겼다.

팔다리를 쭉 뻗고, 천하게 내 집인 듯 편하게 잠든 모습이
무척 태평스러워 보였다.

그러나 앞쪽으로 보면 상황은 전혀 달라진다.

소가 끌어야 할 우마차를 건장한 사내가 끌고 있다.

사내의 목에 소가 짊어질 멍에가 얹어져 있다. 멍에 끝은 우
마차에 연결되었다.

사내는 노예나 된 듯이 힘들게 마차를 끈다.

"훅! 훅! 훅!"

한 걸음, 한 걸음…… 걸음을 떼어놓을 때마다 입에서 거친

숨이 토해진다.

드르렁! 쿨! 혹! 혹!

가장 편한 사람과 가장 힘든 사람.

사내는 죽을힘을 다해서 우마차를 끌지만, 노인 쪽은 돌아보지도 않았다.

"흭!"

잠자던 노인이 깜짝 놀라 옆으로 몸을 굴렸다.

"이놈아, 햇볕 든다!"

사내는 노인의 말이 떨어지기 무섭게 우마차의 방향을 살짝 틀어서 노인을 양산의 그늘 속으로 집어넣었다.

"정신을 어디다 팔고 있어!"

노인은 분이 풀리지 않는지 벌떡 일어나 앉더니, 옆에 놓인 죽장자를 들어 사내의 등을 후려쳤다.

쫘악!

소리만 들어도 살이 찢어지는 것 같은 아픔이 느껴진다.

사내는 등을 움찔거렸다. 하지만 반항을 하거나 신음을 흘리지는 못했다. 잘못했다는 말이나, 죽을죄를 졌다는 말도 하지 못했다. 그냥 맞고, 그냥 간다.

"식충이 같은 놈! 쯧! 저놈을 어따 쓸꼬. 어찌 잘 봐주려고 해도 봐줄 구석이 없어. 쯧쯧쯧!"

노인은 혀를 차더니 다시 드러누웠다.

이번에는 두 다리를 오므려서 새우등을 하고 잠을 청한다.

드르룽…… 드르렁……!

코 고는 소리가 우렁차게 울린다.

사내는 아무것도 듣지 못하고, 말도 못하고, 뜨지는 못하는 사람처럼 묵묵히 땅만 보고 움직인다.

"훅! 훅!"

가쁜 숨이 토해졌다.

간혹 지나가는 사람이 혀를 찬다.

"쯧! 사람이 우마차를 끌고…… 꼴을 보니 노비인 듯한데, 아무리 그렇다고 사람에게 우마차를 끌게 해? 에휴! 저런 늙은 이는 콱 뒈져야 하는데."

간혹 오지랖 넓은 무인도 있다.

"게 서라! 도저히 눈 뜨고 못 보겠구나. 사람을 가축 부리듯 부리다니! 이게 어느 나라 법도란 말이냐!"

대답은 오직 하나다.

쉭! 딱!

돌멩이가 난다. 그리고 머리가 깨진다.

죽지는 않는다. 죽을 만큼 세게 던지지는 않는다. 하지만 앞머리가 깨지면서 피가 철철 흐른다. 커다란 혹도 생긴다. 얼핏 봐도 주먹만 한 혹이 툭 튀어나온다.

그쯤에서 자신의 처지를 알고 물러나면 패악은 그친다. 하지만 한마디라도 더 하거나, 싸우려고 들면 돌멩이가 하나 더 날아간다. 그리고 이번에는 아예 혼절시켜 버린다.

일반인은 속수무책으로 당한다.

무인은 신법을 펼쳐서 피하려고 한다. 다급한 사람은 고개

를 젖혀서 피하려고 한다. 돌멩이가 날아오는 것을 봤는데 피
하지 않을 사람이 어디 있는가.

그러나 피하지 못한다.

그 어떤 무인이 나서도 피하지 못한다. 피한다고 생각했는
데도 여지없이 두들겨 맞는다. 그리고 그곳이 어디가 되었든
지 간에 사지를 쭉 뻗고 드러눕는다.

가장 재수없는 자는 관도 옆 도랑에 빠진 자다.

옆에 있던 자가 얼른 끄집어내기는 했지만, 온몸이 진흙 범
벅이어서 웃음이 터져 나왔다.

이런 일은 하루에도 몇 번씩 일어난다.

어떤 때는 매 각(刻)마다 한 명씩 혼절할 때도 있었다.

무인은 당연히 복수를 하고자 했다.

혼절에서 깨어나 다시 시비를 걸어오는 사람은 그래도 의기
라는 게 있는 사람이다. 거의 대부분은 동조자나 지인, 혹은 문
파 사람들을 이끌고 왔다.

물론 그들은 돌팔매질을 견디지 못했다.

단 한 명도 날아오는 돌멩이를 피한 사람이 없다.

노인은 암기의 고수인가? 노인 정도의 연배라면 이미 소문
이 파다하게 났을 터인데 어느 방면의 고인이신가.

노인을 알아보는 사람은 아무도 없었다.

노인의 수법을 알아보는 사람도 없었다.

분명히 돌멩이를 던지는 모습까지 봤는데, 피하지를 못한
다.

한 명이 덤비든, 열 명이 덤비든 결과는 똑같다.

이런 일이 반복되자, 이제는 노인에게 시비를 거는 사람조차 사라졌다.

이미 소문이 번진 것이다.

─검치야. 아는 사람이 그러는데 저 노인 검치래. 쭉 째진 새우 눈, 한 대 얻어맞은 것 같은 주먹코, 쭉 째진 매기 입…… 무엇보다도 저 목에 있는 푸르스름한 반점 있잖아? 저거 몽고 반점이래. 대부분 어릴 때 나타났다가 사라지는데, 검치는 평생 저렇게 달라붙어 있대. 보기 흉하지?

검치가 중원 땅을 밟았다.

이 소문이 퍼지자, 노인의 앞길을 막는 사람은 아무도 없었다.

무인들은 우마차를 피해서 몸을 숨겼다. 행인들도 가급적이면 멀찍이 떨어져서 부딪치지 않으려고 했다.

노인이 검치인지 아닌지 확인하려는 사람조차 없었다.

우마차가 지나는 길에는 무림 명가도 있다.

그들도 검치가 오고 있다는 소식을 전해 들었을 것이다. 한데 한 명도 마중 나오는 사람이 없다. 우마차가 대문 앞을 지나가도 코빼기조차 비치지 않는다.

그들은 마중 대신에 문을 단단히 틀어 잠갔다.

검치는 사고뭉치다. 검치를 집안에 들여놓으면 풍비박산 난

다. 마음 내키는 대로 때려 부수고, 가지고 싶은 것이 있으면
서슴없이 가진다. 그에게는 남의 물건이라는 개념이 없다. 이
세상 모든 것이 자기 것이다.

물론 예전 버릇이다.

지금도 그 버릇을 가지고 있는지는 모른다. 세월이 십 년 이
상 흘렀으니 많이 변했지 않을까 싶다. 아니, 아니다. 사람에
게 우마차를 끌게 하는 걸 보면 아직도 변하지 않았다.

빗장은 걸렸고, 주인은 출타 중이다.

한 가지…… 희한하게도 노인은 소녀에게 약하다. 열 살 안
팎의 여자가 허리에 손을 딱 얹고 말을 하면 끝으로 메주를 쑨
다고 해도 믿는다.

이것도 옛 버릇이다.

한데 이 버릇이 아직도 통한다.

검치를 집안에 들이기 싫은 사람들은 동녀(童女)에게 대문
을 맡긴다.

—가! 우리 집에 밥 없어!

그 한마디면 노인은 순순히 돌아선다,

웃기지 않나?

정말이다. 세상천지를 무법자처럼 마음껏 행패를 부리면서
쏘다니는 그이지만, 동녀의 말만은 무조건 듣는다. 죽으라는
말만 빼고.

“훅! 훅!”
사내는 힘겹게 우마차를 끌었다.

“배고프다.”
사내는 우마차를 세우고, 멍에를 벗었다.
그가 주위를 두리번거리더니 길옆 개울로 들어갔다.
잠시 후, 그의 손에는 우렁과 송사리가 한 움큼 들려 있었
다.
“또 이거야?”
사내는 고개만 수그렸다.
“야 인마! 어디 잘근잘근 씹을 만한 고기 같은 거 없어?”
사내는 더욱 깊이 고개를 수그렸다.
“좋아. 하지만 내일 아침에는 멧돼지 허파를 가져와. 알았
지? 이놈이 힘으로 안 되니까 날 아예 굶겨 죽이려고 작정을
했어. 넌 먹지 마! 인마!”
노인이 우렁과 송사리를 잡아채더니 산 채로 입에 넣고 우
적우적 씹었다.
노인의 입에서 비린내가 확 풍겼다.
송사리를 씹어 먹고, 우렁껍질을 이빨로 으드득 으깬 다음
살을 발라 먹는다.
사내는 뒤로 돌아서 멍에를 졌다.
“왜? 한 번 붙어보고 싶냐?”
노인이 사내의 등에 대고 말했다.

사내는 아무 소리도 하지 않았다. 벙어리인 것처럼 입술을 꽉 다물었다.

"사내자식이 배짱도 없어가지고……."

그 말이 끝나는 순간, 사내가 느닷없이 뒤돌아서며 노인을 향해서 구마삭을 던져 냈다.

쉭!

칼바람 소리가 짤막하게 울렸다.

따앙!

구마삭의 날카로운 정(釘)은 투박하게 생긴 돌멩이에 가로막혔다.

"히히히!"

노인이 즐겁다는 듯 웃었다.

사내는 체념을 하는 듯 고개를 흔들더니 구마삭을 정리했다. 아홉 개의 정을 하나로 뭉쳐서 허리춤에 찔러 넣었다. 그리고 등을 돌리고 허리를 굽혔다.

"히히히! 네놈은 멍청하다니까. 새머리야. 방금 전에 있었던 일도 잊어버려. 히히히히! 그래서 내가 즐겁다니까."

따악!

노인이 죽장자를 후려쳤다.

사내는 움찔거렸지만, 허리를 펴지는 않았다. 계속 등을 대고 죽장자를 기다렸다.

따악! 따악! 따악!

죽장자는 사정없이 내리꽂혔다.

한 대씩 얻어맞을 때마다 전신이 부들부들 떨린다. 무릎이 푹 꺾이면서 금방이라도 주저앉을 듯 휘청거린다.

그래도 사내는 꿋꿋하게 버텼다.

따악! 따악!

죽장자는 열 대를 내리친 후에야 멈췄다.

"에이, 재미없어. 때리는 것도 맛이 나야 하는데…… 키키! 맛이라면 그놈이 제일이지. 그놈 때리는 맛은 정말 일품이야. 마치 찰떡을 치는 것 같았다니까. 히히히! 그놈 생각하니까 기분이 좋아지네. 어서 가, 이놈아!"

사내…… 맹삼력은 군말없이 멍에를 맸다. 그리고 속으로 이를 갈았다.

'루주, 이놈의 새끼! 내 앞으로 네놈 말을 들으면 사람 새끼가 아니다. 그놈 말을 듣고 내 발로 이 악마한테…… 어휴!'

땅을 치며 후회한들 이미 늦었다.

악마가 놓아주지 않는 한, 이 짓을 그만하기는 틀렸다.

절대 도망칠 수 없다. 도망치다가 잡히면 더 죽는다.

분근착골(分筋錯骨)!

뼈마디를 똑똑 분질렀다가 다시 맞춰준다. 분지를 때도 최대한 고통을 주지만, 맞출 때도 돼지 멱따는 소리를 너덧 번은 질러야 간신히 맞춰준다. 근육을 쭉 늘였다가 다시 풀어준다. 인대를 늘이기도 하고, 경맥을 뒤틀어놓기도 한다.

그 짓을 사흘 밤낮 동안 당하면 차라리 죽여 달라는 소리가 저절로 나온다.

미친 늙은이에게 그 짓을 안 당해본 사람이 없다.

루주가 가장 많이 당했고, 그다음으로 자신이 당했다. 호가는 여우같이 약아서 이리 빠지고 저리 빠져나갔다.

그런데…… 매도 맞다 보면 요령이 생긴다.

아프지 않게 맞는 법을 자연스럽게 터득한다. 또는 살짝 피하는 방법도 깨우친다.

한 번, 두 번…… 매가 떨어지는 것을 의식한다.

무슨 말인지 아는가? 일검, 이검…… 십검 중에 몇 검은 피할 수 있게 된다는 뜻이다.

가장 많이 맞은 자가 가장 강해진다.

이것이 미친 늙은이의 무공 전수 방법이다.

매를 피하게 되면 십검의 파해법을 수련한 것이다. 때리는 수법을 파악하면 공격하는 법을 알게 된다. 비인부전으로 십검이 전수된 것이다.

루주가 그렇게 십검을 배웠다.

분근착골도 많이 당할수록 좋다.

고통을 참고 나면 대가가 주어진다. 기혈이 순조로워지고 내공이 급진한다. 운공조식으로 일 년 수련할 것을 분근착골 한 번으로 끝내준다.

문제는…… 검치가 무공 전수를 원하지 않는다는 사실이다.

그는 때리는 걸 즐길 뿐이다. 가혹하게 혹사하고, 노예처럼 부리고, 마음에 들지 않으면 뼈마디를 분지르고…… 이 모든 것이 단지 즐거운 놀이일 뿐이다.

검치는 자신이 무엇을 하고 있는지 모른다.

그가 괜히 검치인가. 정말 바보가 아닌가 하고 의심이 들 때가 한두 번이 아니다.

음식을 먹을 때도 그렇다.

송사리를 굳이 생으로 먹을 필요는 없다. 구워먹을 수도 있고, 삶아 먹을 수도 있다. 보다 맛있게, 음식답게 먹을 수 있는 방법이 얼마든지 있다.

한데 그는 배고픔만 채우면 그만인 줄 안다.

미친놈이 아니고서야 누가 송사리나 우렁을 생으로 먹는단 말인가.

그것만 먹으면 말도 안 한다. 정 먹을 게 없을 때는 흙까지 처먹는다. 나무껍질을 캐 먹는 건 아주 당연한 거고, 길가의 도랑물을 퍼마시는 것도 당연한 일 중 하나다.

그가 제정신일 때는 사람을 때릴 때뿐이다. 때리는 솜씨 하나는 얼마나 좋은지 아주 정확하게 가격한다.

검치에게 솜씨가 좋다는 말이 어울리지 않나?

그렇다. 어울리지 않는 말이다. 하지만 그와 함께 있다 보면 정말 때리는 솜씨만 좋구나 하는 생각이 들 정도로 제정신이 아니다. 검에 미친 늙은이라서 검치가 아니라 검을 쓰는 미치광이라서 검치라고 부른다.

매 맞는 과정 속에서 십검의 파해법과 전수를 찾아낸 것은 루주다.

검치가 전수한 것이 아니다. 루주가 찾아냈고, 알려주었다. 같이 터득하자고.

덕분에 내공은 많이 쌓였다.

십검 중 몇 검은 피할 수 있을 정도로 신법도 빨라졌다. 미동보 같은 보법을 쓰지 않아도, 동물적인 움직임만으로도 충분히 천산파의 절기를 쓸 수 있을 경지가 되었다.

하지만 십검의 묘용은 찾아내지 못했다.

나귀나 된 듯이 등을 대고 두들겨 맞는데, 무슨 때리는 묘용을 찾아낼 수 있겠는가.

자신도 못했고, 호가도 못했다. 그 일을 한 사람은 루주뿐이다. 그러니 대단하다는 거다.

루주는 천재다.

세상에 드러나지 않아서 그렇지 본격적으로 본색을 드러내면 세상이 깜짝 놀랄 게다.

그는 학문을 배웠으면 천하를 오시하는 문장가가 되었을 것이다. 무림문파에 입문하여 무공을 수련했다면 벌써 장문인 자리를 노리는 후기지수가 되었을 게다.

불행히도 그가 배운 것은 계집질이다.

누구에게 배웠는지 몰라도 계집 마음을 휘어잡는 데는 천부적인 소질이 있다.

맹삼력은 고개를 세차게 흔들었다.

루주를 생각하면 분통만 터진다.

이 늙은이와 다시 엮이는 게 아닌데. 이제 또 혹 덩어리와

얽혔으니 어떻게 떼어내나. 평생 이렇게 맞고 살아야 하나? 아
니면 전처럼 내공을 봉쇄당한 채 강물에 던져져야 하나?

'모르겠다. 네가 불렀으니 네가 알아서 해라. 대책이 없기
만 했단 봐라. 그럼 넌…… 내가 죽여 버릴 거야!'

그는 이를 부드득 갈았다.

2

"검치가 온다지?"

"그 천요루에 있던 마부 있지? 흐흐! 그자가 이제는 마부가
아니라 말이래, 말. 아니, 우마차를 끌고 있으니 소가 된 건가?
어깨에 멍에를 짊어지고 마차를 끌고 온대."

"어휴!"

"이 사람아, 검치가 온다는데 왜 한숨이야?"

"자네 검치를 몰라도 너무 모르는군. 검치가 오면서 한 짓도
못 들었나? 검치 앞에서는 입도 벙긋 거리지 마. 눈도 마주치
지 말고. 시비가 생기면 도망갈 생각도 하지 말고, 무조건 잘못
했다고 손이 발이 되도록 빌어. 에휴!"

사람들은 검치가 온다는 소리에 걱정부터 했다.

열 살 또래의 여자아이를 둔 부모는 걱정이 조금 덜 했다.

"우리 집에 들어오려고 하면 네가 말하는 거다. 우리 집에
밥 없어! 자, 말해봐."

"우리 집에 밥 없어!"

“그래, 잘했어. 그렇게만 하면 돼.”

‘우리 집에 밥 없어!’ 하는 소리가 골목마다 울려 나왔다.

모두들 검치가 여아에게 꼼짝 못한다는 소문을 들었기 때문에 여아에게 그 소리를 연습시키는 것이다.

“너흰 그래도 그 꼬맹이가 있어서 좋겠다.”

“조금 든든한 정도지 뭐. 휴우! 뭔 놈의 세상이……..”

“하북팽가는 저대로 봉문해도 되나?”

“아니, 자기가 봉문하겠다는데 그것도 시비야? 아! 시빗거리가 되겠다. 검치 아냐, 검치. 검치 눈에 보이는 게 있겠어? 사리가 안 통하는 인물인데.”

“하북팽가도 처신 잘해야 되겠네.”

절대 고수가 온다는데 걱정거리부터 생기는 사람, 그런 사람이 검치였다.

“정말 그렇게 괴팍해요?”

“……..”

“사부님에 대해서 말 좀 해줘요. 아무리 괴팍하신 분이라도 웃는 낯에 침 뱉겠어요?”

“뱉어.”

“예?”

“그 늙은이…… 웃는 낯에 침 뱉고도 남아. 그러니까 따라오지 말라고 했던 거야.”

루주는 얼굴을 딱딱하게 굳혔다.

"도대체 어떤 분이신데 그래요? 가가께서 이토록 긴장하는 거 처음 봐요."

"나와 한 약속 잊지 않았지?"

루주가 걸음을 멈추고 물었다.

그는 주설언에게 물었지만, 사실은 세 여인 모두에게 묻고 있었다.

"첫째, 따라오는 건 좋다. 하지만 어떤 일이 있어도 나서지 말라. 검치를 만나는 순간부터 우리는 모르는 사이다."

주설언이 앵두 같은 입술을 오물거리면서 말했다.

"둘째, 검치의 눈에 띄지 않도록 멀리 떨어져 있는다."

이번에는 팽가연이 말했다.

취취가 바로 뒤를 이어서 말했다.

"셋째, 절대로 무공을 쓰지 않는다."

"정말로 부탁하는데…… 그 약속 꼭 지켜. 아니면 두고두고 후회할 거야."

"호호호! 알았어요."

주설언이 방긋 웃으면서 말했다.

그녀들은 검치와 루주의 반가운 해후를 생각했다.

이들은 어떤 식으로 만날까? 한바탕 드잡이부터 시작할까? 그동안의 무공 성취를 보기 위해서는 싸우는 것이 제일인데. 아니면 이야기부터 할까?

무인에게 있어서 천하제일인을 만날 수 있다는 기쁨은 그 무엇보다도 컸다.

그 기회가 그녀들에게 주어졌다.

홍분이 지나쳐서 가슴이 떨릴 지경이다.

"헉!"

"저, 저, 저……."

세 여인은 우마차를 끌고 오는 맹삼력을 보는 순간, 할 말을 잃어버렸다.

비록 멀리 떨어져 있지만 맹삼력을 단번에 알아볼 수 있다.

그의 온몸은 피투성이다. 살이 갈라져 피가 터지고, 거기에 땀과 먼지가 뒤범벅되어서 거지 중 상거지가 따로 없다. 아니, 전쟁에 패한 패잔병이 딱 이런 모습일 게다.

소문은 들어서 알고 있었다. 하지만 정말로 이런 식으로 우마차를 끌고 올 줄은 꿈에도 몰랐다.

"저게 그 늙은이야."

루주가 담담하게 말했다.

그는 맹삼력의 몰골을 보고도 전혀 놀라지 않았다. 오히려 미소까지 띠었다. 당연히 저럴 줄 알았다는 듯이.

"내가 말한 거 잊지 않았지?"

"……."

세 여인은 입을 열지 못했다.

검치가 괴팍하다는 것은 알았지만…… 소문이 정말일 줄은 몰랐다. 맹삼력이 소가 되어서 마차를 끌고 있다니. 노예처럼 두들겨 맞고 있다니.

"무, 무슨 사람이 저래요? 저 사람 검치 맞아요?"

주설언의 음성이 심하게 떨렸다.

그녀는 루주의 운명을 예감했다. 루주가 검치 앞에 나서면 맹삼력처럼 될 것이라는 걸 눈치챘다.

루주는 검치의 상대가 안 된다.

이제 겨우 사검을 펼치는 무공으로 십검을 능수능란하게 사용하는 검치와 비교할 수 있겠나.

가면 당한다. 안 된다. 보낼 수 없다.

그녀가 고개를 강하게 흔들었다.

루주가 말했다.

"내가 가면 나도 저런 식으로 당할 거야. 저 늙은이와 우리…… 쌓인 게 많거든."

"그, 그럼 안 가면 안 돼요?"

주설언의 음성이 더 떨렸다. 이제는 아예 사시나무 떨듯 몸까지 떨어댄다.

"그러게 오지 말라고 했잖아. 그냥 기다리라고."

"어, 어떻게 그래요."

루주는 주설언의 어깨를 잡아서 뒤로 돌려세웠다.

"데려가 줘요. 여기서는 더 볼 게 없으니까. 저 늙은이, 날 보자마자 패기 시작할 텐데…… 지켜봤자 괜히 마음만 아프지. 돌아가 있어. 나…… 그렇게 만만하지 않아."

마지막 말은 귓속말에 가까웠다. 그녀의 귀에 대고 소곤거렸기 때문이다.

"정말이죠?"

"그래. 믿어. 늙은이가 필요해서 불렀어. 그런데 잡혀먹히 겠어? 잡아먹을게."

"많이 맞으면…… 안 돼요."

"돌아가 있어."

루주는 그녀의 어깨를 밀었다.

그녀들은 돌아섰다. 루주와 한 약속도 있고, 또 루주가 떠나 는 것을 원하기 때문에 발걸음을 돌렸다. 하지만 어떻게 떠날 수 있나. 떠날 수 없다.

그녀들은 굽이를 돌아서 루주의 눈으로부터 벗어났다.

"나 못 가요! 난 지켜볼래요."

주설언이 등을 홱 돌렸다.

팽가연이 그녀의 팔을 잡았다.

"나도 못 가. 하지만 눈에 띄는 곳은 안 돼. 루주가 맹삼력처 럼 매 맞는 모습을 보이고 싶겠어? 눈에 띄지 않는 곳으로 가 자. 조용히 지켜보면 돼."

"그런 데 알아요?"

"이 맹추야. 내가 이곳 토박이야. 이곳 지리라면 구석구석 모르는 곳이 없어."

팽가연이 그녀를 끌고 인근 야산으로 올라갔다.

그곳에서는 관도가 환히 내려다보였다.

맹삼력이 우마차를 끌고 느리게 다가온다. 반대쪽에서는 루주가 뒷짐을 진 채 여유로운 걸음으로 걸어간다.

　그들은 곧 마주쳤다.

　'수고했다.'

　'미친 새끼! 너 때문에 내가…… 좌우지간 넌 죽었어!'

　두 사람의 눈길이 허공에서 부딪쳤다.

　"쿵! 쿵쿵! 이게 무슨 냄새지? 어디서 달달한 냄새가 나네? 이거 고놈 냄새 맞지?"

　우마차에 활개를 펴고 누워 있던 검치가 벌떡 일어나 앉았다.

　"야! 하하하! 낄낄낄! 헤헤헤헤! 저놈…… 저놈…… 헤헤헤헤! 저놈 드디어 만났네?"

　검치는 루주를 보자 반가워서 미치겠다는 듯 데굴데굴 굴렀다.

　그 모습에 맹삼력이 미간을 있는 대로 찌푸렸다.

　'괜찮겠어?'

　눈으로 물어온다.

　'매 맞는 거라면 이골 났다.'

　역시 눈으로 대답했다.

　"낄낄낄낄! 이것들이 내 앞에서 눈을 희번덕거리네? 아! 서로 안부를 주고받는다 이거지? 히히히! 히히히히!"

　검치는 깔깔대고 웃었다. 그러나 그 웃음은 마치 칼로 두부를 베듯 뚝 멈췄다.

"너 이 새끼, 이리 와."

그가 죽장자를 들고 루주를 향해 손가락을 까딱거렸다.

루주는 가지 않았다. 대신 주설언이 만들어준 가죽 요대를 단단히 얽어맸다.

양쪽 허리에 목검 세 자루씩 여섯 자루, 등에 두 자루씩 네 자루를 꽂은 십검 검집이다.

"힉! 저 새끼 하는 짓거리 좀 봐라. 낄낄! 저 새끼 내 흉내 내네. 야, 인마! 그게 뭐 개나 소나 다 하는 건지 알아?"

"늙은이."

"뭐, 뭣!"

"입으로만 나불거릴 거야?"

"저, 저 새끼! 햐! 아예 간이 배 밖으로 나왔구나? 어디 밖으로 나온 간 좀 볼까?"

쒜엑! 쒜에엑!

돌멩이 두 개가 허공을 갈랐다.

파공음은 미약하다. 처음에는 무척 강한 것 같았는데, 바로 소리가 사라졌다. 그 순간,

쒜엑! 까앙! 쒜에엑! 까앙!

돌멩이 두 개와 목검 두 자루가 산산조각났다.

"크윽!"

루주는 신음을 토하면서 비틀비틀 네 걸음이나 물러섰다.

돌멩이를 마주쳤을 뿐인데, 손목이 찌릿찌릿 울린다. 아니, 그것은 시초일 뿐이다. 내부가 뒤흔들리면서 숨이 답답하고

헛구역질이 치민다. 기혈이 확 뒤집힌다.

"어쭈! 요놈 봐라?"

검치는 눈을 동그랗게 떴다.

그가 던진 돌멩이를 막아낸 사람이 나왔다. 그것도 두 개를 한꺼번에 던졌는데 막아냈다.

"너 내 흉내 제법 내고 다녔구나?"

"늙은이, 힘이 많이 빠졌어. 옛날에는 요만한 돌멩이로 충분했는데. 안 그래?"

루주가 검지 손톱을 가리켰다.

"저, 저, 저놈의 주둥이!"

쉑! 쉑! 쉑! 쉑!

먼저보다 배는 많은 돌멩이가 허공을 찢었다.

역시 처음 소리는 매섭다. 독수리가 내리꽂힐 때 내는 죽음의 소리 같다. 하지만 일 장쯤 미끄러진 후에는 모든 소리가 죽는다. 눈을 감고 들으면 완벽한 무음(無音)이라며 칭찬할 게다.

쉑! 쉑! 쉑! 쉑!

루주도 등 뒤의 목검을 뽑았다. 뽑히는 순간, 섬전이 일어났다. 번쩍! 하는 순간에 날아오는 돌멩이와 부딪치면서 작은 나뭇조각을 사방으로 튕겨냈다.

"......!"

검치의 눈에서 기광이 번뜩였다.

방금 전까지는 장난스러운 눈빛이었는데, 이제는 살쾡이가 마당에 있는 닭을 노리는 눈빛이다.

　“킥! 킥킥! 내공을 찾았군. 어린놈의 새끼가 항상 대가리를 잘 굴렸어. 제방을 쌓아서 물을 가둬놓으면 모두들 풀어내려고만 하거든. 킥킥! 부숴 버리면 되는데. 그렇지?”

　“늙은이. 네 장난감, 여기 없어.”

　“……!”

　“어서 하자.”

　“저놈 저거…… 확실히 간이 배 밖으로 나왔어. 계속하면 넌 죽어, 인마.”

　검치는 그러면서도 돌멩이를 고르고 있었다.

　하나, 둘, 셋, 넷…… 열! 십검이다!

　맹삼력이 급히 멍에를 벗어 던지고 검치 앞에 무릎을 조아렸다.

　“죄송합니다. 죄송합니다. 죄송합니다.”

　“야, 인마! 너 누가 말하라고 했어!”

　검치의 눈에 살광이 번뜩였다.

　“죄송합니다. 죄송합니다.”

　“킥킥! 너 저놈 살리려고 그러지?”

　“죄송합니다. 죄송합니다. 죄송합니다.”

　“저리 비켜, 인마. 나 저 새끼 안 죽여. 저 새끼 뼈마디가 얼마나 말랑말랑한데 죽이냐. 가지고 놀 거야. 한 십 일쯤? 그다음에 사지를 찢어서 죽일 거야.”

　사지를 찢는다는 말은 사자를 뜯어낸다는 말이 아니라 사지탈골(四肢脱骨)을 말한다.

검치는 사지탈골을 좋아했다.

사지를 쭉 뽑아놓으면 눈만 끔뻑이는 허수아비가 된다. 사지가 너무 아파서 엉덩이로도 기어가지 못한다. 그리고 그런 꼴이 우습다고 배를 움켜쥐면서 웃어댄다.

맹삼력은 무릎걸음으로 물러섰다.

"넌 기껏해야 네 개야. 그렇지? 너처럼 잔대가리만 굴리면 진짜를 몰라. 평생 수련해 봐라. 열 개를 뽑을 수 있나. 그게 마, 뽑혀야 뽑는 거지, 억지로 뽑는다고 뽑혀지냐. 히히히!"

순간, 루주는 벼락이라도 맞은 것 같았다.

사지가 덜덜 떨려왔다. 식은땀이 쭉 쏟아졌다. 묵직한 돌멩이가 가슴에 쿡 얹혔다.

검치의 말…… 이것이 진실이다.

머릿속으로는 알고 있었던 말이다. 하지만 어느새 잊어버렸다. 몸으로 따라 하는 순간에 생각을 잊어버렸다. 원래 생각을 하지 않아야 되는 무공이기 때문이다.

억지로 해서는 안 된다.

물이 아래로 흐른다. 그럼 보자. 물이 어떤 노력을 기울이는지. 아무 노력도 기울이지 않는다. 그저 놓기만 하면 아래로 흐른다.

불이 위로 타오른다. 불은 어떤 노력을 기울이나. 아무 노력도 기울이지 않는다. 타는 물체에 따라서 불길이 크게 일어나기도 하고, 작게 일어나기도 하지만 위로 솟구친다는 본성에

충실하다. 아니, 충실하다는 말도 틀렸다. 그냥 솟구친다.

위로 오르고, 아래로 흐르고…… 그냥 된다.

불은 아래로 흐를 수 없다. 통로가 막힌 곳에 불을 놓고 억지로 강풍을 불어넣으면 아래로 흐를 수는 있다. 하지만 그런 식으로 흐르는 불길에는 한계가 있다.

불길이 아래로 흐르면 세가 약해진다.

억지로 하지 말라. 십검을 뽑을 수 있을 때, 모든 여건이 갖춰졌을 때, 십검은 저절로 뽑힌다.

인간의 힘으로, 내공으로 뽑을 수 있는 검의 한계는 사검이다.

운농선생의 의원에서 진기 그릇을 깨고 새 그릇을 얻어냈을 때, 사검이든 오검이든 마음만 먹으면 모두 펼쳐 낼 수 있을 것이라고 생각했다.

그런데 안 된다. 왜 안 될까? 진기는 충분한데…… 진기는 충만하게 퍼져 나오는데…….

억지로 하려고 했기 때문이다.

십검이 뽑힐 수 있는 요소를 만들어야 한다.

'됐어!'

그는 허리에 찬 검을 풀었다. 그리고 땅바닥에 던졌다.

"어! 너 뭐하는 짓이야?"

"늙은이, 항복이다."

"항복? 항복 싫어. 안 받아줘. 킥킥! 항복하면 받아줄 줄 알았지? 넌 죽었어."

쉑!

지극히 짤막한 파공음이 울렸다.

검치는 돌멩이 열 개를 던졌다. 하지만 공기를 찢는 소리는 한 번만 울렸다. 그것도 시간이 지나면서 약해지더니 사라져 버렸다.

소리가 없는 가운데 돌멩이만 흐른다.

스스스슷!

루주의 신형이 흔들거린다 싶었다.

사막에서 일어나는 신기루처럼…… 아지랑이처럼 흐릿하게 흔들거린다.

스으으으…… 따악! 딱! 딱!

일곱 개를 피했다. 그리고 세 개를 맞았다.

루주는 대창에 찔린 닭처럼 힘없이 나가떨어졌다.

검치의 이번 일격은 전력을 다한 것이다. 웬만한 무인은 즉사하고도 남을 거력이 담겼다.

"힉! 저 새끼 정말 내 흉내를 내네? 거의 흡사하잖아? 야, 어떻게 된 거야?"

검치가 눈을 부릅떴다.

루주가 죽지 않고 꿈틀거린다. 원래 죽일 생각은 없었다. 하지만 혼절하는 게 마땅하다. 비록 세 개밖에 맞지 않았지만 그래도 혼절하는 게 마땅하다.

"제길! 다 훔쳐 갔어. 저 새끼…… 아주 나쁜 놈이군. 아주 나빠. 그럼 죽여야지. 사지를 뽑는다는 말은 취소. 죽이기로 했어. 내 걸 훔쳐 간 놈은 죽어야 돼.”

검치는 혼잣말처럼 중얼거렸다.

그는 루주에 대해서 맹삼력에게 물었다. 하지만 이제는 물은 것조차 잊었다.

그만큼 루주에 대한 놀라움이 컸다.

“나쁜 놈…… 나쁜 놈…….”

그는 나쁜 놈이라는 말을 중얼거리면서 우마차를 뒤졌다. 널빤지 사이사이에서 목검을 끄집어냈다.

한 자루, 두 자루, 세 자루…… 열 자루.

검치는 목검 열 자루를 몸 여기저기 찔러 넣었다.

예전…… 그가 무림을 활보할 때의 모습이다. 사총을 무너뜨릴 때의 그 모습이다.

맹삼력은 검치가 묻는 말에 대답하지 않았다. 아니, 못했다.

루주가 꿈틀거린다.

그는 죽지 않고 살았다. 검치가 전력으로 펼친 십검에서 살아난 유일한 인물이다.

검이 아니라 돌멩이라고 다르게 생각하면 안 된다.

목검이든 돌멩이든 검치의 손에 들리면 아주 강력한 살상무기로 둔갑한다.

돌멩이에는 파괴의 힘이 담겨 있다.

지금까지 시비를 걸어왔던 자들에게 던졌던 그런 돌멩이가 아니다.

목표를 타격하는 즉시 산산조각이 나면서 체내로 파고든다. 아니, 파괴한다.

목검이 몸통 속으로 들어가 분산하듯이, 돌멩이도 그런 일을 한다.

살아날 수 없다.

그런데 루주가 꿈틀거리면서 일어선다.

돌멩이 일곱 개는 완전히 흘려 버렸고, 세 개는 몸 앞에서 가로막았다.

검치의 내공에 밀려서 쓰러지기는 했지만…… 십검을 막았다.

일어나는 루주의 얼굴에는 웃음기가 담겨 있다.

맹삼력은 몸을 부르르 떨었다.

검치를 데려오라고 할 때는 어디 요긴하게 쓸 데가 있는 줄 알았다. 한데 아니었나? 십검을 얻기 위해서였나? 아니다. 검치를 데려오라고 말을 할 때만 해도 십검을 얻겠다는 생각은 없었다. 이것만은 분명하다.

오랜만에 검치를 만나자 자신이 터득한 무공을 비교해 보고 싶었을 게다.

루주가 어떤 심정으로 검을 들었는지는 자신이 제일 잘 안다.

자신도 그랬다.

길을 오는 내내 문득문득…… 안 되는 줄 알면서 구마삭을 떨쳐 냈다. 기습도 해봤고, 정식으로 싸움을 걸기도 했다. 물론 그때마다 등을 얻어터졌지만.

루주도 그런 마음으로 검을 들었다.

그리고 여기서, 바로 이 자리에서 생각지도 않은 기연을 얻었다.

그때, 등짝을 때리는 검치의 죽장자에서 십검의 묘용을 깨쳤을 때처럼…… 이상할 게 전혀 없는 검치의 공격을 받으면서 깨우침을 얻었다.

검치를 쓰려고 데려왔는데, 무공까지 대성한 격이다.

"쿨룩!"

일어나 앉은 루주가 큰 기침을 하면서 피를 쏟아냈다.

내상이 큰 듯하다. 하지만 그는 일어서야 한다. 한 차례 더 큰 싸움이 그를 기다리고 있다.

루주는 손을 들어서 휘휘 내저었다.

"뭐? 히히히! 그래, 알았어. 기다려 줄게. 나도 궁금해. 키킥! 우리 재미있게 싸워보자."

검치가 우마차에 쪼그리고 앉아서 턱을 괬다.

루주는 힘들게 일어나 옆에 있는 나뭇가지를 꺾었다. 그리고 검치가 보는 앞에서 목검을 깎기 시작했다.

"쿨룩!"

또 기침을 한다. 피도 쏟아진다. 하지만 눈길만은 형형하게 빛난다.

맹삼력의 눈가에 물기가 맺혔다.

'저놈…… 드디어 다 얻었어.'

"살천루에서 사자를 보내왔습니다."

"또? 후후! 이것들이 아주 미쳐 날뛰는군. 두 번 다시 얼씬거리지 못하도록 짓이겨서 보내 버려!"

"그런데 묘한 말을 합니다. 자기들이 십검을 잡을 수 있다고 하는군요."

"뭐? 푸하하하! 십검을 잡아? 하하하하!"

곰처럼 우람한 사내가 허리를 붙잡고 웃어댔다.

"살천루가 그런 말을 했다면 분명히 우리에게 보여줄 게 있을 겁니다. 지금까지의 살천루는 우리가 알고 있던 그대로고…… 뭔가 우리가 몰랐던 걸 보여줄 텐데…… 살천루에서 은밀한 움직임이 있었을 텐데?"

"넷! 시산망자, 혈수마염, 사망유객, 동면염라. 이 네 명의 고수가 항명했습니다."

"항명?"

"일가족을 모두 데리고 피신 중입니다."

"물론 살천루가 뒤를 쫓고 있겠지?"

"넷!"

"경과시간은?"

"저의 촉각에 걸려든 것이 어제이니, 하루가 지났습니다."

"우리 촉각은 살천루의 움직임보다 한 박자 늦다. 하루하고도 서너 시진쯤 지났다고 봐야겠지. 그런데도 살천루가 그들을 따라잡지 못한다? 후후후! 우리보고 보라는 소리입니다.”

“십간조의 방법은 안 돼.”

“알고 있습니다. 살천루주도 알고 있을 겁니다.”

우람한 사내 옆에는 허리가 구부러진 노인이 두 손을 소매 속으로 찔러 넣은 채 서 있었다.

그가 바로 사총제일뇌(死總第一腦) 염탈군(廉莧湣)이다.

염탈군은 오래전에 십검의 파해법을 연구했다.

연구 정도가 아니다. 사총의 모든 전력을 투입해서 깨트리려고 안간힘을 썼다.

그때 쓴 것 중에 하나가 분살광왕이 이번에 보여준 잔력(殘力)이다.

십검의 빠름은 감당할 수 없다. 그러니 맞아준다. 일단 얻어맞고, 충격을 받고 그래도 공격할 정신이 있으면 공격한다.

여기서 중요한 점은 공격을 받은 후에도 계속 공격할 수 있는 여력의 힘이다.

지금 살천루는 두 가지 방법을 시험해 봤다.

하나는 분살광왕의 진력이다. 그는 자신의 내공으로 버텨냈다.

또 하나는 을조 조장이 시행한 것처럼 약에 의존하는 방법이다.

이 두 가지 방법 모두 옛날 사총이 무너지던 시기에 염탈군이 사용해 봤던 방법들이다.

이게 될 듯 될 듯하면서도 안 된다.

조금만 더 힘을 내면 될 것 같은데, 마지막 딱 반초의 승부에서 지고 만다.

원래 여력이란 그런 것이다.

쓰고 남은 힘이 오죽하겠는가. 혼신의 힘을 기울여도 안 될 판에 쓰고 남은 힘이라니!

염탈군은 이 방법의 허실을 깨닫고 포기할 때까지 무려 오백여 명의 고수를 잃었다.

그만큼 포기하기가 어렵다. 정말로 될 것 같기 때문이다.

사총제일뇌가 오백 명을 잃을 정도라면 어지간한 사람은 문파 전체를 내걸고도 남는다.

"살천루에서 항명했다는 놈들, 대단한 놈들인가?"

"나름대로는 충성을 바치는 자들이죠. 살천루를 위해서는 기꺼이 목숨을 내놓는."

"살천루는 그게 부러워."

"저희 사총도 그렇습니다. 어찌 손에 든 떡은 보지 않으시고 남의 떡만 보시는지."

"하하하! 염탈군…… 네가 날 부끄럽게 만드는구나."

염탈군이 허리를 숙여 보였다.

"후후후! 보라고 하면 봐야지. 원래 춤판은 구경해야 제맛이야. 그 사자라는 놈, 죽이지 말고 가둬둬. 살을 벗겨서 염장질을 하든지 젓갈을 담그든지 나중에 하자."

"넷!"

"이 기회에 살천루를 손에 넣을까?"

"훗!"

"지금…… 비웃는 것 같은데?"

"그게 바로 살천루주가 노리는 것. 살천루를 먹음직스러운 떡으로 포장하려는 게 저쪽의 의도지요. 이런 정도면 가져도 좋지 않을까? 지금 걸려드신 겁니다."

"걸려들었다?"

"살천루에서 네 명이 항명을 했습니다. 그들이 루주에게 부딪칠 것은 분명한 거고…… 그것도 아주 치열한 접전을 벌이겠죠. 가족을 데리고 나왔다는 것은 혈육지분(血肉之憤)까지 이용하겠다는 것. 정말 처절하지 않습니까?"

"그래서?"

"총주님께서는 이에 필적할 만한 자를 보내셔야 할 겁니다. 생사판관(生死判官) 정도?"

"그래서?"

"생사판관이라면 저들과 필적할 만한 무위를 보여줄 것…… 자, 너희가 벌인 춤판은 봤다. 이제 우리가 벌이는 춤판을 봐라. 그리고 우리 밑으로 기어들지 말지 결정해."

"항상 생각하는 거지만, 넌 여우야."

"저쪽도 그 생각이죠. 우리가 생사판관 정도 되는 자를 보낼 것이라고 생각한 겁니다. 그래서 항명이라는 극단적인 수법을 써서 젖 먹던 힘까지 끌어내는 거지요. 저들의 춤판을 보시고, 총주께서 혹하시면…… 후후!"

“연수를 하게 되겠군.”

“살천루라는 세력이 아니라 그자들의 의기를 산다는 명분이 있으시겠죠.”

“그래서 좋은 점은?”

“루주는 확실히 잡을 수 있을 겁니다. 루주의 검은 십검이 아니라 사검입니다. 십검과 사검은 천양지차. 살천루가 전력을 다해서 몰아치면 거꾸러질 겁니다. 우린 편안하게 절염색녀를 만날 수 있을 것이고, 그녀가 심어놓은 씨앗을 얻을 수 있습니다.”

“나쁜 점은?”

“검치를 상대해야 할 겁니다.”

“검치가 루주의 복수라도 한다는 건가? 검치는 루주를 장난감 정도로밖에 여기지 않아.”

“미치광이의 속성을 아십니까?”

“말해봐.”

“미치광이가 장난감을 부숩니까? 부수지 않습니다. 애착을 가진 건 신념보다도 더한 결기로 지켜냅니다. 검치와 루주의 관계가 어떤지는 아무도 모릅니다. 알려진 것이 전혀 없으니까요. 하지만 검치가 가만히 있지 않을 것만은 분명합니다.”

“검치를 상대하기에는 아직 부족하지?”

“씨앗만 얻으면…….”

“좋아. 일단 구경이나 하고 보자고. 나중에 결정할 문제잖아. 하하하!”

총주는 기분 좋게 웃었다.

＊　　　＊　　　＊

“장이야!”

“그런 건 이렇게 멍이지.”

두 노인이 그늘에 앉아 장기를 두었다.

“허! 이놈의 상(象)만 아니면 끝나는 건데…… 아까 먹어버릴 걸 그랬어.”

“후후! 상과 마(馬)가 걸려 있으면 마에 손길이 가는 법이지. 아무래도 발 빠른 놈을 잡게 되어 있거든.”

“그래서? 이 판을 가지고 계속하겠다는 건가?”

“이 판이 어때서? 내가 보기에는 질 판이 아니구먼.”

“허어! 똥고집하고는.”

“그럼 장을 불러보라고.”

장기판에는 기물이 거의 없다.

양쪽 모두 주요 말들은 모두 떨어져 나갔다.

공격하는 노인에게는 앞으로 나아가기만 하는 졸(卒)만 남았고, 방어하는 노인은 상 하나와 사(士) 하나뿐이다.

그래도 상황은 공격하는 쪽이 유리해 보인다. 몇 번만 더 밀고 내려가면 장을 부를 수 있을 것 같다.

딸칵!

노인이 졸을 움직이면서 말했다.

“사라천요공을 깨트린 놈이 있더군.”

“나도 들었다네.”

노인이 사를 위로 올리면서 대답했다.

“어찌 조용하게 끝나나 했지. 장이야.”

“가만…… 진 건가?”

“사라천요공이 깨졌다는 말에 움직이지 말아야 할 말을 움직여 버렸어. 후후! 자네도 성질깨나 난 게군.”

“팽가주 그놈이 알아차린 것 같아.”

“그래서 성질이 난 게야?”

“팽가주는 십족령으로 자신을 가둬 버리고…… 시간을 벌겠다는 뜻이겠지만. 루주란 놈은 사라천요공을 깨고, 검치 그 미친놈은 세상 밖으로 뛰쳐나가고…… 마음에 드는 게 하나도 없어. 졌네.”

노인이 기물을 쓸어서 장기 통에 담았다.

“왜? 그만하려고?”

“할멈하고 중원 나들이나 다녀올까 하고.”

“후후후! 그럴 줄 알았지.”

다른 노인도 기물을 정리했다.

“주설언인가 하는 그 계집이 탐나는 게로군.”

“그 나이에 천멸독경을 대성했고…… 정조와는 거리가 먼 기녀고…… 이만하면 한 번 가서 볼 만은 하지.”

“그 여자는 기녀가 아니라고 들었는데?”

“기녀, 맞네.”

"기적에 이름은 올렸지만, 루주 그놈의 아낙이라고 들었어. 그놈이 꿰차고 앉아서 손님방에는 한 번도 내놓은 적이 없다 더군. 여염집 아낙이나 다를 바 없어."

"후후! 기녀가 달리 기녀인가? 손님만 받으면 기녀지. 세상 에 바람피우는 여자 따로 있고, 안 피우는 여자 따로 있는가? 여건이 갖춰지면 모두 다 하게 되어 있네."

"알아서 하시게. 허어! 이제 자네가 가버리면 난 누구하고 장기를 두나. 앞으로 꽤나 심심하겠구먼."

노인이 일어섰다.

"중원에 갔다 오면 기별 넣음세. 나중에 보세."

다른 노인도 일어나서 휘적휘적 걸어갔다.

『십검애사』 6권에 계속…

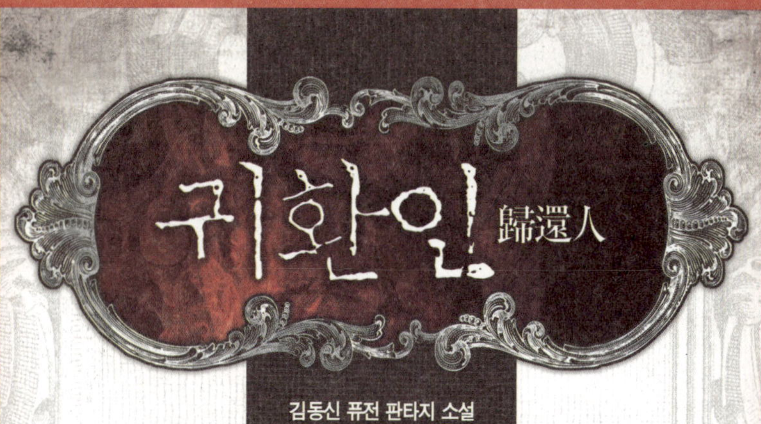

김동신 퓨전 판타지 소설

모든 마수의 왕 베히모스.

그의 유일한 전인 파괴의 마공작 베르키.
마계를 피로 물들이고 공포로 군림했던 그가
드디어… 꿈에 그리던 한국으로 돌아왔다.

**"친구들아,
나 권태령이 드디어 돌아왔어!"**

피로 물들었던 마계의 나날을 잊고
가족과도 같은 친구들과 지내는 생활.
그 일상을 방해하는 자들은 결코 용서치 않는다!

살기가 휘몰아치는 황금안을 깨우지 말라!
오감을 조여오는 강렬한 퓨전 판타지의 귀환!